『경성일보』 문학 · 문화 총서 ❿
동화 선집 **천하일품 외**

〈『경성일보』 수록 문학자료 DB 구축〉 사업 수행 구성원

연구책임자

　　　　김효순(고려대학교 글로벌일본연구원 교수)

공동연구원

　　　　정병호(고려대학교 일어일문학과 교수)

　　　　유재진(고려대학교 일어일문학과 교수)

　　　　엄인경(고려대학교 글로벌일본연구원 부교수)

　　　　윤대석(서울대학교 국어교육과 교수)

　　　　강태웅(광운대학교 동북아문화산업학부 교수)

전임연구원

　　　　강원주(고려대학교 글로벌일본연구원 연구교수)

　　　　이현진(고려대학교 글로벌일본연구원 연구교수)

　　　　임다함(고려대학교 글로벌일본연구원 연구교수)

연구보조원

　　　　간여운 이보윤 이수미 이훈성 한채민

주관연구기관

　　　　고려대학교 글로벌일본연구원

京城日報

일본학 총서
54

『경성일보』
문학·문화 총서
10

동화 선집

천하일품 외

오가와 미메이(小川未明) 외 지음 | 이현진 옮김

역락

〈『경성일보』문학·문화 총서〉 기획 간행에 즈음하며

　본 총서는 고려대학교 글로벌일본연구원에서 한국연구재단 토대
연구사업(2015.9.1~2020.8.31)의 지원을 받아 〈『경성일보』 수록 문학자
료 DB 구축〉 사업을 수행하는 과정에서 발굴한 『경성일보』 문학·문
화 기사를 선별하여 한국사회에 소개할 목적으로 기획한 것이다.

　조선총독부의 기관지로서 일제강점기 가장 핵심적인 거대 미디
어였던 『경성일보』는 당시 정치, 경제, 문화, 사회 지식, 인적 교류,
문학, 예술, 학문, 식민지 통치, 법률, 국책선전 등 모든 식민지 학지
(學知)가 일상적으로 유통되는 최대의 공간이었다. 이와 같은 『경성
일보』에는 식민지 학지의 중요한 한 축을 구성하는 문학·문화의 실
상을 알 수 있는 일본 주류 작가나 재조선일본인 작가, 조선인 작가
의 문학이나 공모작이 다수 게재되었다. 이들 작품의 창작 배경이나
소재, 주제 등은 일본 문단과 식민지 조선 문단의 상호작용이나 식
민 정책이 반영되기도 하고, 조선의 자연, 사람, 문화 등을 다루는 경
우도 많았다. 본 총서는 이와 같은 『경성일보』에 게재된 현상문학,

일본인 주류작가의 작품이나 조선의 사람, 자연, 문화 등을 다룬 작품, 조선인 작가의 작품, 탐정소설, 아동문학, 강담소설, 영화시나리오와 평론 등 다양한 장르에서 식민지 일본어문학의 성격을 망라적으로 잘 드러낼 수 있도록 구성하였다. 아울러 본 총서의 마지막은 〈『경성일보』수록 문학자료 DB 구축〉사업을 수행하는 과정에서 발굴된 문학, 문화 기사를 대상으로 식민지 조선 중심의 동아시아 식민지 학지의 유통과정을 규명한 연구서『식민지 문화정치와『경성일보』: 월경적 일본문학·문화론의 가능성을 묻다』로 구성할 것이다.

본 총서가 식민지시기 문학·문화 연구자는 물론 일반인에게도 널리 읽혀져 식민지 조선의 실상을 바라보는 새로운 시각을 제시하고 동아시아 식민지 학지 연구의 지평을 확대시킬 수 있기를 기대한다.

2020년 5월
〈『경성일보』수록 문학자료 DB 구축〉사업 연구책임자 김효순

차례

1부

일본의 주요 아동작가와
재조일본인 작가의 동화

이와야 사자나미
(巖谷小波)

오토기바나시 강연에 관하여

사회자가 아동에게 '조용히 하세요' 하고 강요하는 것은 오히려 흥미를 잃게 만든다.

본사의 초빙으로 조선 전도(全道)를 순회 강연하는 이와야 사자나미 선생님은 오토기바나시(お伽噺)* 강연의 청중에 관하여 방문한 기자에게 다음과 같이 말했다. (도쿄지국 특전)

강연에 들어가기 전, 사회자가 소년 소녀에게 정숙을 강요하는 것은 좋지 않다. 모처럼 만에 하는 오토기바나시가 너무 딱딱한 분위기가 되어버리기 때문이다. 오토기바나시는 오락이기 때문에 저절로

---

* 아이들에게 들려주는 옛날이야기, 동화, 민화를 가리킨다. 메이지시기(明治時期) 어린이의 읽을거리는 대부분 '오토기바나시'라고 하였다.

흥미가 솟도록 해야 한다. 즉 모두가 편안함 속에서 유쾌하게 듣는 것이 중요함으로 아동에게 공연히 공손한 마음과 태도로 듣게 하는 것은 잘하는 일이 아니다.

게다가 오토기바나시는 유치원 아이에게만 적합한 것으로 여기는 사람이 있다. 이는 오토기바나시를 전혀 이해하지 못하는 사람이다. 오토기바나시 강연의 청중은 심상소학교(尋常小學校) 3학년 이상의 아동이 가장 적당하다. 상급생과 하급생이 같이 들을 때는 하급생은 지루함을 느끼는 경향이 있다. 이런 경우는 차라리 3학년생 이하는 따로 분리해서 강연하는 것이 효과적일 때가 많다.

오토기바나시의 실제 효과는 30분에서 50분 이내이기 때문에 이 범위의 시간이 적당하다. 그런데 어른 위주로 잘못 생각하여 강연 시간이 짧다는 등 항의를 하는 경우가 있는데, 아동에게 다리가 저리도록 무리하게 재미없는 이야기를 계속 들려주는 것은 금물이다. 에도코(江戸っ子)* 요리는 담백하지만, 시골 요리는 다채롭다.

(1923. 6. 24)

---

* 도쿄(東京) 태생의 사람.

동화와 오토기바나시

여자와 부인이라고 말할 정도의 차이.

아동을 대조(對照)하지 않는 것은 가치가 없다.

　동화와 오토기바나시가 다르다는 점에 관해서는 여러 가지로 이
야기하는데, 나는 마치 여성을 말할 때 여자라고 말하거나 부인이라
고 말하는 것과 같다고 생각한다. 애당초 동화라고 하는 말은 새로운
말이 아니다. 메이지유신(明治維新)**　이전에 동화라는 말이 사용되고
있었는데, 그 시절에는 따로 도화(道話)***라는 말이 있었고 이 두 글자
가 일본어 발음으로 동음(同音)이라 혼동되기 쉬웠다. 그래서 도화가

**　　19세기 후반 일본의 메이지 천황 때, 에도막부(江戶幕府)를 무너뜨리고 중앙집권
　　　통일국가를 이루어 일본 자본주의 형성의 기점이 된 정치적, 사회적 변혁의 과정.

***　　도덕에 관한 이야기. 에도시대 서민 사회에서 행해졌던 도덕교육의 훈화.

많이 쓰였고, 동화라는 말은 쓰이지 않게 된 것이다.

그러나 요즈음에 도화라는 말은 별로 쓰이지 않게 되었고, 동화라 하면 바로 아이들 이야기로 이해하게 되었기에 이 말이 사용되게 되었다.

굳이 이 동화와 오토기바나시가 다르다는 점을 말한다면, 지금 동화라고 불리고 있는 것은 오토기바나시라고 불리는 것보다 새로운 시대의 사조(思潮)를 가미하고 있는 것이 많다고 하는 점을 생각할 수 있다.

외국 같은 데에서는 동화에 사회주의 선전의 의미를 포함한 것, 평등주의를 선전하고 있는 것 등이 상당히 나와 있는데, 지금 일본에서도 이것을 모방하고 있는 것이 아닌지 말이다.

형식적인 면에서 이제 동화는 오토기바나시와 똑같이 갈 수는 없다. 다시 한번 그 차이점을 말한다면, 여자라고 말했을 때 앞치마를 두른 여성을 연상하고, 부인이라 말하면 상당히 교양 있는 여성을 연상하듯이, 오토기바나시는 많은 구상에다가 재미나는 이야기를 생각하게 되고, 동화는 뭔가 고상한 감정이 드는, 물론 지금의 동화라 불리는 것에도 오토기바나시의 요소도 있다.

여하튼 많은 줄거리의 재미있는 것과 내용은 없어도 그 쓰기가 예술적이고 읽어서 재미있는 것, 어느 쪽이 좋은 건지 생각할 수 있는데, 그것은 읽는 아동의 생각에 달린 것이다. 상당히 재미나는 이야기를 좋아하는 아이에게 오토기바나시 식의 이야기를 들려주지 못할 것 같은 사람은 따로 줄거리 같은 건 없지만, 예술적으로 재미있게 쓰인 것을 보여주면 좋을 것이다.

교육이라 하는 것은 결코 권선징악이라 하는 것만을 목적으로 하는 것이 아니라, 아름답다고 하는 감정을 기르는 것도, 부드러운 감정을 가지게 하는 것도 교육이라고 하는 것에 포함이 되어 있는 것이기에 특별히 나쁜 것이 아닌 한 대부분은 아이들에게 읽도록 해도 좋을 것이다.

실제 근래엔 동화라고 하면서 나와 있는 것들이 매우 많다. 물론 좋은 것과 나쁜 것이 뒤섞여 있겠지만, 지금 말한 것과 같은 이유에서 대개의 것은 좋으리라 생각한다.

누구나가 동화를 쓸 수 있을 것 같지만, 역시 동화를 쓰기에 적합한 사람과 적합하지 않은 사람이 있다. 아동을 좋아하고 아동의 기분을 아주 잘 아는 사람은 아무래도 아동에게 환영받는 법이다. 오가와 미메이(小川未明) 씨 등은 정말 좋은 동화작가이다.

특별히 이렇다 할 줄거리는 없지만, 그 동화가 자신과 같은 인생관을 갖고 어느 사상을 품고 있는 것, 혹은 재미있는 줄거리 내용의 어느 것이라도 심한 선전(격렬한 사상)이 아니라면, 이야기해 들려주고 읽어주어도 좋다.

마지막으로 아동이라 하는 것을 대조도 하지 않고 동화의 형식을 빌려 쓰면, 창작류는 그것이 설령 동화라고 하여도 동화가 아닐 거라 여긴다는 것을 덧붙여 둔다.

(1923. 8. 24)

군밤 지옥

(상)

가을 수확의 신이 곡물이란 곡물, 과일이란 과일에 각각 좋은 열매를 맺게 해 주었기에 밤이 열리는 산의 밤나무도 예년과 같이 가지가 휠 만큼 큰 밤이 주렁주렁 달렸습니다.

이 밤나무 산에는 옛날부터 원숭이들이 많이 살고 있었습니다. 원숭이 중에는 긴팔원숭이, 긴꼬리원숭이, 큰 오랑우탄, 포켓 모양의 작은 원숭이가 있는데, 모두 나무 열매를 좋아해서 이 밤을 주우러 나갔습니다.

원래 밤나무 열매의 겉에는 겁나는 바늘이 있어 집을 때 손이 아프기도 합니다. 하지만 그 겉의 바늘을 집고 그다음 두꺼운 껍질을 벗기면 안에 단맛이 나는 알맹이가 있기에 어느 원숭이나 모두 열심히 밤나무 가지에 올라가곤 했지요.

이렇게 되면 원숭이들끼리 밤 따기 경쟁을 시작하면서 세력 싸움을 해야만 합니다. 그중에서도 오랑우탄은 욕심꾸러기라서 혼자 모두 차지하려고 했습니다.

다른 원숭이들은 그것을 봐주지 않았습니다. 오랑우탄에게만 주지 않겠다며 내민 그 손을 가로막았습니다. 그것을 계속 뿌리치고 뿌리치다가 끝내는 맞잡고 싸우며 서로 할퀴는 소동도 일어났습니다.

이때 작은 원숭이는 몸이 가장 작아 가장 낮은 가지에 앉아있었는데, 오랑우탄을 골탕 먹이려고 원숭이들이 야단법석을 떠는 바람에 밤나무가 흔들려 밤 열매가 위에서 픽픽 떨어진 거였습니다. 작은 원숭이가 그것을 보았죠.

"기다려, 기다려. 이거 잘됐군."

작은 원숭이는 날쌔게 가지에서 내려왔습니다.

"이렇게 밑에서 줍는 게 최고지."

작은 원숭이는 밑에서 밤을 주우면서 있자, 계속 나무 위에서 밤이 후드득 하고 떨어졌습니다.

나무 위에선 원숭이들이 합세해 오랑우탄을 골탕 먹이고, 집으려 하는 밤을 모두 뺏어 나누어 차지했습니다. 그런 와중에 심한 상처를 입은 원숭이도 있는가 하면, 숨을 할딱거리며 힘들어하는 원숭이도 있었습니다.

그런데 긴팔원숭이만은 손이 길어 멀리 조금만 손을 뻗어도 되니 별로 다치지 않고 밤나무 열매를 많이 차지해버린 거였습니다. 한데 작은 원숭이가 밑에서 작은 돌을 세게 던지며 힘도 들이지 않고 밤을 양손에 다 들 수 없을 만치 줍고 있는 걸 보자, 긴팔원숭이도 샘이 났던 겁니다.

그 밤을 가로챌 수 없으니 위에서 심술궂게 말이라도 걸어봅니다.

"너는 이 나무에 올라오면 안 돼."

그러자 작은 원숭이는 그 말에 개의치 않았습니다. 상대는 몸집이 큰 데다 손이 길기에 말이죠. 긴팔원숭이는 피하고 보자면서 가만히 참았던 겁니다.

작은 원숭이는 밑에 있으면서 나무 위의 싸움으로 후드득 떨어지는 밤 열매가 대부분 자기 것이 되었으니, 그 정도는 아무렇지 않게 넘길 수가 있었던 겁니다.

그러다가 싸움도 끝이 나 버렸습니다. 다친 원숭이들은 치료하고, 상처가 가벼운 원숭이와 배가 고픈 원숭이들은 간신히 손에 들어온 밤을 아귀아귀 먹기 시작했습니다.

작은 원숭이도 이제 슬슬 먹어 볼까 하면서 밤을 집었습니다. 그때였습니다.

"기다려. 같이 먹겠다면 맛있게 먹는 법을 알려 줄게. 밤은 구워서 먹는 게 최고야."

분에 넘치게 차지한 밤을 이것은 벌레가 먹었네, 이것은 알맹이가 들어있지 않네 하면서 우선 골라낸 다음, 인간이 하는 흉내까지 내려고 밤을 굽기로 했습니다.

그런데 밤을 구워 먹으려면 아무래도 불이 필요하겠지요. 그 불은 어떻게 가능할까요? 작은 원숭이는 고개를 갸우뚱하면서 사정 있는 듯 생각에 잠겼습니다.

(1923. 11. 3)

(중)

인간 다음으로 가장 지혜가 있을 것 같은 원숭이, 그중 가장 작은 원숭이는 체구가 작은 대신에 가장 지혜가 있었습니다. 1, 2분을 생각하더니 바로 손뼉을 쳤습니다.

"맞아. 언제였더라. 산속에서 사냥꾼이 담배 피우는 걸 보았는데, 작은 돌과 철로 딱딱 부딪쳐서 불똥을 내는 것 같았지. 그거면 나도 할 수 있을 거야."

이렇게 혼잣말을 했습니다.

그렇게 하려면 도구가 필요한데, 어딘가에서 찾아와야 한다는 생각에 작은 원숭이는 일어서서 우선 주변을 둘러보았습니다.

그때 어디선가 바람이 불어와 제법 단맛이 나는 냄새가 났습니다. 바로 긴팔원숭이가 어느 틈에 저쪽 바위 위에 자리를 잡고, 그 바위의 움푹 들어간 곳을 기막히게 화로처럼 만들어 거기서 불을 피우고 밤을 굽고 있는 게 아닙니까.

작은 원숭이는 부러워하며 바위 밑에서 말했습니다.

"긴팔원숭이야. 맛난 냄새가 나는구나."

그러면서 올라가려고 하자, 긴팔원숭이가 긴 손을 흔들며 다시 심술궂게 말했습니다.

"안 돼, 오지 마. 여긴 네가 올 곳이 아냐."

작은 원숭이는 화가 불끈 치밀었죠.

"뭐, 올라가려 한 건 아닌데……."

"그럼 뭘 하려고?"

"나도 밤을 구워 먹고 싶어서 지금 불을 찾고 있었어. 미안한데 그 불 좀 빌려줄래."

긴팔원숭이가 그 말을 듣자, '이 녀석 염치없는 소릴 하는군. 좋아, 그럼 이렇게 해 주지' 하는 생각을 하며 이렇게 말했습니다.

"그럼, 불씨만 빌려줄게."

그러면서 심보 고약하게 위에서 석탄 덩어리를 일부러 작은 원숭이가 맞게 힘껏 던졌습니다.

작은 원숭이가 무심코 있었더라면 머리에 딱 하고 맞았겠지요. 그런데 재빠르게 확 비켜섰고, 그다음 석탄이 땅에 떨어진 걸 잽싸게 집어 올렸습니다.

"이건 새까만 돌이잖아."

"맞아. 그게 석탄이란 거야. 불 피우기 가장 좋은 거지."

"하지만 돌만으론 불을 피울 수 없어. 종과 마주쳐 두드려야지."

긴팔원숭이는 '들은 게 있는 놈이군. 종하고 쳐서 불이 나오는 건 이 석탄과는 성질이 달라' 하고 그만 말을 하려다가 생각을 바꿔 일부러 친절한 듯이 말했습니다.

"맞아. 그것을 종 막대기로 두드리면 금방 좋은 불이 생길 거야. 빨리 쳐 봐."

영리한 원숭이여도 원숭이는 원숭이, 인간에게 미치지 못하니깐, 그만 그 말대로 하려 했지요.

"그래. 고마워. 그럼 빨리 해 볼게."

작은 원숭이는 그 석탄을 가지고 바삐 자신이 있는 곳으로 돌아왔습니다.

그런데 그 말대로 하려면 이제 이 돌을 종의 막대기로 두드려야 하는데 그 막대기가 없습니다.

"불을 만드는 건 상당히 번거롭군."

작은 원숭이는 팔짱을 끼며 생각했습니다.

그때 생각 난 게 이 산골짜기에서 사람들이 일하는 것을 봤을 때, 인간이 괭이를 가지고 있었던 거였습니다.

"그래, 그 뾰족한 괭이가 철이니 그것으로 이걸 두드리면 불이 생기겠지."

작은 원숭이는 그 골짜기로 갔습니다.

(1923. 11. 4)

(하)

작은 원숭이가 본 골짜기라는 곳은 이웃 산 사이에 있는 석탄갱이 있는 곳이었습니다.

그곳에서 갱부들이 열심히 석탄을 파고 있었습니다.

"저, 있잖아요. 죄송한데, 그 괭이로 이 돌을 한번 두드려 주시겠어요!"

작은 원숭이가 긴팔원숭이에게 받은 석탄을 꺼내며 이렇게 말하자, 갱부 한 사람이 그 석탄을 보면서 이렇게 말했습니다.

"어, 그거 석탄 아니니? 그걸 두드려서 뭘 하려고?"

"불이 필요해서요."

"불이 필요하다고? 석탄은 두드린다고 불이 나오는 게 아니야."

"그럼 어떻게 하면 되지요?"

"불이 갖고 싶다면 이것을 줄게. 이 불을 그 석탄에 옮기면 얼마든지 불은 피울 수가 있단다."

갱부는 좋은 사람이어서 갖고 있던 성냥을 작은 원숭이에게 주었습니다.

작은 원숭이는 성냥을 받았지만, 이런 건 처음 보는 거였습니다.

"이것을 어떻게 해야 불이 생기나요?"

"그것은 이렇게 하면 바로 불이 생긴단다."

그러면서 성냥 한 개를 그어 보였습니다.

작은 원숭이는 놀랐습니다.

"와 대단하네요. 돌과 철로 서로 두드려야 불이 생기는 줄로만 알았는데, 나무와 종이가 스치는 것만으로도 이렇게 불이 생기다니요."

"옛날에는 돌과 철로 해서 불이 생겼지만, 지금은 모두 이 나무를 사용한단다. 자 이걸로 해 보렴."

"고맙습니다. 인간은 역시 친절해요."

감사 인사를 하고 기쁜 마음으로 돌아와서 좀 전에 한 대로 성냥을 그었더니 불이 생겼습니다. 그 불에 마른 가지를 모아 넣고 모닥불을 피워서 밤을 넣고 구워 먹었는데, 그 단맛은 이루 말할 수 없이 맛이 있었습니다.

그래서 작은 원숭이는 처음에는 두세 개씩 넣고 구워 먹다가 마지막에는 주워 모은 밤을 모두 불 속에 넣었습니다.

아주 조심히 불이 약한 곳에 넣고 천천히 구웠으면 좋았을 것을 의기양양해서 불 한가운데에 모두 넣어버린 겁니다. 그랬더니 잠시 있자, 밤들이 모두 한꺼번에 사방으로 튀었습니다.

작은 원숭이는 아까부터 배가 불러온 데다가 몸이 따뜻해지자 꾸벅꾸벅 졸고 있었는데, 느닷없이 딱딱 연달아 밤이 사방으로 튀자 놀라 펄쩍 뛰었습니다. 날아오른 불이 머리 위에 떨어졌습니다.

"아, 이걸 어째."

그만 도망치다가 몸의 털들이 오글오글 타고 뜨거워서 견딜 수 없었습니다.

"도와줘요. 도와줘."

땅 위를 구르며 고통스러워했지만, 불이 붙어 있기에 아무도 옆으로 다가오지 못했습니다. 나무 위에 있던 다른 원숭이들은 그저 깔깔대며 놀려댈 뿐이었습니다.

이때 긴팔원숭이가 바위 위에서 이 광경을 지켜보다가 이렇게 말했습니다.

"애송아, 그렇게 버릇없이 굴더니만 벌을 받았구나."

하면서 긴 팔을 쭉 뻗어 바위 그늘에 있는 샘물을 퍼 올려 작은 원숭이에게 끼얹어 주자 간신히 불이 꺼졌습니다.

얼굴과 엉덩이만 빨갛던 작은 원숭이는 이제 온몸이 새빨갛게 화상을 입고 고통스러운 듯 끙끙 신음 소리를 냈습니다.

긴팔원숭이는 그 등을 쓰다듬으면서 말했지요.

"어찌 된 일이니. 정신 차려."

"고마워. 덕분에 살았어."

"이제 괜찮으니 안심해! 한데 밤은 맛났니?"

"맛있었는데, 참혹한 꼴을 당했지 뭐야."

"하하하, 그래 이젠 너도 알겠지. 밤을 주울 때는 너무 즐거웠으니 먹을 때는 그런 쓴맛을 당한 거다."

이 말을 들은 작은 원숭이는 비로소 깨달은 듯 이렇게 말했습니다.

"좋아, 이제부터 밤을 주울 때는 내가 가장 몸이 가벼우니 긴팔원숭이도 닿지 않는 높은 가지까지 올라가겠어."

작은 원숭이는 그렇게 말하며 밤나무를 올려다보았고, 그사이 구워진 밤을 모두 긴팔원숭이가 주워간 것도 아까워하지 않았습니다.

(완성)

(1923. 11. 6)

구루시마 다케히코
(久留島武彦)

노기대장의 유년시절

가정박람회 구루시마 씨의 오토기바나시 강연

10일 오후 4시 가정박람회의 오토기바나시 강연에서 구루시마 다케히코(久留島武彦) 선생님이 말씀하신 이야기는 실로 훌륭한 강연이었습니다.

'될성부른 나무는 떡잎부터 알아본다'는 옛말이 있습니다. 식물학자의 말에 의하면, 백단향이라는 나무는 결코 떡잎부터 향을 가지고 있는 것이 아니다. 그 나무는 커가면서 향기가 점차 강해지는 거라고요.

옛날에 위인은 어릴 적부터 훌륭한 것처럼 전해지지만, 오늘날엔 어릴 적부터 현명하지 않아도 됩니다. 예를 들면 혁혁한 무력의 공을 세운 노기장군(乃木将軍)*처럼 오늘날 신으로 공경받는 사람도 어릴

---

* 노기 마레스케(乃木希典;1849~1912)는 육군군인이며 교육자이다. 러일전쟁에서 제3군사령관으로 여순을 공략해 승리했고, 메이지 천황 뒤를 따라 자택에서 아내와 함께 순사(殉死)했다.

적에는 유례없는 겁쟁이였으니 말입니다.

아마 장군처럼 어릴 때 잘 울었던 울보는 없었을 것입니다. 아침부터 낮까지 울고, 또 낮부터 밤까지 우는 겁쟁이 아이였으니까요. 성장하면서 더 겁쟁이가 되어갔고 유난히 추위를 타서 항상 등을 구부리며 화롯가에 움츠리고 있었습니다. 일곱 살 무렵에는 학교 가는 길에 눈이 온다고 울었고, 열 살이 되어서는 전쟁놀이 같은 심한 놀이를 무척 싫어했습니다.

그런 노기장군에게는 마코토(眞心)라는 남동생이 있었습니다. 이분도 어릴 때 형을 닮아 무척 겁쟁이였고, 이웃 아이들이 전쟁놀이를 하고 놀면 항상 도망가 집 안에 숨어있었습니다. 그래서 이웃 아이들은 장군의 아명을 무인(無人)*이라고 말했고, 울보(泣人)라고 바꾸어 불러 '노기 형제는 진짜 울보'라고 큰소리로 외쳤습니다. 이런 겁쟁이 울보가 후에 어찌 난공불락이라 하는 여순(旅順)을 함락시킨 대장군이 되었을까요.

당시 노기장군의 집은 초라했습니다. 추운 겨울바람이 현관에서 방까지 들어왔습니다. 그러나 칼과 갑옷만큼은 실로 당당히 걸려 있었지요.

울보 아버지는 아침 일찍 일어나셨습니다. 울보는 아침에 일어나면 곧바로 뒤편 우물가로 가 세수를 하는 것이 일상이었습니다. 우물 위쪽으로는 토담이 둘러쳐져 있었고, 이웃인 모리가(毛利家)에서도 사

---

* 無人과 泣人의 옛 일본어 발음은 동음(同音)이었다.

용할 수 있게 되어 있었습니다.

어느 겨울날의 아침이었습니다.

울보가 우물로 세수를 하러 갔는데, 서리가 내려서 새하얗게 되어
있자, 겁쟁이 울보는 뒷걸음질을 치면서 물을 푸려고 하지 않았습니
다. 바로 그때 방에서 울보를 부르는 아버지 목소리가 들렸습니다. 울
보는 야단맞아서는 안 된다는 생각에 세수는 하는 둥 마는 둥 씻고
방으로 들어와 조심조심 아버지 앞에 앉았습니다.

울보 아버지는 한마디의 잔소리도 없이 지금 밖으로 나갈 테니 하
카마(袴)**를 입으라고 하셨습니다. 울보는 추운 겨울 아침 여섯 시에
아버지를 따라 집을 나섰습니다. 엄하신 아버지는 위세 있게 추울 날
에도 어깻바람을 내며 걷는 분이십니다. 그러나 겁쟁이 울보에겐 그
런 위세는 티끌만큼도 없었지요.

살을 에는 듯한 찬 바람이 부는 바닷가를 따라 걷다 보니 어느 절
정문에 도착했습니다. 정문으로 들어가서 곧장 쭉 가면 본당이 나오
는데, 아버지는 왼쪽으로 발길을 옮기셨습니다. 상수리나무와 삼목나
무 아래에 있는 묘에 참배하러 간다고 말씀하셨습니다.

울보는 이곳이 센가쿠지(泉岳寺)***라는 것을 몰랐습니다. 묘까지
가는 도중에 우물이 있었고, 수심이 얕아 물은 얼어있었습니다. 울보

** 일본 옷의 겉에 입는 아래옷.

*** 도쿄도(東京都) 미나토구(港区) 다카나와(高輪)에 있는 조동종(曹洞宗)의 절. 아코의
사(赤穂義士)의 묘소가 있다.

는 이 우물에서 손을 씻지 않아도 되겠지 했는데, 아버지는 손을 깨끗이 씻고 가자고 말씀하셨습니다.

"이 우물에서 기라님(吉良殿)의 수급(首級)을 씻었다.* 유명한 수급을 씻은 우물이다. 때는 1702년(겐로쿠(元祿)** 15년)의 옛날, 오늘은 바야흐로 섣달 15일이다. 47의사(義士)가 기라 저택에 난입하여 기쁘게도 기라님의 수급을 받은 날이다. 이 수급을 위해 의사는 부모와 이별하고, 자식과 헤어지는 간난신고(艱難辛苦)의 힘든 일을 다 참아낸 것이다."

아버지와 울보는 이 우물에서 손을 깨끗이 씻고서 47의사의 묘에 참배했습니다.

"첫 번째 있는 것이 오이시 요시오(大石義雄)님의 묘다. 두 번째는 지카라(主稅)님의 묘다. 지카라님은 그때 열다섯이었다. 너희는 올해가 열한 살이니까, 이제 4년 후에 지카라님과 같은 행동을 할 수 있겠느냐."

아버지가 울보에게 물었습니다. 물론 울보는 그 대답을 할 수가 없었습니다.

---

* 아코사건(赤穗事件)을 가리킨다. 1701년 3월 14일 아코지방 영주가 기라 요시나카(吉良義央)에게 칼부림을 하고 당일 할복자살 및 개역(改易)을 명령받은 사건과 다음해 12월 14일 47인의 아코의사가 기라 요시나카의 저택을 습격하여 기라를 죽이고 그 목을 자른 사건을 이르는 명칭이다.

** 에도시대(江戸時代) 중기의 연호(1688~1704년).

이번엔 네 번째의 묘를 참배하시고 묻습니다.

"저 글씨를 뭐라 읽지?

"아이다(間)입니다"

"틀렸다."

"켄(間)인가요"

"아니 저것은 하자마(間) 라고 읽는다."

"그다음은 누구냐?"

"다케바야시(武林)"

"다음은 구라하시(倉橋) 열 번째가 오노 데라(小野寺), 이 열 명의 의사는 너희가 매일 세수를 하는 우리 집 우물에서 얼굴을 씻으신 것이다. 그 우물은 반은 모리가에서 쓰고 있는 것이지. 겐로쿠 시절 이 열 명의 의사는 모리가에 계셨다. 그 당시 열 명의 의사는 매일 아침 그 우물에서 얼굴을 씻으신 것이다. 너희는 이제부터 얼굴을 씻을 때, 자신의 얼굴을 씻는다고 생각하지 말고 의사의 얼굴을 씻는다고 생각하여라. 서리로 하얘진 장대는 충성심이 담긴 창이라 생각하고, 무거운 두레박은 기라님의 수급이라 여기고 끌어올려라. 오늘은 의사 한 사람 한 사람을 뵙고 내일부터는 당신들의 얼굴을 씻겨드리겠다고 인사를 잘 드리고 가면 된다. 나도 함께 빌겠다."

아버지는 묘 앞에 무릎을 꿇고 '아들 녀석이 내일부터 당신들의 얼굴을 씻겨드릴 테니 모쪼록 잘 부탁드립니다.' 하면서 살아있는 사람에게 말하듯 공손히 경의를 표하고 돌아왔습니다.

울보는 그다음 날 아침부터 우물로 나와 세수를 할 때마다 센가쿠지 의사의 묘 앞에서 가르침 받은 아버지의 교훈을 상기했는데, 겨울 아침 우물가는 역시 추웠습니다.

울보는 의사의 차가운 창이라 하면서 장대를 잡았고, 기라님의 무거운 수급이라 생각하고 두레박을 올렸으며, 이것은 하자마님의 얼굴, 그다음이 다케바야시님, 그다음은 누구지 하면서 열 명, 열 번을 찬물로 얼굴을 씻자 얼굴에서 따뜻한 김이 날 정도였습니다. 하는 김에 자신의 몫도 하자면서 여러 번 얼굴을 씻었습니다.

이렇게 되자 기력이 생겼습니다. 방에 계신 아버지가 부르시면 울보는 자신도 모르게 "네" 하고 큰소리로 대답했습니다.

울보는 이같이 엄한 아버지로부터 교육을 잘 받아 마침내 '지금까지도 훌륭한 사람으로, 사람으로 태어난 신'으로까지 공경받는 사람이 되었습니다.

소년 제군은 오늘보다 내일 더 노력해 간다면 위대한 사람이 될 수 있습니다.

(1915. 10. 13)

노기대장의 배꼽화로

가정박람회 제2일의 구루시마 씨 오토기바나시

가정박람회의 오토기바나시 강연 제2일은 12일 오후 3시 반 뒤뜰 광장에서 열렸다. 청중은 남대문, 히노데(日の出), 종로, 사쿠라이(桜井), 모토마치(元町)의 다섯 학교 생도 2천여 명으로 구루시마 선생님의 저력 있는 목소리는 구석구석까지 전달되어 한 사람도 빠뜨리며 듣는 일 없는, 경성 미증유의 아동회였습니다.

선생님의 이야기는 「노기대장의 배꼽화로(乃木大將の臍火鉢)」였는데, 참으로 재미있는 수신담(修身談)이었습니다.

어릴 적 겁쟁이였던 노기대장은 엄한 아버지에게 교육을 받아 그와 같은 훌륭한 사람이 되셨는데, 노기대장도 자신의 두 아드님이신 가쓰스케(勝希)와 야스스케(保典)의 교육에는 대단히 엄격하셨습니다.

대장은 비좁은 세 평짜리 다다미방을 자신의 방으로 쓰시고, 볕이 잘 드는 옆방의 네 평짜리 다다미방을 아드님들 공부방으로 내주시고는 밤낮으로 몸소 지켜보셨습니다.

대장의 집에서는 겨울 내내 화로를 쓰는 일이 없었습니다. 식모와 마부의 방에는 화로를 허락하셨지만, 대장의 방은 물론이고 부인의 방에도 아드님 공부방에도 일절 화로를 놓지 않으셨습니다. 춥고 차가운 겨울날에 가쓰스케와 야스스케 두 형제는 상당히 고생하신 겁니다.

대장은 식구들은 화로를 쓰지 않지만, 손님이 있을 때에는 화로를 내놓으셨습니다. 손님이 돌아가신 후에 식모가 소매로 가리고 대장 모르게 잠깐 손을 쬐도록 하는 일이 가끔 있었지요.

매우 추운 어느 겨울날이었습니다.

형 가쓰스케는 읽기 공부를 하고 있었고, 동생 야스스케는 작문 공부를 하고 계셨는데, 옥외에서 부는 한풍이 장지문 틈으로 들어와 벼루의 물도 얼려버리는 차가움에 형제는 덜덜 떨고 있었습니다.

옆방에서 이 모습을 보고 계셨던 대장이 느닷없이 "가쓰스케! 야스스케" 하고 부르십니다. 두 사람은 야단맞는구나, 하고 벌벌 떨면서 조용히 대장의 방으로 들어와 양손을 바닥에 짚고 앉았습니다.

그런데 대장은 생각한 것과는 달리 기분 좋게 빙그레 웃으시며 말씀하십니다.

"춥지."

형제는 춥다고 말하면 야단맞을 것으로 생각해 당당하게 대답했습니다.

"아니요. 춥지 않습니다."

"거짓을 말하는구나. 춥지. 춥다고 말해도 된다. 추운 건 추운 거니깐. 이 추위를 이겨낼 마음가짐이 중요한 거란다. 이 아비도 오늘은 추위가 정말 뼛속까지 스며드는 것 같구나. 너희들에게도 화로를 꺼내 주면 좋겠지."

평소 같지 않은 아버지의 말씀에 형제는 이상한 일이라 여기며 머뭇거렸고, 어떤 화로를 꺼내 주실지 생각했습니다.

"가쓰스케, 어릴 적 받은 화로는 어떻게 했니."

가쓰스케는 점점 아버지의 말씀이 이해가 가지 않았습니다.

"화로 같은 건 받은 적이 없는데, 무슨 말씀을 하시는 건지요."

형제는 서로 얼굴을 마주 보았습니다.

"너희들이 꺼내지 않으면 내가 꺼내서 쬐게 해 줄 테다."

그러면서 아버지는 팔을 걷어붙이고 방 한가운데에서 벌떡 일어나셨습니다.

"애들아, 이쪽으로 오너라."

서로 무릎을 맞대고 앉게 하셨습니다. 앉아서 씨름을 하라는 거였습니다.

"야스스케! 형에게 양보할 필요 없으니 마음껏 하여라."

형제는 마치 여우에 홀린 듯했습니다. 화로 이야기가 어느새 씨름으로 바뀌어 버렸지만 어찌할 도리가 없었습니다. 형제는 격렬하게 서로 맞붙어 겨루었습니다. 위로 갔다 아래로 갔다 하면서 비틀고 비틀리며, 그것은 아주 대단한 스모, 심판인 대장은 좀처럼 군배(軍配)*

---

* 스모에서 심판이 쓰는 부채 모양의 것으로 이긴 편을 군배로 가리킨다.

를 올리지 않았습니다.

　형제는 이제 화로의 일은 잊고 열심히 겨루었고, 차츰 숨이 차 왔습니다.

　"형님 하오리를 벗을 테니까 잠시 기다려 주세요."

　야스스케가 하오리를 벗자 형님도 벗었습니다. 드디어는 서서 씨름을 하게 되었고 옷까지 벗는 여세였습니다.

　노기 집안에서는 양복 속에 셔츠와 바지를 입지만, 기모노를 입을 때에는 추운 겨울날에도 겹옷과 속옷만 입습니다. 형제는 속옷 위에 띠를 매고 겨루었는데, 형 가쓰스케의 힘에 허세를 부리던 동생은 멋지게 내던져졌습니다.

　내던져져 맹장지 모퉁이에 머리를 부딪친 야스스케가 이마에서 흘러내리는 구슬 같은 땀을 손으로 닦자, 대장은 빙그레 웃으며 그것이 머리의 화로라고 하였습니다. 이번엔 가쓰스케가 가슴과 배에서 흘러내리는 땀을 손으로 걷어내듯 닦고 있자, 대장이 말씀합니다.

　"어떠냐? 가쓰스케! 네게 준 배꼽화로가 바로 이것이다. 따뜻해졌느냐? 추울 땐 가끔 둘이 크거나 작은 이 화로를 맘껏 꺼내어 쬐면 좋을 것이다."

　이날은 이렇게 보냈습니다.

　그러던 어느 날, 친척인 바바 기관(馬場機関) 중좌가 오셨습니다. 노기 집안의 중간 역할은 언제나 부인이 하십니다. 노기 집안 가풍을 잘 알고 있는 중좌는 금방 돌아갈 생각이라 그러실 필요 없다면서 화로를 거절했습니다.

대장과 중좌는 화로 없이 이야기를 나누셨습니다. 금방 돌아가려 했으나 이야기는 길어지고 30분이 지나고 있었습니다. 그러자 화로 없이는 추워서 견딜 수가 없었습니다. 일단 사양을 했기에 이제 화로를 꺼내 달라고 말할 수가 없었습니다.

중좌는 인사를 하고 돌아가려 했지만, 대장의 말이 좀처럼 끊어지지 않아 마음속으로 매우 곤혹스러워하고 있었는데 옆방에서 이런 소리가 들렸습니다.

"좀 추우니까 배꼽화로를 꺼낼까?"

바바 중좌는 아드님들이 눈치가 빨라 배꼽이 붙은 화로를 꺼내 준다고 생각하고 내심 기뻤던 겁니다. 그런데 화로는 갖고 오지 않고 옆방에서 꽝 털썩하는 대소동이 시작된 겁니다.

중좌는 무척 큰 화로인가 했는데, '에잇' 하는 소리가 들리자 '탁' 하고 사람이 쓰러지는 소리와 동시에 장지문이 쓰러지고 알몸뚱이의 아이가 튀어나왔습니다.

중좌는 걱정스러워 견딜 수가 없었습니다. 형제가 화로를 옮기는 도중 양쪽에 붙어 있는 배꼽이 떨어져 화로를 엎어버린 걸까 싶어서 대장에게 말했습니다.

"재가 쏟아진 게 아닐까요."

대장이 웃으며 중좌에게 말했지요.

"저것은 불도 재도 들어있지 않은 아이들 배꼽화로이니 걱정할 필요 없습니다."

대장은 중좌에게 배꼽화로의 유래를 설명했습니다.

"실로 훌륭한 교훈을 들었습니다. 저의 아이들에게도 이 훌륭한 배꼽화로를 주십시오."

바바 중좌는 이렇게 말하고 정중히 예의를 다한 후 돌아갔는데, 현관에 맞이하러 나온 시로라는 아드님에게 이 배꼽화로를 보내셨다고 하는 이야기를, 저는 바바 씨에게 들었습니다.

저는 여기에 모인 소학생도 제군에게 이 배꼽화로를 드리겠습니다. 이 화로는 배꼽에만 한정되지 않습니다. 손끝에서도 발에서도 나올 수 있습니다. 자신이 가지고 있는 힘을 내어 움직이라는 것이죠. 자신이 가지고 있는 야마토혼(大和魂)*을 드러내어 움직이라는 것입니다.

(1915. 10. 14)

---

* 일본민족 고유의 용맹스러운 정신을 말한다.

귀사를 통해
경성의 어린이들을 만나보고 싶습니다.

무순(撫順)행 열차 안 구루시마 다케히코(久留島武彦)

일본 어린이들의 할아버지 구루시마 다케히코 선생님이 드디어 6월 6일경 경성에 오십니다. 할아버지는 만철회사(滿鐵會社) 재학 아동을 위해서 재미있고 유익한 이야기를 들려주고 지혜를 불어넣어 주려는 마음에서 일부러 내지를 출발하여 멀리 조선과 만주의 땅을 순유(巡遊)하고 계십니다. 그런데 구루시마 선생님은 조선의 소년 소녀를 사랑하고 계시듯이 경성일보라는 신문도 대단히 좋아하시는 것 같아서 경성에 오시면 꼭 경성일보를 통해 경성의 착한 어린이들과 이야기를 한번 나누어 보고 싶다고 전부터 편지 등을 통해 말씀하셨습니다.

그렇게 여러분과 마찬가지로 경성일보사도 할아버지가 경성에 오실 날을 애타게 기다리고 있습니다.

또한, 선생님은 여러분과 똑같이 여러분의 어머니와 언니 누이에게도 꼭 유익한 이야기를 해 주고 싶다고 하십니다. 그래서 본사에서는 6월 6일 밤은 어머니들을 위해서, 7일 낮은 여러분을 위해서 매우 재미있는 이야기를 해 주시길 부탁드렸더니, 선생님은 다음과 같은 편지를 주셨습니다.

다음 아래의 엽서도 선생님한테서 온 것이기에 여러분에게 알려 드리겠습니다.

(전략) 각설, 소생 지난 11일부터 만철의 초대로 연선 각 방면을 현재 순회 중인바, 차차 끝나는 대로 일단 대련으로 돌아와 도독부(都督府)가 관할하는 한 두 곳을 마치고, 6월 4, 5일 중에 출발하여 조선을 거쳐 도쿄로 돌아갈 생각입니다. 이것에 관하여서는 귀사에 지장이 없으시면 6, 7일경 경성에서 주간 1회 아동을 대상으로(심상소학교 5학년 이상 여고 생도까지) 야간 1회 부인을 대상으로 강연하겠습니다. 현재 각 명사가 많이 왕래할 때이므로 이러한 일정과도 상당히 겹칠 것으로 알고 있으니, 취사는 고견에 맡기며 의향의 가부를 6월 2, 3일경까지 대련 요동호텔 앞으로 알려 주시면 좋겠습니다. 지금 있는 곳에서 6일 오후까지는 경성에 도착할 생각이니 6일 밤과 7일 오전 시간이면 대강 차질은 없으리라 생각합니다. 우선 평소 격조했던 것에 대한 사과의 말씀도 아울러 드립니다.

5월 25일

무순 객사 구루시마 다케히코

경성일보사 귀중

(1921. 5. 29)

이탈리아 전쟁이야기 「외다리의 함성」

삼천의 아동을 미칠 듯이 기뻐하게 만든 본사 오토기바나시 강연대회

기다리고 기다렸던 본사 주최 구루시마 다케히코 선생님의 오토기바나시 강연회는 소년 소녀의 가슴에 열흘에 걸쳐 이상한 동경과 대단한 흥취를 일게 했다.

부내(府內) 일곱 학교 삼천여 명의 소학생은 정각이 되기 전, 대단히 넓은 황금관(黃金館)에 모여 있었다. 생기발랄하고 평온한 소년의 눈동자, 연한 홍조를 띤 소녀의 뺨 모두는 천진한 열애의 표명이었다.

오후 2시, 본사 후지무라(藤村) 지배인은 단상으로 나아가 개회 인사를 했고, 온화한 얼굴에 미소를 머금은 선생님은 앞으로 나아가 먼저 미국 소년의 경쾌하고 재치 있는 일본인관 에피소드를 소개하면서 청중의 요설을 훈계하고 정숙을 촉구했다. 활짝 열린 창문으론 6월의 햇빛과 산들바람이 흘러들어와 회장은 그야말로 청신했다.

「외다리의 함성(一本足の突貫)」

구주대전란(歐洲大戰亂)으로 유명한 이탈리아의 용감한 이야기이

다. 엔리코 토티(Enrico Toti)*라고 하는 용사의 성장부터 차근차근 풀어내며 감흥을 잃지 않게, 엔리코가 스물한 살 적, 기관차에 왼쪽 다리를 절단하게 된 구절에 이르자 작은 탄성이 장내에 흘러넘쳤다. 그것은 나뭇잎의 살랑거림과도 같은 조용함이었다.

1914년 9월 이탈리아는 오랜 숙적 오스트리아와 전쟁을 시작했다. 외다리 엔리코 토티는 불구의 몸을 무릅쓰고 돌아가신 아버지의 유지를 이어 제일선에 서서 오스트리아에 원한을 갚고자 병사를 지원했다. 몸이 불구여서 자격도 없는 엔리코는 마침내 자전거로 수련하여 어느 날 국경인 이손조(isonzo) 강변 체르비냐 마을에서 7일 동안 여행을 하고 삼군사령 아오스 전하의 진영으로 향했다고 하는 선생님의 이야기는 따뜻한 감격을 주어 삼천여 명의 아이들은 숨을 내쉴 틈도 없었다.

구루시마 선생님은 이때 청중들을 일으켜 세워 간단한 근육 동작을 시키고 세 번을 외치게 하고서 아이들의 울적한 기분을 달랜 후에 다시 강연으로 들어갔다.

엔리코는 체르비냐의 플라타너스 가로수에서 아오스 전하의 전령이 된다. 이윽고 전하는 그의 극기심을 칭찬하시고 돌격대의 한 명으

---

* (1882~1916) 이탈리아의 사이클리스트, 스물네 살의 나이에 이탈리아 철도에서 일하는 동안 왼쪽 다리를 잃었다. 이탈리아와 오스트리아와의 전쟁 시, 이탈리아 군대를 위해 자원 봉사하려 했지만, 부상으로 인해 받아들여지지 않았다. 그래서 엔리코는 자전거를 타고 전선에 도착, 민간자원봉사자로 일했다. 이손조의 여섯 번째 전투에서 사망하여 군사 용맹의 금메달을 수상했다.

로 편입시켰다. 숙원을 이룬 엔리코는 울먹이며 미친 듯이 기뻐했다.

　어느 날 한밤중에 이탈리아군은 이손조 강변을 걸어서 몽팔코네(Monfalcone)의 적진을 습격하였고, 엔리코는 군의 선두에 서서 약진했다. 동녘 하늘이 밝아오자 몽팔코네의 고지에는 시체의 산, 피의 강인 백병전(白兵戰)이 벌어졌다. 엔리코 토티는 참호에 뛰어 들어가 목발을 휘두르며 적 한 명을 쓰러뜨렸다. 오른손에 든 총검으로 그에게 수류탄을 던진 적병을 찔렀다. 엔리코는 피를 확 내뿜고 다른 시체들 위에 쓰러져 전사했다. 다음날 아오스 전하가 전장을 시찰하러 오셨을 때 뜻밖에도 사랑하는 엔리코의 시신을 찾아내었고, 그의 전사를 기리며 오래도록 이탈리아의 군신으로 받들어 모셨다고 하는 정신일도 하사불성이라.

　불구인 용사 엔리코 토티의 안타까운 이야기는 1시간여에 걸쳐 구연되었다. 3시 폐회 후 황금정 거리는 즐거운 회상으로 미소 짓는 소년 소녀들이 희희낙락 밀물처럼 차고 넘쳤다.

(1921. 6. 9)

이탈리아 전쟁이야기 「외다리의 함성」

문부성 촉탁 구루시마 다케히코

　지금 경성일보사에 계신 분이 말씀하신 것처럼, 오늘 이곳에 여러 분이 모이게 된 것은 실은 여러분 학교의 강당이 크면 그곳에서 이야기하려고 했지만, 강당이 작아 모두 들어갈 수 없기에 하는 수 없이 이곳 황금관을 빌려서 이곳에 함께 모이게 된 것입니다. 그래서 많은 분이 모여 있는 곳이라 여러분이 조금씩 입을 열면 와자지껄 큰 소리가 되지요. 특히 이러한 곳에서는 사다리 모양의 계단을 오르내리는 사이에 신발에 붙은 흙이나 더러운 것이 떨어지고 그것이 먼지와 함께 날아올라요. 그렇게 되면 여러분들 입속으로 여러 가지 나쁜 것이 날아 들어갑니다. 그래서 더욱 이곳에선 입을 열지 말고 코와 귓구멍만을 열어 놓으면 좋겠습니다.

　저는 지금으로부터 4, 5년 전 두 번째로 미국에 간 적이 있어요. 그때 미국의 소학교를 보려고 거리를 걷다가 무심코 건너편을 보게 되었는데, 건너편에 높은 3층 건물로 된 집이 보였습니다. 그리고 지붕

엔 미국 국기가 걸려 있었고요. 미국이란 나라는 소학교에 반드시 국기를 게양하게 되어 있으니 하하, 저건 소학교이구나 하고서 학교 옆까지 갔는데, 종이 땡땡 울리며 안에서 우르르 나온 것은 딱 여러분 정도 되는 아이들로, 서로 어깨동무를 한 아이, 서로 팔짱을 낀 아이들이 이야기하면서 다가왔습니다.

제가 무심코 건너편을 보자, 두 아이가 어깨동무를 하면서 "저기 있잖아……." "응……." 하고 뭔가 사이좋게 이야기를 하며 계단을 내려왔는데, 무심코 제 얼굴을 보기에 저도 그 아이를 본 거죠.

그러자 그 아이가 옆 아이 얼굴을 보며 뭔가 소곤소곤 말했어요.

옆 아이가 "아니, 아니", 이번엔 이쪽 아이가 "응" 하더니, 저쪽 아이가 "으응", 아무래도 뭔가 재미있는 이야기를 주고받는 거 같았지요. 제 얼굴을 보면서 "으응" 하며 이야기를 서로 주고받는 걸 보니, 내 얘길 하고 있구나 생각했어요.

그런데 그중 한 아이가 종종걸음으로 제가 있는 곳까지 와서 모자를 벗고 정중히 인사하며 이렇게 말했습니다.

"잠시 묻겠습니다. 아저씨는 제가 하는 말을 들으시고 그것에 대답해 주시겠습니까?"

"내가 알고 있는 거라면 뭐든지 말해 줄게요."

"그렇다면 묻겠습니다. 아저씨는 일본 사람인가요? 중국 사람인가요?"

그 말을 들었을 때 나는 한심하단 생각이 들었습니다. 내 얼굴이 중국 사람으로 보인단 말인가. 난 훌륭한 일본인이라 생각하고 있는데……. 그럴 만도 했지요. 중국 사람도 머리카락이 검고 눈동자가 갈색이며 안색이 노랗고, 우리 일본인도 그와 같고, 똑같은 양복을 입고 있으면 양쪽 모두 똑같이 보인다. 그래서 하하 알았죠. 그 두 아이는 저 사람은 일본인이다. 아니 그렇지 않다. 중국인이다. 아니 그렇지 않다고 하면서 제가 있는 곳으로 물으러 왔던 겁니다.

(1921. 6. 10)

그래서 이번에는 제가 물었습니다.

"학생은 나를 일본인이라고 생각했나요?"

그러자 아이가 말했습니다.

"아저씨가 질문에 대답하셔야 해요."

"그러니, 그럼 그쪽에 서 있는 학생도 오세요."

아이는 곧바로 내가 있는 곳으로 뛰어왔고 정중히 인사를 하기에 나도 같은 동작으로 인사를 했지요.

"그럼 두 사람 모두 거기 나란히 서 봐요. 먼저 자네들 이름을 묻겠는데, 이름이 뭔가요?"

먼저 온 아이에게 물었죠.

"저는 탐이라고 합니다."

"저는 짐이라고 합니다."

"좋아, 탐 군과 짐 군은 내 얼굴을 잘 봐 두어요."

이 말을 들은 두 아이는 접시 같은 큰 둥근 눈을 하고서 나를 보았어요.

"나는, 음 그러니까 벚꽃이 피는 일본에서 온 남자야."

그렇게 말하자 먼저 온 아이가 어깨를 으쓱 치키면서 말했죠.

"자- 거봐."

그러자 짐 군이 갑자기 고개를 흔들기 시작했어요.

"하하, 탐 군은 나를 일본인이라 말한 거고, 짐 군은 나를 중국인이라고 했군요."

"맞습니다. 저는 중국인이라 생각했어요."

"탐 군은 어째서 나를 일본인이라 생각했나요?"

"저는 분명하게 알고 있습니다."

"나를 알고 있다고"

"아니, 아저씨를 모르지만, 일본인과 중국인의 차이를 잘 알고 있습니다."

그래서 어떤 점이 다르냐고 묻자, 탐 군은 신이 나서 말했습니다.

"저희 아버지가 말했어요. 머리가 똑똑하고 야무진 데가 있는 사람은 입을 다물고 걷고, 야무진 데가 없는 사람은 입을 헤벌쭉 벌리고 걷는다고요. 그래서 길을 걸을 때 입을 벌리고 걷는 사람은 머리가 멍청하고 야무진 데가 없는 사람이라고요. 일본인은 작지만 매우 현명해서 대개 입을 다물고 걷는다고 하고요, 중국인은 입을 벌리고 걷는데요. 이렇게요. 저는 아저씨가 조금 전 저쪽에서 지팡이를 흔들며 걸어와서 학교의 깃대를 보았을 때 대개의 사람은 입을 벌리고 보는데,

아저씨는 입을 다물고 보고 있었어요. 마침 그때 자동차가 왔죠. 대개 사람은 자동차가 붕- 하고 오면, 아 하고 입을 벌리고 도망가는데, 아저씨는 입을 다물고 잠깐 몸을 살짝 비켰어요. 하하 이 사람은 일본인이구나 하고 생각해 짐에게 말하니 짐은 중국인이라고 했어요. 저는 일본인이고, 짐은 중국인이라고. 그래서 아저씨 있는 곳으로 물으러 온 겁니다."

(1921. 6. 11)

그 말을 들은 저는 입을 벌리거나 다문다는 것이 얼마나 중요한 것인지를 생각했지요.

이곳에 대략 4천 명에 가까운 학생이 있는데, 그 학생들이 모두 왁자지껄하게 큰 입을 벌리면 콜레라균도 들어가고 여러 벌레도 날아들어갈지 모르니 되도록 입을 다물고 귀 기울여 들어 주세요.

오늘 할 이야기는 이탈리아라는 나라에서 정말 있었던 일로, 엔리코 토티라고 하는 어린이의 이야기입니다.

어머니는 엔 짱* 엔 짱이라 불렀고, 아버지는 엔 공(公) 엔 공이라 불렀어요. 그 엔 공이 점점 커서 일곱 살이 되자, 집 안에서는 일절 놀지 않고 밖으로만 나다니면서 놀며 걸었지요. 위험한 밖으로 나가면

---

* 짱(ちゃん)은 친밀감을 나타내는 호칭.

자동차도 오고 자전거도 다녀서 밖에 나가면 안 된다고 해도 엔 공은 어느새 집을 벗어나 밖으로 나왔어요. 어머니는 몹시 걱정했습니다.

"엔 짱 네가 밖으로 나가면 엄마는 걱정이 돼서 몸이 작아진단다."

"정말, 엄마 어느 정도 작아져······."

"그렇게 눈에 보이지 않을 정도로 작아지진 않는데, 점점 작아진 단다. 엄마는 작아지는 것이 싫으니 제발 밖에 나가는 건 그만둘래."

"싫어요, 좁은 집에서 노는 건 싫어요."

"하지만, 너는 하나밖에 없는 아들이고, 전차나 자동차에 치여 죽으면 어떡하니. 여동생 둘만 남는데. 제발 조심해야 한단다."

그래도 엔리코는 밖으로 나가 종종걸음으로 뛰어다녀서 어머니는 조마조마했습니다.

그러던 어느 날 엔리코는 좋은 생각이 떠올랐습니다.

"엄마, 자동차도 안 오고 말도 오지 않는 좋은 곳이 있어요. 그런 곳이면 되겠죠."

"그렇다면 엄마도 안심이지만 멀리 가면 안 돼."

다녀오겠다는 소리에 어머니가 창문을 열고 보니 지금 막 나갔을 엔리코의 모습은 어디로 갔는지 온데간데없었습니다.

"어머, 어디로 간 걸까? 벌써 사라졌네."

"엔 짱."

큰 소리로 부르자 어머니 머리 위에서 소리가 났습니다.

"여기에요."

"어디니, 어머나 소나무 가지에 올라갔구나. 위험해. 그런 곳에 올라가 떨어지면 어떡하니."

"떨어지지 않으면 돼요."

"떨어지지 않으면 좋겠지만, 누구나 떨어질 걸 생각하고 떨어지는 사람은 없단다."

"하지만 여기라면 자동차도 말도 오지 않아요."

"당연하지. 정말 너는 애를 먹이는구나. 길에서 놀지 않으면 나무 위에서 놀고……."

"엄마, 원숭이는 나무에서 떨어지지 않아요."

"거짓말이야. 원숭이도 나무에서 떨어질 때가 있어."

엔 짱은 가지에서 가지로 건너다니는 것이 너무나도 재미있었어요.

(1921. 6. 12)

이런 장난꾸러기 엔 공이 아홉 살이 되었을 때, 아버지는 엔 공을 불러 말했습니다.

"엔 공, 언제까지 그렇게 엄마를 걱정시킬 거니. 이제 넌 공원에 가서 놀거라. 공원에는 자동차고 뭐고 위험한 것은 들어오지 않으니."

이 말을 들은 엔 공은 크게 기뻤습니다.

"그럼 다녀오겠습니다,"

말하자마자 뛰어나갔어요.

점점 날이 저물어갔지만 엔 공은 무엇을 하면서 노는지 돌아오지 않았죠. 어머니는 걱정하기 시작했습니다.

"여보, 좀 데리러 가 보세요. 아마 집에 오는 걸 잊고 있는 모양이에요."

"성가시군. 근처에서 논다고 이러니저러니 하더니, 공원에 가면 데리러 가야만 하구. 어쩔 수 없지. 그럼 데리러 갔다 오지."

아버지는 서둘러 공원으로 가 보았지만, 아무도 없었습니다. 유동원목(遊動圓木)*이 있는 곳, 그네 있는 곳, 미끄럼대가 있는 곳 어디를 봐도 없었어요.

"집으로 간 건지 모르겠네. 엔 공."

부르면서 공원을 여기저기 찾아 돌아다니는데 갑자기 머리 위에서 소리가 들렸습니다.

"여기요-."

"아 깜짝이야. 어디니 엔 공."

"여기에요. 아빠 모르시겠어요. 여긴데."

"공원에 와서까지 나무에 올라간 거니……."

"여기 나무 위가 너무 재미있어요. 아빠."

"저런 어이없는 녀석이군. 내려오거라. 이 공원은 넓은 곳이니 나무 위에 올라가지 않아도 돼."

"아뇨. 올라가는 게 더 재미있어요."

---

* 통나무의 양쪽 끝을 쇠사슬로 나직이 매달아 앞뒤로 움직일 수 있게 하여 그 위를 걸어 다니게 만들어 놓은 놀이 기구.

그러고선 주루룩 하고 나무에서 내려왔습니다.

"아 재밌다. 내일 또 와도 돼요?"

"와도 되니까 걱정하지 않게 일찍 돌아와야 한단다."

다음날도 놀러 나갔지만, 날이 저물어도 여전히 돌아오지 않았습니다.

"오늘도 또 오지 않네요. 데리러 가세요."

"귀찮군. 매일 데리러 가야 하니."

이번엔 아버지도 빤히 알고 있다는 듯이 위를 향해 말했어요.

"엔 공, 내려오거라."

"요정도요."

"빨리 내려오거라. 엄마가 밥이 식는다고 하니. 그 정도 내려와선 안 되지. 빨리 아래까지 내려오렴."

그날은 간신히 내려왔지만, 그다음 날부터는 아버지가 데리러 가도 나무에서 내려오지 않았어요. 아버지는 안 되겠다 싶어서 그다음 날 갈 때 긴 막대기를 가지고 갔지요.

"엔 공 내려오거라, 내려오지 않으면… 좋아 찌를 테다."

엔 짱은 엉덩이를 찔리고 나서야 어쩔 수 없이 내려왔습니다. 실로 장난꾸러기라고 해도 이 정도로 애를 먹이는 아이는 없었지요.

(1921. 6. 15)

이런 장난꾸러기 엔 공이 열네 살이 되자 해군 수병이 되었고 스물한 살까지 근무했는데, 스물한 살의 6월 말, 한창 더울 때 땀을 닦으며 집으로 돌아왔습니다.

"아, 덥다 더워. 아버지, 재미가 없어요. 아무리 배를 타도 함장이 되지 못하니."

"당연하지. 열네 살부터 해군에 들어가 스물한 살 정도에 함장이 되면 어떡하겠니."

"그런가요. 저는 이제 곧 함장이 되겠지 했어요. 어쨌든 재미없어서 그만두겠습니다. 이번에는 제가 하고 싶은 걸 할 거예요. 좋은 사람이 될 겁니다."

뭐가 되려나 했더니 철도로 가서 기관사 견습공이 되었습니다. 몹시 별나다고 하자 엔리코가 말했지요.

"그래도 재미있어요. 기관차는 규- 하고 움직이면 칙칙폭폭. 이번에 제가 딱 멈추면 덜커덩 손님들이 기차 안에서 휘청거리죠. 제가 잠시 손을 움직이면 몇백 명이 타고 있어도 자유자재로 움직여요. 이런 일이면 빨리 기관차 승무원이 되면 좋겠어요."

"하지만 소중한 손님의 목숨을 떠맡은 거니 조심해야 한단다."

스물네 살에는 훌륭한 운전사가 되었죠. 이번엔 자신이 견습공 한 명을 데리고 매일 기차를 운행했는데, 어느 날 기차가 산에 올라가다 중간쯤 갔을 때 무슨 일인지 뚝 하고 멈춘 채 움직이지 않았어요.

"이거 이상하군. 무슨 일이지. 잠시 브레이크를 꽉 걸어 주게. 여긴 비탈이라 위험하니까."

엔리코는 견습공에게 브레이크를 걸게 하고 기관차에서 내려 어디에 고장이 났는지 쇠망치를 들고 여기저기 살펴보았지만, 바깥쪽에는 파손된 부분이 없었습니다.

"이상하군. 어이 꽉 브레이크를 걸어 주게. 내가 지금 기관차 밑으로 기어서 들어가 볼 테니."

이렇게 말하면서 기관차 밑으로 기어서 들어가 선로에 걸쳐 누워서 위를 보며 쇠망치로 뚝뚝 두드리자, 씩-하고 김이 새어 나왔습니다. 여기구나 하고 두 번째로 두드리려고 하자 기관차 위에 있던 견습공이 깜짝 놀라서 말했습니다.

"엔리코 씨 위험해요! 기차가 움직이기 시작했어요."

견습공은 안간힘을 써서 세우려고 했으나 기차는 덜컹덜컹하면서 뒷걸음질 치기 시작했죠. 놀란 엔리코가 서둘러서 다리를 잡아끌려는 순간, 그 큰 기관차에 치였습니다. 눈 깜짝할 사이에 왼쪽 다리가 뚝 잘려 나가고 엔리코는 정신을 잃었습니다. 사람들이 다가와서 차 밑에서 엔리코를 끌어내 병원으로 왔으나 도저히 살아날 것 같지 않았어요. 엔리코가 차츰 의식을 회복하고 두 달 정도 지나자 간신히 좋아져서 병원을 퇴원하긴 했지만, 팔자에도 없는 절름발이.

(1921. 6. 16)

목발에 의지해 절뚝거리며 걷게 되었지만 그래도 아직 나는 다른 한쪽 다리가 있으니까 뭐 외다리라도 상관없다. 절대 쓰러지지 않겠다는 마음이 강했지만, 외다리로는 어쩔 도리가 없었습니다.

철도회사는 안됐다고 돈을 넉넉히 주었고, 엔리코와 어머니, 여동생 세 사람은 과분한 방이 셋인 집도 받아 살고 있었지만, 엔리코는 매일 입버릇처럼 분하다고 말했어요. 그 말을 듣는 어머니도 참으로 불쌍하게 여겼지만 어쩔 도리가 없었죠. 그저 단념하라고, 이것도 운명이라고 말했습니다.

그러다가 1914년 9월의 어느 날, 갑자기 요란스럽게 호외(號外)를 판다는 방울 소리가 거리에 울려 퍼졌습니다.

무슨 일이 일어났나 하고 한 장 사서 읽어 본 엔리코는 자기도 모르게 뛰면서 "됐다!" 하고 그 호외를 움켜쥐었고, 부들부들 떨며 목이 숨넘어갈 듯 집으로 돌아왔습니다.

딸각딸각 이 소리가 아래층에서부터 울렸습니다. 어머니는 그 소리를 세면서 계단을 열여덟 번 올랐으니 나머지 세 번이면 방으로 들어오겠다 했어요. 그런데 언제나처럼 덜커덕, 덜커덕거리며 입구 문을 열고 "어머니" 부르는 소리가 날 텐데, 오늘은 무슨 일일까? 덜커덕 덜커덕거리는 큰 소리만 나서 어머니는 놀라셨고 중간에서 떨어진 게 아닌지 걱정했지만, 그렇지는 않았습니다.

좁은 계단을 이리저리 부딪치며 올라와 방으로 들어온 것을 보았을 때, 엔리코의 손에는 뭔가 작은 종잇조각이 쥐어져 있었습니다.

"엔 짱. 그렇게 하면 다리가 아프지."

"아 힘들다. 그건 알지만, 어머니 이 호외를 보세요."

어머니는 그 호의를 건네받고 무슨 호외인가 하고서 손에 들고 보았습니다. 어머니는 눈물을 흘리며 말씀하셨습니다.

"반가운 호외이구나. 아버지가 살아계셨다면 이 호외를 보고 얼마나 기뻐하셨을까."

아버지는 작년에 돌아가셨습니다.

"하지만 어머니 제가 가겠어요."

"너는 가고 싶어도 외다리라서 안 된단다."

"외다리지만 영혼은 두 다리입니다. 제가 꼭 가겠습니다."

그 호외가 뭔가 하면, 이탈리아의 적 오스트리아와 전투를 시작한다는 거였습니다. 그 옆을 보니 의용병을 지원하고 싶은 사람은 마을 관공서로 접수하러 오시오. 그곳에 와서 신청하면 언제든 의용병이 될 수 있다고 적혀 있었습니다.

(1921. 6. 17)

다쓰야마 루이코
(龍山淚光)

제가 가장 사랑하는 소년 소녀에게

포플러 새잎이 햇빛에 비칠 때 소년의 빛나는 눈동자를 생각하게 됩니다. 또 비에 젖은 경치는 빛나는 눈동자의 아름답고 더러움이 조금도 없는 순수한 눈물을 생각하게 합니다. 저는 소년을 사랑하고 제게도 이러한 시절이 있었던 것을 그리워합니다.

초록이 짙은 초여름의 천지에서 홀로 선명하고 탐스럽게 피어나는 새하얀 배꽃은 아름다운 소녀들의 마음일 것입니다. 비에 젖은 그 애처로운 모습은 가는 봄을 좇는 소녀 눈동자에 담긴 눈물과도 많이 닮았습니다.

회당(會堂)의 저녁 종이 울릴 때, 저는 박복하거나 복이 있는 소녀들을 생각합니다. 저는 소녀를 사랑합니다. 새하얀 마음속에서 솟아나는 그 아름다운 소녀의 눈물은 그 어떤 것보다도 소중한 것이라 여겨집니다.

저는 이곳 경성에 와서 소년의 날부터 바라고 바랐어도 얻을 수 없었던, 제가 가장 사랑하고 좋아하는 소년 소녀와 만났다는 생각이 듭니다. 저는 이곳저곳 여행하며 끝도 없이 여러분들을 찾아서 걸었습니다. 그리고 이제야 겨우 제가 찾은 여러분들과 만났습니다. 제 볼은 기쁨의 눈물로 빛나고 있습니다.

우이동의 오토기바나시 모임은 환락의 봄을 맞이하기에는 너무나도 미숙했습니다. 유치원의 이야기에서도 제 마음에 만족스럽지 못한 점이 많이 있었습니다. 기예학교(技藝學校)의 강연에서도 뭔가 부족하단 생각이 들었습니다.

그러나 저는 제가 만날 수 있었던 여러분들에게 제 노력 전부를 내보이며 웃고 울고, 울고 웃게 해줘야 한다는 책임이 있습니다.

이제부터 매주 토요일 석간에 〈경일지상(京日紙上) 오토기바나시 강연〉을 실어서 여러분 눈으로 듣게 해 드리겠습니다. 그리고 저는 매달 강연회를 열어서 여러분들의 붉은 입술에서 새어 나오는 웃음과 시원한 눈동자에서 흘러넘칠 눈물을 보겠습니다.

저희 경성일보는 유일하게 여러분이 읽어 나쁘지 않은 신문인 것을 기뻐해 주세요.

제1회 5일 날 나가는 학교 강연회는 제겐 가장 그리운 여러분을 처음으로 만나는 날입니다. 생각하면 기쁨이 복받쳐서 펜의 움직임도 둔해집니다. 이야기는 서툴고 글은 재미없어도 오래도록 저와 가장 사이좋은 친구가 되어 주세요.

저는 목소리가 쉬어서 나오지 않게 될 때까지 여러분과 함께 웃고 노래하는 할아버지가 되고 싶습니다.

자 여러분 5월 5일 학교는 쉬고, 1년에 한 번 있는 단오 절구. 오세요. 제가 사랑하는 소년 소녀들이여. 꼭 오세요. 그날 학교 오토기바나시 모임에서 웃고 웃으며 노래 부릅시다.

(1918. 5. 5)

소좌의 애마

잠꾸러기 다케시(武土)는 오늘 일요일이라서 학교도 쉬는데, 아침 일찍 힘차게 일어나 기분 좋게 아침 바람을 맞으면서 하늘에 떠 있는 고이노보리(鯉幟)*를 올려다보았습니다.

귀여운 얼굴에는 빙그레 기쁜 미소가 드러납니다.

3월 3일 모모노셋쿠(桃の節句)**에 여동생 미쓰 짱(光ちゃん)은 떼를 썼고, 다케시는 같이 가고 싶지 않았지만, 미쓰 짱과 미쓰 짱의 친구들, 그리고 자신의 친구들 모두를 초대해서 아버지가 축하 행사로 열어준 오토기바나시 모임에 가기로 했습니다.

점심을 먹고 난 후에 마쓰오(松雄) 다케오(竹雄) 우메오(梅雄), 그리

---

* 종이나 천 등으로 잉어 모양을 만들어 단오 때 기처럼 장대에 높이 다는 것이다.

** 일본의 다섯 명절의 하나로 인형을 장식하여 여자아이들의 성장을 축하하는 행사이다.

고 미쓰 짱 친구 마쓰코(松子) 다케코(竹子) 우메코(梅子) 등 친구들이 모두 모였습니다. 모두가 2층 큰방에 장식된 무사 인형 앞에서 과자와 사과를 받았습니다.

그러는 사이 오토기바나시 선생님도 오셨습니다. 모두가 예절 바르게 자세를 고쳐 앉고 조용히 기다리고 있자, 선생님은 탁자 앞으로 나오셔서 빙그레 웃으며 에헴 하고 헛기침을 한 번 하셨습니다.

"올해는 말띠 해이고 지금 아버님께 들으니 다케시도 말띠 생년이라고 하니 그것과 관련된 소좌의 애마라 하는 이야기를 하겠습니다."

지금부터 14년 전, 우리 일본은 동양의 평화를 보호하기 위해 러시아와 전쟁을 해야 했기에 전투를 개시했어요. 그리고 만주 들판에 출정한 용감한 병사들은 세계 그 어느 나라에서도 볼 수 없는 야마토혼을 크게 드러냈지요. 천황폐하와 우리 국민을 위해서 진력해야 한다는 충의의 마음을 갖고 싸우면 이겼고, 공격하면 차지하는 상황이 되었어요.

1904년 10월 10일에 사허(沙河)***라 하는 곳까지 공격해 들어갔습니다.

이 성(城)은 러시아 군대가 난공불락의 성으로 믿고 있어서 상당히 튼튼해 함락시키기가 매우 힘들었습니다. 사허를 공격한 지 닷새가

*** 중국 랴오닝성(遼寧省) 선양(瀋陽)의 남쪽에 있는 지명으로 러일전쟁 때에 대규모 전투가 있었던 지역이다.

되었으나 적은 쉽게 백기를 들지 않았고, 비와 싸라기눈, 포와 총탄이 아군의 진지에 떨어졌습니다. 불쌍한 우리의 용감한 병사들은 여기저기로 흩어졌고, 무념의 주먹을 굳게 움켜쥔 채 이를 악물고 쓰러진 그 모습은 얼마나 비장했겠습니까?

이런 와중에 적과 아군 사이는 점점 더 가까워졌고, 우리의 이토(伊藤) 포병 소좌는 자신의 애마인 사자나미(漣)에 올라타고 제일 선두에 서서 격렬한 전투를 뚫고 나아갔습니다.

소좌 부대가 진을 쳐야 할 진지인 산기슭까지 진격해간 소좌는 말에서 획하고 내리더니, 사자나미의 갈기를 어루만지면서 마치 사람에게 얘기하듯 말했어요.

"사자나미, 내 말 잘 듣거라. 너와 나는 출정하고서 단 한시도 떨어진 일이 없다. 어떤 고생도 함께 하며 들판에서나 산에서나 같이 엎드리고 했다. 지금까지의 전공(戰功)은 모두 네 덕이었다. 그렇지만 오늘은 이렇게 적진에 가까워지고 있으니 이제 너를 데리고 갈 수가 없겠구나. 너는 여기서 내가 개가를 올리고 돌아오길 기다리고 있거라."

소좌는 목소리에 힘을 넣은 다음 다시 말했습니다.

"만일 이 전쟁에서 내가 전사한다면 너는 나의 시체를 고향에 있는 아내와 사랑하는 아이들에게 데려다주거라. 사자나미……, 내가 한 말을 이해했니?"

소좌는 목소리를 흐리며 옆을 향하고선 조용히 눈물을 닦습니다. 이 말을 들은 사자나미는 정말로 알아들은 양 머리를 두세 번 세게 흔들었고, 눈에 눈물을 머금으면서 이별이 슬픈 듯이 소좌에게 착 달라붙고선 떨어지지 않았습니다.

그때 마침 미즈고오리(水郡) 대위의 남동생인 상등병도 적의 포탄에 쓰러졌다는 보고가 들어왔습니다. 그러자 소좌가 말했습니다.

"사자나미, 가거라."

달리기 시작한 말은 히힝 하고 소리 내며 울었습니다.

그리고 소좌는 진두에 서서 힘껏 싸웠고, 허공을 향해 울린 포탄은 눈 깜짝할 사이에 발사되어 소좌의 가슴에 쏜살같이 박혔습니다.

"분하도다."

이렇게 외마디 함성을 지르고서 소좌는 쓰러져 무참히 전사했습니다.

이때 후진에 매어두었던 사자나미는 뭔가 놀란 듯이 크게 소리를 질렀고, 흐느껴 울며 말고삐를 뿌리치고선 놀란 당번병을 걷어찬 후 진두(陣頭)를 향해 미친 듯 바삐 뛰어 올라갔습니다. 그리고 소좌의 붉게 물든 시체를 흔들어 움직이게 하려고 했습니다.

"어서요. 주인님 한 번 더 사자나미야 하고 불러 주세요."

이렇게 우는 얼굴을 죽은 소좌에게 갖다 대며 소리를 쥐어짜다가 군복 깃을 물고 어떻게든 살려보려고 좌우로 흔드는 애처로운 말, 충의의 마음으로 함께 있던 장졸들은 이 광경에 군복 소매를 적시지 않은 자가 없었습니다.

잠시 있다 한 장교가 이 용감한 말까지 적에게 죽게 하면 안 된다고 하면서 안장에 시체를 얹고 당번병에게 말고삐를 당기게 하니, 말은 알았다는 듯이 고개를 숙이면서 터벅터벅 산기슭을 향해 내려갔습니다.

선생님의 이야기가 끝나자, 모두가 조용히 눈물을 닦았고 웃으면서 얼굴을 마주 보다 휴-하고 한숨을 지었습니다.

말도 이런 충의를 가졌으니 우리도 열심히 공부해서 훌륭한 사람이 되어 충의를 다해야 한다고 결심했습니다.

하늘에는 고이노보리가 용감히 떠 있습니다.

(1918. 5. 5)

충신의 이별

　작은 농촌에서 몸을 일으켜 대단히 지혜로운 사람이라는 말을 들었고, 천하를 마침내 손아귀에 쥐었지만, 그것으론 성에 차지 않았던 도요토미 히데요시(豊臣秀吉)*는 대망을 품고서 조선에까지 그 무명(武名)과 위세를 떨쳤습니다.

　이토록 위대하고 슬기롭게 사리에 밝은 사람도 죽음 앞에서는 적대(敵對)할 수 없이 일대의 성공과 영화를 버리고, 사랑하는 자식 중 특히나 애지중지했던 한창 귀여울 나이인 히데요리(秀賴)**와도 이별하고 떠나가 버렸습니다.

　히데요시가 죽은 후에 오사카성(大阪城)은 불이 커진 뒤와 같이 쓸

---

*　아즈치모모야마(安土桃山) 시대의 무장·정치가(1536~1598)로 천하통일을 이루고 임진왜란을 일으켰으나 실패하였다.

**　(1593~1615), 도요토미 히데요시의 아들로서 세키가하라(関ヶ原)전투를 비롯한 도쿠가와 이에야스 세력과의 갈등 끝에 오사카성을 공격당하고 스물두 살에 자결했다.

쓸하고 냉랭했습니다.

그 당시 히데요리 공(公)은 겨우 여섯 살이었고, 아직 아무것도 분별하지 못할 나이인지라 아버지가 죽은 것이 슬픈 건지, 기쁜 건지 알지 못했습니다.

큰 소망과 책략을 가지고 있었던 도쿠가와 이에야스(德川家康)*에게는 분명 하늘이 천하를 자신에게 부여해 준 것이라고 기뻐했을 겁니다.

도요토미의 부하들은 모두 이에야스의 곁으로 옮겨갔습니다. 뒷날 어린 히데요리와 그 어머니 요도기미(淀君)**의 힘이 되어 준 사람은 조선까지 가서 호랑이를 퇴치해 유명해진 가토 기요마사(加藤淸正)***와 가타기리 가쓰모토(片桐且元)**** 등이 있을 뿐이었습니다.

이 얼마나 비참한 일이었겠습니까? 작년 정월에는 매우 유쾌하고 재미나는 정월을 맞이했던 히데요리가 허전함 속에서 일곱 살의 봄을 맞이했습니다. 이와는 다르게 도쿠가와 쪽의 위세는 상당했습니다.

---

* 일본 에도막부의 제1대 쇼군(將軍;1543~1616)으로 도요토미 히데요시 밑에 있었으나, 그가 죽은 뒤 도요토미 일족을 멸하고 전국(戰國)을 제패하여 에도막부를 세웠다.

** (1569~1615), 도요토미 히데요리의 생모로서 오사카 전투에서 패하면서 아들 히데요리와 운명을 함께했다.

*** (1562~1611), 도요토미 히데요시와 도쿠가와 이에야스를 도와서 일본 전국의 통일에 기여했다.

**** (1556~1615), 도요토미 히데요시를 섬겼고, 히데요리의 후견이 되었다.

마침 그 해 호코쿠신샤(豊國神社)***** 제례에서 이에야스는 기요마사를 초대해 대접했습니다. 그때 맛이 있는 만두를 내놓았는데, 조심성이 많은 기요마사는 이 만두 속에 독이 들어있을 거라 생각했습니다. 그런데 이에야스의 둘도 없는 충신이라 하는 시부가와(渋河)가 그 만두 하나를 집어 먹으면서 기요마사에게 권했습니다. 무사의 패기와 의리에 직면한 기요마사는 하는 수 없이 각오하고 독인 줄 알면서도 그것을 받아먹었습니다.

도쿠가와 쪽 사람들은 얼마나 기뻤겠습니까? 눈엣가시로 여긴 기요마사가 쉽게 책략에 걸려버린 것이니 말입니다.

그 후 기요마사의 몸은 나날이 쇠약해졌고, 이제 물러나야겠다는 생각으로 작별 인사를 드리러 가타기리 가쓰모토와 함께 어린 주군을 뵙습니다.

때마침 성의 하늘 위에서는 비단을 찢는 듯한 두견새 소리가……, 귀신도 꺾는다는 기요마사는 성 주변을 둘러보면서 생각지도 않게 눈물을 뚝 하고 흘렸습니다.

요도기미는 목청껏 소리 내어 울면서 하소연을 했습니다.

"이제 와 이러는 것은 분명 자네가 변심한 것일세. 도쿠가와 쪽으로 갈 건가."

원망하는 눈은 몹시 울어서 부어 있었습니다.

***** 교토시(京都市) 히가시야마구(東山区)에 있다. 제신(祭神)은 도요토미 히데요시이다.

기요마사는 하고 싶은 말을 다 했습니다.

"아닙니다. 절대, 그런 불충한 기요마사가 아닙니다. 제가 구마모토(熊本) 고향으로 돌아가도 아직 이곳에는 오사카성의 철벽이라 하는 가쓰모토가 지키고 있지 않습니까. 늙은이는 물러나 있다가 만일 큰일이 일어나면 곧바로 달려오겠습니다."

그제야 그 말에 안심이 된 요도기미도 기요마사의 귀향을 허락했습니다. 그리고 기요마사는 어린 주군 히데요리 공을 자신의 무릎에 안아 앉히고선 한동안 말없이 있었습니다. 용맹한 장수의 눈에 눈물만이 쏟아져 내립니다. 일곱 살 히데요리 공은 떨어지는 눈물을 닦지도 않고 있는 기요마사의 얼굴을 찬찬히 지켜봅니다.

"영감……."

부르는 목소리는 맑고 사랑스러웠지만, 그 눈동자엔 이슬방울이 가득 맺혀 있어서 잠시 말이 나오지 않았습니다. 기요마사는 마음을 다잡았습니다.

"우리 주군님. 이 늙은이는 몸이 병들어 이제 고향으로 돌아가고자 합니다. 몸 건강하세요. 설령 어떠한 일이 있다 해도 도쿠가와 쪽과는 적대하지 마십시오. 이에야스 공은 좋은 분이십니다. 아무쪼록 아버님을 생각하셔서 도요토미 이름을 이어주시길, 이 늙은이 일생의 소원입니다."

기요마사는 다시 눈물을 흘렸습니다. 단풍잎 같은 작은 손으로 눈물을 닦는 히데요리 공이십니다.

"영감 말은 꼭 지키겠지만, 병 때문에 귀향하는 것이라면 다시 내게 와서 전쟁이야기를 해 주지 않겠소. 병이 깊어지면 간호할 자도 붙여주고, 그것으로도 부족하다면 이 히데요리가 보살필 테니. 내 곁에 계속 있어 주지 않겠소. 만일 고향에서 기다리고 있는 처자 때문이라면 불러들일 테니, 여봐요. 영감."

함께 자리한 자들 모두가 소리를 내어 울었습니다. 맹호도 쓰러뜨릴 만한 기요마사는 어린 주군을 꽉 부둥켜안은 채 소리도 내지 않고 울었습니다. 울고 울어도 이별은 해야 했기에 기요마사는 히데요리 공을 밀어내며 일으켜 세웠지만, 어린 주군은 아장아장 걸어옵니다.

"영감, 영감."

소매에 매달려서 얼굴을 묻고 울며 이별을 아쉬워합니다. 기요마사는 주군을 계속 섬기는 신하로 있고 싶지 않았을까요? 바깥에는 슬픈 장맛비가 내리고 있었습니다. 또다시 비단을 찢는 듯한 소리로 두견새가 울어댔습니다.

(1918. 5. 12)

창경원의 사자

봄이 왔다.

봄이 왔다.

어디서 왔을까.

들에서 왔지.

산에서 왔어.

마을에서 왔다.

추운 대륙의 바람이 어딘가로 도망가고 어린 풀이 돋아나니 창경원 벚꽃이 미소를 내보입니다. 따뜻한 연못에 학이 날개를 씻을 무렵이 되었습니다.

남산과 인사동의 유치원 아이들이 자주 놀러 오니 우리 안에서 외롭게 지내던 사자들이 무척 기뻐했습니다.

어미 사자의 말도 듣지 않고 형 데코(凸), 누나 피리(ピリ), 남동생

자메(茶目) 군은 어느 틈에 여자아이들이 부르는 창가(唱歌)*를 외워버려 우리 안에서 '봄이 왔다. 봄이 왔다.' 흥얼거리며 사자 댄스를 추면서 신나게 돌고 있었습니다.

그러다 배가 고파지자, 저녁밥으로 소고기를 받을 때가 됐는데 하면서 이제 올까 저제 올까 기다리고 있었습니다.

그러자 수비 아저씨가 4인분의 저녁밥으로 소고기 약 7.5 킬로그램 정도 되는 걸 가지고 왔습니다. 우리 맨 앞에서 혀를 내밀고 날름 먹다 형제들의 싸움이 시작되었습니다.

"내 건 적은 데."

"'아니 안 돼. 내 거야."

어미는 자기 먹을 것까지 나누어 주면서 새끼들을 사랑했습니다.

식사가 끝나면 어미 사자는 언제나 교토의 동물원에 있던 일과 아버지와 조선으로 오는 여행 중에 일어났던 일 등을 들려주었습니다. 이야기의 끝은 작년 11월, 아버지가 내지로 돈 벌러 가고 얼마 안 되어 돌아가신 일을 얘기하며 눈물을 뚝뚝 흘렸습니다.

그새 벚꽃이 피어났고, 창경원은 관람하는 손님들로 매일 매일 북적였습니다.

형과 누나와는 달리 자메 군은 밖으로 나가 놀고 싶었습니다. 그러자 어머니와 형, 누나가 말합니다.

---

* 구제(舊制) 소학교의 교과, 또는 그 교재로서 만든 가곡으로 1941년에 '음악'으로 바뀜.

"그런 소리 하면 안 된다. 매일 맛있는 소고기를 먹고, 게다가 일주일에 두 번 정도는 꼭 토끼를 먹을 수 있으니 이런 기쁜 일이 어디 있겠느냐."

하지만 자메 군은 좀처럼 말을 듣지 않았습니다. 아침에 일어나 저녁에 잠이 들 때까지, 잠이 든 후엔 잠꼬대까지 했습니다.

'나도 밖에 나가 놀고 싶다. 엄마도 여러 번 교토에서 이곳까지 여행했는데, 나도 여행하고 싶어.'

어머니는 자메 군이 잠꼬대하면서 잠을 잘 자지 못하는 걸 보았습니다.

"자메 짱, 자메 짱 왜 그러니?"

그러자 자메 군은 크게 코를 골기만 했습니다.

그런데 자메 군의 잠꼬대를 신이 들으시고 가엾게 여기셨는지, 소원이 이루어졌습니다. 자메 군은 도쿄 우에노(上野)에 있는 동물원에 양자로 가게 된 것입니다.

드디어 우에노 동물원의 구로가와(黑川) 아저씨가 왔고, 창경원 동물원 시모코리야마(下郡山) 아저씨와 이야기를 나누었습니다.

이제 벚꽃도 완연히 핀 4월 16일, 자메 군은 4년간이나 정들었던 창경원과 자주 놀러 온 유치원 아이들을 남기고 도쿄로 떠나게 되었습니다.

어머니가 울면서 말합니다.

"아가야, 몸 건강히 잘 지내거라. 도쿄에 가서는 장난 많이 치지 말고, 아이들에게 미움받지 않게 하고."

"건강히 지내."

형과 누나도 울면서 이별을 슬퍼했는데, 자메 군만은 무척이나 기쁘게 웃으면서 출발했습니다.

남대문 역에서 기차를 탄 자메 군은 들과 산을 봐도 혼자였고, 말할 상대도 없자 점점 외로움에 견딜 수가 없어 큰 소리로 울기 시작했습니다.

구로가와 아저씨가 소고기를 주면서 달래 봐도 소용이 없었습니다. 결국, 자메 군은 기차 안에서 난폭한 행동을 해 아저씨와 철도 사람들을 힘겹게 했습니다.

하는 수 없이 부산에서 오사카 상선(商船)의 미야지마마루(宮島丸)에 특별히 태워 28일 간신히 고베(神戸)에 도착했는데, 자메 군은 생각한 여행이 즐거운 것이 아니라는 걸 알고 울면서 자신을 보내준 어머니와 형, 누나에게 미안했습니다.

도쿄에 도착한 날은 30일, 일주일 정도 피로를 풀었고, 지금은 도쿄 아이들과 사이좋게 지내고 있습니다. 사흘이 지나자, 경성의 어머니에게서 편지가 왔습니다.

'무사히 잘 지내고 있니? 일 년에 한 번인 5월 5일 단오 절구인데 누나는 해산해서 고양이 같은 아기를 둘 낳았단다.'

이렇게 적혀 있었습니다. 자메 군은 이제 어엿한 삼촌이 된 양 어른이 되었다고 합니다.

(1918. 5. 19)

고아 소녀

유럽의 전쟁이 쾅 하고 한바탕 부서지고 난지 벌써 6년이라는 세
월이 지났고, 그 생생한 지옥은 그대로 여기저기서나 시체의 산이 되
어버렸습니다. 피의 강물이 흐르는 실로 눈 둘 곳이 없습니다.

몬테네그로는 횡포한 오스트레일리아에 공격을 받아 시가지란 시
가지는 쓰러졌고 불꽃과 연기로 휩싸여 아수라장의 모습을 드러냈으
며 마을 사람들은 무참히 적의 검에 베였습니다.

시가지에서 멀리 떨어진 적막한 마을에 우타코(歌子)라 하는 귀여
운 열두 살의 소녀가 있었습니다. 우타코의 어머니는 이 전쟁이 시작
되고 얼마 안 되어서 홀로 남겨질 사랑하는 딸을 생각하며 결국 병으
로 저세상 사람이 되었습니다.

아버지는 전쟁에 나가야 하는 군인이었습니다. 그런데 사랑하는
우타코를 혼자 남겨두고 어찌 전쟁에 나갈 수가 있겠습니까. 아버지
는 죽어도 함께 있자는 생각으로 사랑하는 딸을 데리고서 나라를 위

해 전장에 출정한 것입니다. 그 당시 우타코는 일곱 살이었습니다.

2년이 지나고 3년이 지나도 언제 이 전쟁이 끝날지 모릅니다. 싸우면 지고 또 지는 몬테네그로의 전쟁에서 하늘과 땅에 단 한 사람, 우타코가 크게 의지하던 아버지가 적의 포로가 되어 차마 눈을 뜨고 볼 수 없는 최후를 마치셨습니다.

지금 우타코는 슬픈 고아가 되었고, 무서운 전장의 들판에서 가엾은 몸이 얼어붙도록 차갑게 빛나는 달을 올려다보고 있습니다. 얼어붙는 눈물방울이 소매를 적시고, 나무 아래 그늘에서 불안한 꿈을 꿉니다.

하늘을 가로지르는 포와 총탄이 우타코의 작은 가슴을 떨리게 했고, 날이 새도 먹을 거라곤 빵 부스러기 하나도 없었습니다. 일곱 살에 입고 온 옷은 무릎 있는 곳까지 치켜 올라가 있고, 너덜너덜 찢어져 있습니다. 머리카락은 참새 둥지처럼 되어 있고, 얼굴은 창백히 말라 쇠약해져 있습니다.

이 추운 날씨에 양말도 안 신고 부서진 나막신만 신은 채 무거운 엉덩이를 질질 끌면서 간신히 다음 마을로 멀리 달아나고 있습니다.

그곳에는 영국 야전병원이 지어져 있어 끊임없이 들어오는 수많은 부상병으로 의사도 간호사도 상당히 바빴습니다.

한 간호사가 기르고 있는 존이라는 강아지가 먹다 남긴 빵 부스러기를 울타리에 버렸습니다. 그것을 본 우타코는 남의 눈이고 뭐고 생각지 않고 달려갑니다.

"와, 빵이다! 신난다."

그 빵을 주워 게걸스럽게 먹고 있는 것을 복도에 있던 간호사가 보았습니다.

"아, 딱해라. 얼마나 배가 고팠으면."

간호사는 우타코를 부엌으로 데리고 와서 따뜻한 음식을 주었습니다.

"너 어디 사니?"

친절히 묻자, 우타코는 슬픈 얼굴이 되어 눈물을 뚝뚝 떨어트리며 말합니다.

"집이 없어요."

간호사는 가여워서 가만히 눈물을 닦아 주고 다시 물었습니다.

"아버지 어머니는?"

"어머니는 아주 오래전에 돌아가시고, 아버지는 오스트레일리아에 포로가 되어 돌아가셨는데……."

우타코는 참기가 힘들었는지, 간호사 무릎에 엎드려 소리 내어 울었습니다.

간호사들은 우타코의 딱한 사정을 듣자, 가여워서 병원에 있게 해 주었습니다.

모두가 돈을 모아 옷을 사서 주자, 우타코는 신이 나서 매우 기뻐했습니다. 새 옷을 입고 따뜻한 양말과 신발을 신으니 기뻤습니다. 우타코는 부엌일을 거들고 접시를 닦으며 바지런히 일하니 몸도 점점 건강해졌습니다. 모두에게 사랑 받으며 잘 지냈는데, 이 마을도 오스트레일리아의 공격을 받게 되었습니다.

적의 비행기는 시가지의 상공을 날았고, 당장이라도 폭탄을 떨어뜨리며 사람들을 죽일 기세였습니다. 한 번도 아닌 두세 번이나 이런 참극을 지켜보았던 우타코는 몹시 두려움에 떨었고 위축이 되어 있었습니다.

의사와 간호사는 병원을 철수하고, 준비해 놓은 운송선을 향해 해안으로 떠나게 되자, 다시 이런 쓰라린 체험을 겪게 할 수 없어 우타코도 함께 데리고 가기로 했습니다.

우타코는 배 안에서 따뜻한 모포를 감싸 안고 있다가 탐조등이 순식간에 번쩍이자 소리를 질렀습니다.

"비행기, 비행기."

광기와도 같이 일어나 당장이라도 폭탄이 이곳에 떨어질 것 같은지 울부짖습니다.

친절한 간호사들은 우타코를 안으며 모포를 머리에 씌웠습니다.

"우타코야, 이제 무섭지 않아."

우타코를 달랬지만 한동안 울음을 그치지 않다가 그대로 안긴 채 잠이 들어버렸습니다. 잠든 채로 우타코는 영국으로 가게 된 것입니다.

우타코는 모두가 친절히 대해 주어서 쾌활하고 유쾌하게 살고 있지만, 부모도 형제도 없는, 자신의 나라는 적으로 짓밟혔으니, 이국에서 쓸쓸히 잠들며 어떤 꿈을 꿀까요. 아아, 패배한 백성, 영락의 흔적을 생각하니……

(1918. 5. 26)

흉내의 실패

　지금으로부터 8백 년 전의 옛날, 경성 근처에 오토기무라(お伽村)라 하는 마을이 있었고, 마을 중앙을 오토기강(お伽川)의 아름다운 물이 흘렀습니다.

　강 건너편에는 오토기다케(お伽嶽)라고 하는 높고 높은 산이 있어 여름이 되면 시원한 바람이 불어옵니다.

　이러한 평화스러운 마을의 주민은 어떤 사람일까 했더니, 아름다운 옷을 길게 걸쳐 입은 공작(孔雀)의 일족이었습니다.

　오토기강의 강가를 따라서 공작의 왕이 있는 어전(御殿)에서는 오늘도 무용회가 열려서 떠들썩했습니다.

　마을 사람들은 아름다운 날개를 펼치고 예쁜 머리를 흔들며 모두 열심히 춤을 추었습니다. 공작의 왕까지 손뼉을 치면서 노래를 불렀습니다. 그 목소리는 철판에 구슬이 굴러가는 듯이 좋았습니다.

　아침부터 춤추며 노래하는 공작 마을 사람들은 해가 오토기다케의 저편으로 모습을 감추고 밤이 점점 다가오는 것도 잊을 만치 들썩였습니다.

까마귀 마을의 구로스케(黑助)는 오늘 날씨가 무척 좋아서 멀리까지 날아가 하루를 즐겁게 산의 숲, 절의 지붕을 날아다니다가 해가 저물자 오토기무라의 왕이 계신 어전 위로 돌아왔습니다. 그런데 갑자기 구로스케의 귀에 아름다운 노랫소리가 들려왔습니다.

"어머, 이 좋은 목소리는 뭐지. 노래를 부르고 있네. 까마귀 마을에선 아침부터 밤까지 기쁘거나 슬프면 모두 내 이름처럼 새까만 까마귀가 까옥까옥하는데, 다른 곳에서 들으면 정말 우스꽝스러울 거야. 어디 누가 부르는지 한 번 내려가서 보고 와야겠다. 어떻게 하면 저런 좋은 소리를 낼 수 있는지 흉내를 내 봐야겠다. 내가 까마귀 마을로 돌아가면 바로 저 소리로, 그래 저 소리야. 저 목소리. 모두가 놀라겠지. 재밌겠다."

구로스케는 공작의 어전 지붕 위에서 어디일까, 어디서 부르고 있는 것일까 찾다가 유리로 된 채광창을 발견했습니다. 구로스케는 살며시 채광창으로 엿보았습니다.

"까옥까옥, 아 아름다운 옷이다. 아름다워. 나도 저런 옷을 입고 싶다. 태어나서 새까만 옷만 입고, 이름까지 구로스케라니. 아- 싫다."

이런 생각으로 보고 있는데, 모두가 춤을 멈추었습니다. 아름다운 노래도 끝났습니다. 왕이 높은 단 위에서 말씀하십니다.

"오늘 모두 잘 와 주어 대단히 기뻤다. 내일도 무도회를 열어 춤을 잘 추고 노래도 잘 부르는 자에게는 포상을 할 터이니, 아침부터 모두 모여 주길 바란다."

모두 기뻐서 왕에 대한 만세를 외치고 집을 향해 돌아갔고, 왕도 어전으로 들어가셨습니다.

구로스케는 채광창으로 왕의 말을 가만히 듣고 있었습니다.

"내일도 무도회가 있다고, 나도 어떻게든 해서 공작 흉내를 내어 춤을 잘 추고 싶은데, 그래서 상도 받고 싶고."

구로스케는 지금까지 모두가 춤추고 있던 큰방을 구석구석 돌아보고 있습니다. 그러다가 몰래 창문에서 안으로 뛰어들었습니다.

공작들이 열심히 춤을 추어서인지 아름다운 날개가 여기저기 많이 빠져 떨어져 있습니다. 까마귀는 재빨리 그 날개들을 모두 주워 모아 숲속으로 도망쳤습니다.

"자, 나는 오늘 밤 까마귀가 아니라 공작이 되는 거다. 그리고 내일 상을 받는 거다. 좋아."

그렇게 말하면서 주워 온 공작의 날개를 자신의 몸에 심었습니다.

날이 새자, 어제의 공작들이 왕의 어전으로 모여들었습니다.

"미에키치(美惠吉) 씨 안녕하세요."

"부헤(舞兵衛) 씨 일찍 나오셨군요."

"어머, 하나코(花子) 씨 아니세요. 안녕하세요."

"아, 누군가 했더니 미도리코(綠子) 씨였군요. 어제는 피곤하셨지요?"

까마귀 구로스케는 그 많은 자들 속에 몰래 함께 섞여서 어전으로 들어갔습니다.

어제처럼 화려하게 춤이 시작되자, 구로스케도 함께 춤을 추기 시작했는데, 아무래도 진짜 공작처럼 춤을 출 수는 없었습니다.

마치 술에 취한 듯 저쪽으로 비틀거리다가 이쪽으로 비틀비틀, 그렇게 추는 사이에 끼워 넣은 공작 날개가 한 개씩 빠지고, 두 개씩 빠지더니 마침내는 모두 빠져버렸습니다.

이제 도망갈 수도 없이 한낮에 까만 얼굴이 한층 더 까맣게 되었고 빛나는 눈알만 끔뻑이며 난처해하고 있자, 모두가 그 모습이 너무 우스꽝스러웠는지 춤이고 노래고 다 멈추고선 큰소리로 "와" 하고 웃어댑니다.

까마귀는 참을 수가 없었습니다. '흉내 같은 건 내는 게 아니구나' 하고 후회했습니다.

"까옥까옥"

울면서 공작 왕에게 사죄하니 왕도 책망하지 않고 용서해 주었다고 합니다.

(1918. 6. 2)

칠성지

처마의 풍경도 흔들리지 않는 어제, 오늘의 더위, 히로시(浩)는 학교에 가면 몸이 나른해져서 견딜 수가 없었습니다. 독본(讀本) 시간에 생각은 저절로 먼 곳을 향해있었고 졸음이 쏟아졌습니다.

이런 날이 닷새, 엿새 이어졌는데, 오늘부터는 드디어 애타게 기다리던 여름방학이 찾아왔습니다.

종업식 때 교장 선생님은 방학에 생긴 뭔가 재미나는 이야기를 하나씩 가져오라고 말씀하셨습니다.

히로시도 뭔가 재미나는 이야기를 찾아내고 싶었습니다.

히로시는 방학이 되자, 평양 숙모님 댁으로 갔습니다. 대동강 물에서 수영도 하고 모란대(牡丹臺) 명승지에서 반나절을 보내기도 하면서 즐겁게 방학을 보내고 있었습니다. 그러다 하루 북행(北行) 기차를 타

고 평양에서 약 2시간, 신안주역(新安州驛)에 내려 경편철도(輕便鐵道)*
인 장난감 같은 기차로 갈아타고 안주로 갔습니다.

몇백 년 전부터 우거진 수목의 삼림이 이곳저곳에서 그 옛날을 말
해주는 듯했습니다. 마을은 조용하고 평화로웠으며, 그 한쪽 언덕에
서 있는 유명한 백상루(百祥樓)**는 변해가는 세상의 모습을 자칫 비웃
는 듯했습니다.

히로시는 수목의 모습이 마치 선경(仙境)과도 같았고, 차가운 바람
에 몸을 날리며 동구 밖까지 왔습니다.

그러자 그곳에는 대단히 재미있는 모양의 큰 연못이 있었습니다.
개구리 소리가 뭐라 말할 수 없는 일종의 적막함을 느끼게 했습니다.
히로시는 큰 버드나무 아래에 앉아서 좋은 담뱃대로 뻐끔뻐끔 담배
를 피우고 있는 한 노인을 발견하고 곁에 가 앉아 쉬었습니다.

히로시는 조선에 온 지 불과 2년 남짓 됐지만, 조선어를 대단히 잘
했습니다. 그래서 할아버지에게 말을 걸었습니다.

"할아버지, 상당히 더운데 안주는 정말 시원하고 좋은 곳이네요."

"음, 안주는 시원한 곳이지. 조선 전체는 덥다, 조선이 덥다고 일본
사람들은 말하지. 하지만 일본의 도시보단 조선이 훨씬 시원하단다.
일본 도시 사람들은 조석으로 이런 시원한 바람을 꿈엔들 모를 거야."

---

* 통행하는 기관차와 차량의 크기가 작고 궤도의 너비도 좁은 철도이다.

** 평안남도 안주군 안주읍 북쪽 교외의 청천강 기슭에 있는 누각으로 관서 팔경의
하나로 경치가 아름답다.

할아버지는 긴 담뱃대를 두세 번 훑어보고 다시 담배를 뻐끔뻐끔 피웠습니다.

"할아버지, 이 연못은 꽤 크고 상당히 재미있는 모양을 하고 있어요."

"그래, 이 연못은 칠성지(七星池)라고 해서 하늘의 별님을 본떠서 이름을 붙인 거란다. 이 연못에 관한 재미나는 이야기가 있지."

"어떤 이야기이죠? 들려주세요."

슬픈 개구리 소리가 두 사람 귀에는 보통과 다르게 들렸습니다. 할아버지는 담뱃대를 놓고서 무릎을 양손으로 감싸 안으며 이야기를 시작했습니다.

"지금부터 2백 년이나 옛날의 일이었다. 안주군 군수로 김덕해(金德諧)라고 하는 상당히 재주와 지혜에 뛰어난 자가 있었지. 그 무렵 이 칠성지에는 몇십만, 아니 몇백만 마리의 개구리들이 살고 있었단다. 모두 함께 울어대면 마을 사람들은 너무 시끄러워서 밤에 잠을 잘 수가 없었어. 그 일이 하루 이틀뿐 아니라, 한 두석 달이나 계속되자 도저히 참을 수가 없었던 거야. 그래서 마을 사람들은 재주와 지혜가 뛰어난 군수에게 어떻게든 개구리가 울지 않도록 해 달라고 부탁했단다. 군수는 여러 가지로 머리를 짜내어 생각한 끝에 보릿짚을 아주 작고 잘게 잘라서 연못에 던져 넣으면, 개구리는 틀림없이 울지 않게 될 거라고 가르쳐 주었단다. 마을 사람들은 집으로 돌아와 바로 보릿짚을 잘라 가르쳐준 대로 연못 안으로 던져 넣었지. 그랬더니 아무것도 모르는 개구리들이 이 맛있는 걸 누가 주었지 하면서 덥석덥석 먹어버린 거야. 아, 그런데 큰일이 난 거다. 보릿짚이 개구리 목구멍에 걸려 목소리가 전혀 나오지 않게 된 거지. 그날 밤부터 이 칠성지에는 개구리가 전혀 울지 않게 되었단다. 그리고 오랜 세월 동안 칠성지에서는 개구리 소리를 들을 수가 없었는데, 요즘 들어 이렇게 변한 슬픈 소리로 개구리가 울기 시작해서 마을 사람들은 개구리의 영혼이 울고 있는 거라고 한단다."

할아버지는 이야기를 다 하고 나자, 다시 담뱃대를 집어 올렸습니다. 연못에서는 슬픈 소리, 원망하는 소리로 개구리가 계속 울고 있었습니다.

히로시는 여름방학이 끝나면 이 이야기를 선생님께 들려드리겠다고 생각했습니다.

긴 해도 서쪽 산으로 넘어가려 하고 있습니다. 할아버지와 작별하고 히로시는 선경과도 같은 숲을 지나 길거리로 나왔습니다.

(1918. 7. 21)

두 개의 구슬

(상)

옛날 아주 옛날, 니니기노미코토(瓊瓊杵尊)*의 자손에 호데리노미코토(火照命)와 호오리노미코토(火折命)라는 형제가 있었습니다.

형 호데리노미코토는 바다낚시를 매우 잘하시고, 동생 호오리노미코토는 산 사냥을 좋아하셨습니다.

형이 자신 있는 낚싯바늘을 실에 달아 바다에 던지면 금세 많은 물고기가 모여서 끌어올릴 틈도 없을 만치 낚였습니다.

호오리노미코토는 손에 익숙한 활에 화살을 메기고 뿅 하고 쏘면 어떤 발 빠른 토끼와 사슴도 그 화살을 피해 달아날 수가 없었습니다.

---

* 일본 신화에 등장하는 신. 〈고사기(古事記)〉와 〈일본서기(日本書紀)〉에는 일본 천황가의 직계 시조가 되는 신으로 서술이 되어 있고, 태양의 여신 아마테라스(天照)의 손자로서 천손(天孫)이라는 호칭으로 불렸다.

두 형제는 매일 도시락을 가지고 각자 신이 나서 바다와 산으로 낚시와 사냥을 하러 나갔습니다. 형 호데리노미코토는 동생이 저리 사냥을 많이 할 수 있으니, 자신도 짐승을 많이 잡을 수 있을 거라는 생각을 했습니다.

그래서 어느 날 동생에게 말했습니다.

"가끔은 바꾸어서 낚시와 사냥을 해 보는 것도 재미있을 것 같구나. 어떠냐? 오늘은 네 활과 화살을 가지고 내가 산으로 갈 테니, 너는 내 낚싯바늘을 가지고 바다로 가 보지 않겠느냐?"

동생 호오리노미코토는 대단히 마음씨가 상냥하고 좋은 사람이어서 곧바로 대답했습니다.

"네 형님 말씀대로 하겠습니다."

서로 도구를 바꿔서 형은 산으로 동생은 바다로 향해 갈림길에서 두 사람은 헤어졌습니다.

소맷자락 안에 넣어 둔 과자를 꺼내는 것보다 쉽게 바닷물고기라면 낚을 수 있었던 호데리노미코토였습니다. 그런데 길들지 않은 활과 화살을 들고서는 전혀 마음먹은 대로 되지 않을 뿐만 아니라, 새끼 한 마리도 잡히지 않았던 겁니다. 아침부터 하루 동안 산을 뛰어다니고 해 질 무렵이 되었지만, 아무것도 잡히지 않았습니다.

손과 발이 억새에 긁히어 상처투성이가 되었고, 몸은 몹시 지쳐버렸기에 이젠 도저히 안 되겠다 싶어 아침에 동생과 헤어진 갈림길로 돌아와 있었습니다.

그런데 아무리 기다려도 동생은 오지 않았습니다. 어찌 된 일일까

툴툴대면서 기다리고 있는데, 동생이 낚싯대만을 들고 자못 난처한 듯한 얼굴로 풀이 죽어 돌아왔습니다.

"너는 지금껏 무얼 하고 있었느냐? 난 정말 참혹한 꼴을 당했다. 산 사냥은 아주 재미가 없더구나. 어서 빨리 낚싯바늘을 돌려주거라."

형은 언짢은 듯한 얼굴로 화를 내며 말했습니다. 동생은 아무 대답 없이 훌쩍훌쩍 울기 시작했습니다.

"아니, 왜 우느냐. 빨리 낚싯바늘을 돌려주거라."

형이 가까이 다가오자, 동생은 땅바닥에 손을 짚고 무릎을 꿇었습니다.

"형님, 용서해주십시오. 저도 물고기 한 마리 잡지 못했고, 형님의 소중한 낚싯바늘마저 물고기에게 먹혀버렸습니다. 제발 용서해주십시오. 대신 제 소중한 검을 부수어 천오백 개의 낚싯바늘을 만들어 드릴 테니, 형님 용서해주십시오."

양쪽 눈에 눈물을 가득 머금고 용서를 빌었지만, 형님은 그 용서를 받아들이지 않았고 빨개진 얼굴로 화를 내었습니다.

"안 된다. 안 돼. 어떻게 해서든 내 낚싯바늘을 돌려주거라. 그 낚싯바늘이 아니면 안 된다. 자 어서 빨리 돌려주거라."

철썩 하고 뺨을 후려갈기며 재촉했기에 동생은 울면서 일어나 다시 바닷가로 돌아왔습니다. 해안을 이리저리 걸으며 형의 낚싯바늘을 찾아보았지만, 아무리 걸어본들 물고기에게 먹힌 낚싯바늘이 해안에 떨어져 있을 리 없겠지요.

해는 완전히 져버렸습니다.

그때 맞은편에서 기러기가 덫에 걸려 괴로워하고 있는 것을 호오리노미코토가 보게 되었습니다. 그는 가여워서 덫을 풀어 구해주니 기러기는 기뻐하며 날아갔습니다.

그런데 얼마 있자, 어딘가에서 백발의 한 노인이 불쑥 나타났습니다. 그리고 은빛 흰 수염을 어루만지며 호오리노미코토에게 묻는 거였습니다.

"해가 졌는데 어째 이런 곳에서 울고 있느냐?"

호오리노미코토는 낚싯바늘을 잃어버린 일과 형님에게 아무리 사과해도 용서해주지 않는 것을 다 말하자, 노인은 빙그레 웃으면서 이렇게 말했습니다.

"아, 그런 일은 걱정하지 않아도 되네. 내가 말하는 대로 해 보게나. 낚싯바늘은 반드시 되찾을 수 있을 터이니."

노인은 이상한 주머니 속에서 검정 빗을 꺼내어 모래 위로 던졌습니다. 그러자 놀랍게도 무성한 대나무 숲이 생겨났습니다. 그 대나무를 잘라 노인은 바구니 배를 만들었습니다.

"자, 이것을 타고 바다 밑까지 가게. 그러면 그곳에 좋은 길이 있고, 그 길을 성큼성큼 나아가면 비늘로 만든 커다란 어전(御殿)이 나올 걸세. 그 어전은 바다의 신이 계신 궁이기에 바다 신에게 찾아달라고 하면 손쉽게 낚싯바늘을 찾게 될 것이네."

노인은 이렇게 말하고 호오리노미코토를 바구니 배에 태워 푸른 바닷속으로 첨벙 하고 던져 넣었습니다. (계속)

(1918. 7. 28)

호오리노미코토는 바구니 배에 태워져 바닷속으로 첨벙 하고 던져졌기 때문에 깜짝 놀랐지만, 주변을 둘러보자 벌써 바다 밑에 도착해 있었습니다. 그 빠르기가 마치 비행기와도 같았습니다.

호오리노미코토는 바구니 배에서 내려 둘러보니, 예쁜 모래로 된 한 줄기의 길이 나 있었고, 이 길에는 물도 아무것도 없었습니다. 길 양측에는 여러 해초들이 수풀을 이루며 밀생하고 있었습니다.

걸어가는 동안 멀리 건너편으로 훌륭하게 큰 비늘로 지어진 커다란 어전이 보였습니다.

"아, 노인이 말했지. 이것이 바다 신의 궁이로구나."

어전 앞까지 가자, 어디선가 부드러운 여자의 발소리가 들려와서 다른 사람 눈에 띄면 안 된다는 생각에 미코토는 예쁜 수정처럼 물이 넘쳐있는 우물 옆의 나무 위로 급히 올라갔습니다.

그러고 조금 있는데, 아름다운 분이었습니다. 귀여운 머리카락은 흑단(黑檀)처럼 새까맣고 얼굴은 눈처럼 새하얗게 입술은 연지처럼 새빨간 소녀가 떨리는 아름다운 목소리로 노래를 불렀습니다.

> 옥 우물물이 졸졸
> 옥 그릇에 퍼 올리고
> 오직 한 사람 아버지에게
> 옥의 샘물 드리겠어요.

옥의 우물로 다가와 서둘러 물을 퍼 올리고서 옥 그릇에 담아 돌아가려고 할 때 나무 아래에 멈추어 섰습니다. 퍼 올린 거울 같은 그릇의 물에 나무 위에 있는 호오리노미코토의 그림자가 생긴 겁니다. 지금까지 외지 사람을 본 적 없는 소녀는 깜짝 놀라 소리쳤습니다.

"어머—."

그릇을 그곳에 던지고 문 안으로 뛰어 들어갔습니다. 그 비단을 찢는 듯한 소리에 호오리노미코토도 놀라서 높은 나무 위에서 쿵 하고 떨어져 그만 엉덩방아를 찧고 말았습니다.

조금 전의 그 소녀가 고귀한 모습을 한 노인의 손을 잡고 왔습니다. 노인은 바다의 신이었습니다. 호오리노미코토의 얼굴을 뚫어지게 쳐다봅니다.

"음, 너는 호오리노미코토가 아니냐. 도요타마(豊玉) 공주가 본 적도 없는 자가 나무 위에 있으니 빨리 가서 보자고 해서 깜짝 놀랐는데. 아하하."

바다 신이 하얀 수염을 매만지며 큰 입을 벌리고 웃자, 도요타마 공주도 웃었습니다.

엉덩방아를 찧어 언짢은 얼굴로 엉덩이를 만지고 있던 호오리노미코토도 웃었습니다.

미코토는 두 사람을 따라 문 안으로 들어갔습니다. 넓은 모래로 깔린 정원을 빠져나와 진주와 산호로 만들어진 어전의 넓은 방으로 들어갔습니다. 물고기들이 춤을 추었고 바다의 맛있는 음식 등이 차려진 대단한 환대를 받았습니다. 친구가 없었던 도요타마 공주는 갑자기 친구가 생겨 무척 기뻤습니다. 아버지 바다 신도 공주가 기뻐하는 것을 보고 빙그레 웃으며 호오리노미코토에게 오래도록 이 궁에 머물라고 하셨습니다.

미코토는 형님의 낚싯바늘을 잃어버린 일을 이야기했고, 바다의 신에게 찾을 수 있게 해 달라는 부탁을 드렸습니다.

"그것은 곧 알 수 있을 터이니 걱정하지 않아도 된다."

그렇게 말하며 즉시 어족(魚族) 모두를 모이라 명령하시자, 상어, 광어, 문어, 참치, 허리가 구부러진 새우까지 지팡이를 짚고 어슬렁어슬렁 나타났습니다.

신은 물고기들에게 물었습니다.

"너희는 2, 3일 전에 낚싯바늘을 삼킨 일이 없느냐?"

그러자 모두가 대답하기를,

"아니요. 모릅니다."

모두 얼굴을 마주 보며 이상하단 표정을 지었습니다. 신이 다시 물었습니다.

"오늘 도미가 보이지 않는데, 무슨 일이더냐?"

허리가 구부러진 새우가 어슬렁거리며 앞으로 나왔습니다.

"제가 말씀드리겠습니다. 이웃 도미는 오늘 같이 오자고 했더니, 2, 3일 전부터 입이 붓고 아파서 올 수 없다고 했습니다."

"하하하, 그럼 영락없이 도미가 낚싯바늘을 삼킨 게 틀림없구나."

신은 당장 도미를 불러오게 했습니다.

도미는 입이 크게 부어 "아 아파라, 아파……" 하면서 앞으로 나왔습니다.

모두가 바로 입을 열어보니, 정말 낚싯바늘을 삼킨 거였습니다. 그래서 바늘을 빼내어 호오리노미코토에게 돌려주었습니다.

호오리노미코토는 매우 기뻤습니다. 이제 작별하고 돌아가려고 했는데, 도요타마 공주가 울어서 돌아갈 수가 없었습니다. 결국, 3년이라는 세월이 지나가 버렸습니다.

언제까지 이러고 있을 수만은 없었습니다. 드디어 호오리노미코토가 일본으로 돌아가게 되었습니다. 도요타마 공주는 눈물을 흘리며 호오리노미코토에게 선물로 시오미쓰타마(潮滿玉)*와 시오히노타마(潮干玉)**라는 두 개의 구슬을 주었습니다. 그리고 형에게 복수하는 방법도 가르쳐 주었습니다. (계속)

(1918. 8. 4.)

(하)

"돌아가지 마세요. 그런 심술 고약한 형님이 어찌 되든 알게 뭐예요. 저는 친구가 없으니, 언제까지 제 옆에 있어 주세요."

도요타마 공주는 떼를 썼지만, 정직한 마음을 지닌 다정한 호오리노미코토는 공주를 달랬고 다시 만날 약속을 하고서 돌아오게 되었

---

* 조수를 밀려들게 하는 주력(呪力)이 있다고 하는 구슬.

** 조수를 끌어당기게 하는 주력이 있다고 하는 구슬.

습니다.

아름다운 소녀의 마음이 담긴 선물인 두 개의 구슬은 만주(滿珠)와 간주(干珠)입니다. 도요타마 공주는 도미의 목구멍에 걸렸던 호데리노미코토의 낚싯바늘을 높이 하늘로 던지면서 노래를 부릅니다.

형의 마음은 이 낚싯바늘이요.

비뚤어진 사람에게 걸린다.

마음이 고쳐지는 그때까지는

물고기도 낚이지 않는다.

형님은 악어와 함께 편안히 정성 어린 선물을 들고 오랜만에 돌아온 호오리노미코토를 보자, 지금까지 어디서 무얼 하고 있었느냐. 네가 나간 지 벌써 3년이 되지 않았느냐. 그동안 좋아하는 낚시도 할 수 없었다. 내 낚싯바늘은 어찌했느냐? 빨리 내놓거라 하면서 냅다 동생의 뺨을 탁하고 때렸습니다.

더없이 마음씨가 고운 호오리노미코토는 뺨을 맞고 눈물을 주르르 흘립니다.

"형님. 정말 죄송합니다. 낚싯바늘은 되찾아 왔으니, 자 받으십시오."

"앗, 내 낚싯바늘. 이거지 이거야."

형님은 서둘러 준비를 하고 늘 가던 바다에서 3년 만에 낚시를 하면서 오늘이야말로 물고기를 많이 잡아야겠다고 생각했습니다. 그런데 어찌 된 일입니까? 물고기는 한 마리도 잡히지 않았습니다.

낮이 되었지만, 호데리노미코토는 도시락도 먹지 않고 열심히 실을 드리우며 바다만을 바라보고 있었습니다. 이제 해님은 멀리 바다로 모습을 감추었고 해는 저물었습니다.

아침부터 낚시에 걸리던 자잘한 물고기 한 마리 잡히지 않자, 호데리노미코토는 매우 화가 났습니다. 이것은 분명 호오리노미코토가 물고기가 잡히지 않도록 장난을 친 것이라 여기고, 동생에게 가서 거세게 비난을 합니다.

"형님 저는 전혀 모르는 일이오니 용서해주십시오."

형은 싹싹 빌며 사죄하는 동생을 노려보았습니다.

"아니, 네까짓 게 내게 이런 장난을 치다니, 내게도 생각이 있다."

성이 나서 돌아간 형은 즉시 많은 병사를 데리고 동생을 공격해 왔습니다. 동생 미코토는 놀라서 부리나케 도망쳤습니다. 들판을 넘고 숲을 지나 골짜기를 건너서 산에 오르자, 많은 병사가 뒤에서 쫓아오는 거였습니다. 산의 사방을 에워싸서 이제 호오리노미코토가 도망갈 길은 완전히 막혀버렸습니다.

절체절명의 어찌할 바를 모르고 있던 호오리노미코토의 머리에 떠오른 것은, "아 그래," 도요타마 공주가 준 시오미쓰타마였습니다.

잽싸게 품에서 꺼내어 높이 올리자, 건너편 웅덩이에서 차츰 바닷물이 차올라 길을 묻고, 들판을 묻었으며 논밭과 숲을 뒤덮어 마침내 형의 병사들이 오고 있는 산을 점점 묻어버렸습니다.

병사들이 모두 물에 빠지자, 호데리노미코토는 "이거 감당할 재간이 없군" 하면서 나무로 뛰어 올라갔는데, 그 나무에도 점점 물이 차올랐습니다.

견디기가 힘들어지자, 형 미코토는 비참한 목소리로 외쳤습니다.

"아우야. 용서해라. 내가 나빴다. 이제부터 너를 괴롭히지 않고 사랑할 테니 용서하거라."

호오리노미코토는 "그럼", 하면서 이번에는 시오히노타마를 잽싸게 꺼내자, 채워진 물이 순식간에 쓸려가 버렸습니다.

그 후, 두 사람은 수렵을 그만두고 논을 일구게 되었는데, 호데리노미코토가 위쪽 논을 일구었고 호오리노미코토가 아래 논을 일구었습니다. 그런데 위의 논에선 전혀 작물이 열리지 않았고, 아래 논에서는 가지도 접히지 않고 열매가 맺었습니다.

호데리노미코토는 화가 나서 동생의 아래 논과 바꾸어 위쪽 논을 동생에게 일구게 했는데, 이번에는 위쪽 논에서는 작물이 아주 잘 되었지만, 형의 아래 논에서는 전혀 작물이 열리지 않은 겁니다.

호데리노미코토는 다시 화가 나서 군사를 모집해 호오리노미코토를 공격했습니다. 동생 호오리노미코토는 하는 수 없이 또다시 시오미쓰타마를 꺼냈습니다.

그러자 바닷물이 갑작스레 무서운 기세로 소용돌이쳤고, 많은 병사가 모두 빠져 죽었습니다.

"아우야. 용서해라. 정말 너를 이겨낼 재간이 없구나. 내가 나빴다. 오늘부터는 정말로 너를 괴롭히지 않겠다."

형은 눈물을 흘리며 사과했습니다.

호오리노미코토는 형을 가엾게 여겨 시오히노타마를 잽싸게 꺼내자, 다시 순식간에 바닷물이 말라버렸습니다.

그 후 형은 절대로 동생을 괴롭히지 않았습니다. 물고기가 잡히지 않았던 낚싯바늘도 다시 아주 잘 낚이게 되었습니다.

(1918. 8. 11.)

시국 이야기 작은 애국자

(1)

마사코(眞砂子)가 부모와 함께 정든 탄광 마을을 떠나 현해탄을 건너 조선 땅을 처음으로 밟은 것은 지금으로부터 10년 전 러일전쟁이 끝난 지 얼마 안 될 무렵이었습니다.

그때 다섯 살이었던 마사코는 아직 어머니 젖을 잡고 떼를 써도 될 만할 때였지만, 마사코는 세 살 남동생과 두 살 여동생의 언니였습니다. 마사코는 조선으로 오는 도중 전혀 보채지도 않고, 아버지에게 안겨 기차 창문 너머의 낯선 경치들을 보고 있습니다.

"아버지, 저기 막대기가 서 있는 거 뭔가요?"

"저것은 전신주란다."

"전신주란 게 무엇 하는 거여요? 누가 집을 짓는 기둥인 건가요?"

이렇게 질문도 하고 가끔은 "야, 거북아, 거북아" 하고 재밌는 가락을 붙여 노래도 부르며 기분 좋게 현해탄의 하룻밤을 보내고 날이 새자 부산에 도착했습니다.

아버지는 러일전쟁에도 출정했지만, 전후 조선이 경기가 좋으니 뭔가 일거리를 하나 찾겠지 하는 마음으로 떠나 온 것이었습니다.

부산에 도착했을 때 어머니의 산달이 됐습니다. 긴 여행을 했기에 갑작스레 산통이 왔고, 아버지는 어린아이를 셋이나 데리고 있는데 가지고 온 돈도 모두 어머니의 병에 써 버렸습니다.

"아기가 태어났다, 나, 여동생이 태어났으니까 또 언니가 되었네."

마사코는 기뻐했습니다. 하지만 아버지는 어찌할 수 없는 힘든 상황이었죠. 하는 수 없이 아버지는 군대에서 배워 익힌 구두수선 일을 하기로 하고, 구두 수선공 신세가 되어서 매일 멜대를 짊어지고 이 마을에서 저 마을로 돌아다녔습니다.

"구두 고쳐요, 구두 고치실 분 없으세요."

어머니는 산후 몸이 좋지 않은데 네 아이를 데리고 있었고, 한 달의 반을 약 없이는 지낼 수가 없었습니다.

이렇게 세월은 흐르듯 지나갔고, 마사코는 심상소학교(尋常小学校)*를 졸업할 때가 되자 이제는 다섯 동생의 언니였습니다. 집안 형편이 어렵다는 것을 잘 알고 있고, 어머니의 병도 걱정되어 친구들이 놀 때 마사코는 다섯 동생을 보살피며 잘 데리고 놀아주었습니다. 학교에서는 친구 하나 없습니다.

"있잖아, 마사코 아버지는 구두 수선공이야."

---

* 구제도의 소학교. 1947년에 폐지.

"어머, 그래? 싫어"

모두에게서 멸시당하니 얼마나 괴롭고 비참했는지 모릅니다. 그러나 마사코에게는 유일한 위안거리가 있었습니다. 그것은 안도(安藤) 담임선생님의 따뜻한 인정입니다.

안도 선생님은 마사코 집안 사정을 잘 아시고 "꼭 훌륭하게 될 거야. 남이 뭐라 해도 바르게 공부하면 반드시 신은 네 편이 돼 주실 테니" 하시는 그런 말씀이 무엇보다 기뻤습니다. 아무리 친구들이 놀려서 분하고 슬플 때도 선생님의 말씀을 힘으로 공부했습니다.

아버지와 마사코가 아무리 일하고 공부해도 물가는 천정부지로 점점 올라가서 생활은 여전히 어려웠습니다.

마사코는 마침내 이 가난한 일가의 희생이 되어 근래에 대단히 경기가 좋은 겸이포(兼二浦)*의 미쓰바(三つ葉)라고 하는 여관에서 고용 살이하기로 했습니다.

어머니는 나이도 어린아이에게 고용살이를 시키다니, 아무리 가난 때문이라 하나 너무 가여워서 우셨습니다. 아버지는 미안한 듯 머리를 숙이고 사죄를 하십니다.

"정말 미안하네. 용서해 주게."

마사코도 아버지 어머니와 헤어져 고용살이하는 것이 슬펐는데,

---

* 대동강변의 한촌이었는데 러일전쟁 중 일본군의 철도건설을 위한 자재의 양륙장으로 선정되면서 발전하였다. 미쓰비시(三菱)가 이곳에 겸이포 제철소를 짓고 부근에 철광, 탄광 등 천혜의 자원개발에 착수했다.

그보다도 아직 어린 동생들이 언니가 없으면 얼마나 쓸쓸할까 하고 울었습니다.

겸이포에 온 지 2개월, 고용살이를 처음 하는 마사코에게 여관 종업원은 너무 힘든 일이었습니다.

연기에 그을린 거리에 해가 지고, 용접에서 푸른빛이 빛나는 8월 초순, 여름날의 저녁을 맞이하는 언덕에서 노동자가 노래를 부릅니다.

은어 여울에 살고, 까마귀 나무에 앉는다.
사람은 인정으로 사는…….

슬픈 가락의 노래를 들은 마사코는 남쪽 지방 항구마을의 가난한 양친과 쓸쓸한 다섯 동생을 그리워하며 울었습니다.

그러나 이럴 때 반드시 안도 선생님의 말씀과 이곳에 와서 받은 편지를 생각하면서 마음을 다잡고 일했습니다.

세상은 갑자기 활기가 되살아났고, 마을에서는 호외를 알리는 방울 소리가 울렸습니다. 사람들 마음은 용맹스럽게 뛰기 시작합니다. 돌연 ○○사단**에 동원령이 내려지고 일본은 시베리아로 출병하게 되었습니다. 동원령은 반도에서 돈벌이를 하고 있는 사람들에게도

** 이 동화는 일본의 시베리아 출병이라는 역사적인 사실을 다루고 있는데, ○○사단은 출동 동원령이 내린 제12사단을 가리킨다. 작자는 당시의 검열을 의식해서 ○○으로 처리한 것으로 여겨지며, 이후의 처리도 마찬가지라 여겨짐.

날아들었습니다.

마사코의 어머니는 이번 달이 해산할 달이었습니다. 갑자기 부산 마사코의 집에도 전보가 날아들고 아버지는 아픈 아내와 여섯 아이를 두고서 출정을 해야만 했습니다. (계속)

(1918. 8. 18)

(2)

맑은 하늘에 갑자기 소용돌이치는 구름이 너무도 크게 드리워져서, 그렇지 않아도 가위에 잘 눌리는 작은 새의 꿈이 깨버렸습니다.

연기에 그을린 거리, 겸이포의 미쓰바 여관에 있는 마사코 앞으로 열한 살 된 남동생이 쓴 애절한 편지가 날아들어 아버지의 출정과 일가의 슬픔을 알려왔을 때, 마사코는 울고 싶어도 울 수가 없었습니다.

마침 그날, 아버지는 ○○사단의 많은 용감한 장졸들과 함께 비가 와서 흐려진 ○○항을 출발하여 블라디보스토크로 향했던 것입니다.

용맹한 진군나팔 소리는 ○○바닷가의 소나무 가지 끝에서 거센 바람과 섞여 울려 퍼집니다. 비를 무릅쓰고 자동차와 마차, 인력거가 부두에서 달립니다. 이름 있는 사람들의 배웅이겠지요. 마을 사람은 물론, 가까운 시골에서 비를 무릅쓰고 나온 사람들은 남녀노소 모두 진창길에 옷자락을 걷어 올리며 서두릅니다. 학교 생도들의 종이로 만든 작은 깃발은 비를 맞아 핏빛을 하고 길 양측에 늘어서 있습니다.

세계의 평화를 위해서 출정하는 사람들은 두말할 것도 없고, 배웅

하는 사람들의 얼굴에서까지 뭐라 말할 수 없는 일종의 비장함이 감돌고, 환호 소리는 하늘의 신, 땅의 신의 외침인 것으로 들리고, 세계의 평화를 깨는 악마의 가슴을 놀라게 한 것이겠지요. 배는 저편 섬으로 사라져 갑니다.

이렇게 배웅을 받고 가는 충용(忠勇)하고 의열(義烈)한 사람들 속에는 마사코의 아버지에 못지않을 슬픈 사연을 가진 사람도 많았습니다. 그중 스물여섯 일곱 되는 젊은 일등병의 사연입니다.

'나는 부모 한 분 외톨이로 쓸쓸히 살고 있었는데, 갑자기 이 ○○일 것이다. 아버지는 벌써 3년이나 전신불수로 몸이 불편해 앓아누워 계시다. 하지만 달리 방법이 없다. 바로 출발 전날 밤이다. 잠자리에서 말씀하시기를, 아버지는 눈물에 목이 메며 "다로(太郎), 뒷일은 마음에 두지 말고 열심히 싸워 주렴. 적의 총알을 오십 개 맞든 백 개 맞든 결코 등에는 맞지 말거라. 나는 너의 전사와 함께 다로는 등에는 하나도 상처가 없었다. 배와 가슴을 맞았다고 듣는다면 그 무엇보다 기쁠 것이다. 잘 싸워 주렴" 하며 용기를 북돋아 주셨는데, 날이 밝아 채비를 서두르고 나서 아버지의 잠자리를 살펴보니 아버지는 결국 낡은 수건으로 목을 조르고 차가워져 계신 게 아닌가. 뒷일에 마음이 쓰였지만, 시간이 얼마 없어서 선향 한 개 꽂을 틈도 없이 뒷일은 이웃집 사람에게 부탁하고는 그대로 부대로 달려갔는데, 나는 지금도 아버지의 그 마지막 말과 슬픈 죽음을 생각하면……, 절대로 살아 돌아오지 않겠다.'

일등병은 붉게 쥔 주먹을 떨며 떨어지는 눈물을 옆으로 훔쳤습니다.

그런 사람이 있는가 하면, 또한 젊은 병졸의 사연입니다.

'그런가, 나는 도쿄에서 돈을 벌고 있었는데, 출정 명령이 급하게 내려 온 데다 고향도 철도에서 멀리 떨어진 산 고개를 넘는 시골이라 시간이 없어 돌아갈 수 없었지. 곧바로 부대로 들어간다고, 단 한 사람 의지할 사람 없는 노모에게 알려 주었다. 기차가 고향 가까운 역에 도착했다. 거기에서 두세 명의 전우가 탔다. 열성이 담긴 마을 사람의 만세 소리에 배웅을 받으며, 기적 일성 기차는 나아간다. 나도 이때는 저 산 너머 외진 시골의 늙은 어머니가 생각났다.

기차가 구내를 떠나고 있을 때, 아무 생각 없이 차창으로 저쪽 가도를 보고 있었는데, 이 염천에 흐르는 땀을 닦지도 않고 양산을 지팡이 삼은 한 노파가 엎어지고 넘어지며 급히 서둘러 역으로 달려오는 게 아닌가. 기차를 놓친 거겠지 하고서 계속 보고 있자, 그것은 내 어머니였다. 칠십을 넘긴 어머니는 칠십 리나 되는 산길을 일부러 넘어 오셨고, 그때 나는 "앗" 하고 외쳤을 뿐 가슴이 메고 눈물이 나와 눈이 흐려졌다……, 나는 무정한 기차에 타서 말 한마디 못한 채 멀리서 배웅 오신 어머니와 이별하고 왔다. 지금도 쇠약한 어머니의 모습을 생각하면 가슴이 먹먹해져 힘이 든다……'

목숨은 군주께 몸은 나라에 바친 거라 항시 생각하지만, 이러한 눈물에 잠시 미련이 남는 것도 어쩔 도리가 없는 거겠지요.

인정으로 눈물지으면서 보낸 2개월의 겸이포 마을과 이별하고 행장도 꾸리는 등 마는 둥, 어머니가 아픈 어두운 집으로, 굶주림에 우는 동생들 곁으로 돌아온 마사코는 일곱 식구의 지팡이이자 기둥이었습니다.

그렇다 하더라도 열세 살 마사코가 너무 가엾지 않습니까. 하지만 운명은 이 작은 새의 가슴을 결코 평안하게 해 주지 않았습니다.

그 당시 백미는 오십 오, 육전까지 폭등했습니다. 각지에서는 쌀 소동이 끊임없이 일어났고 듣기에도 무서운 방화, 살인 등 온갖 참극이 벌어져서 사람들의 마음이 매우 불안했습니다. 성인 남자가 일해도 힘든 지금의 현실에서, 마사코는 전혀 어찌할 바를 몰랐습니다.

그러는 사이 8월 ○○일 아군은 대오를 가다듬고 용감하게 목적지 블라디보스토크에 상륙했습니다. 그리고 그 일부를 그곳에 남겨두고 주력을 니콜리스크에 집중하였고, 이고쿠라에스키 방면의 체코군이 적의 공격을 받고 위험에 직면하고 있다는 보고에 16일 밤, 희미한 상현달이 비치는 광야를 밟으며 니콜리스크를 출발하여 원군 길에 올랐습니다.

그 병사 중에 마사코의 아버지가 있는 것은 물론입니다. 그리하여 연합군을 지휘하는 오타니(大谷) 사령관의 아군은 그로부터 ○○일 이후에 용감한 제1전을 벌였습니다. 총 포성 소리 무섭도다. 달은 구석구석까지 광야를 비추고 있습니다. 마사코의 아버지는 야영하면서 과연 무슨 꿈을 꾸었을까요? 참으로 부산의 일가는 이 힘든 시련 속에서 어찌할까요? (계속)

(1918. 8. 25)

황군이 향하는 곳 적이 없고, 광야의 소, 초목까지 따르지 않는 것이 없습니다.

우리○○부대의 정병은 8월 22일에는 만쓰오후카 부근까지 적을 쫓아 싸웠습니다. 오후에 이르러 적의 비행기는 아군의 상공에 비상하여 당장이라도 폭탄을 떨어뜨릴 기세를 보였고, 하늘을 가로지르는 총포탄은 일시에 떨어질 기세입니다. 이러한 맹렬한 전투는 최고조에 달했습니다.

마사코의 아버지 등 중대장 고노미(許斐) 대위는 선두에 서서 지휘의 칼을 휘두르며 아군을 격려해 나아갔지만, 결국 적의 빗발치는 탄환은 대위에게 명중했습니다. 용감한 대위는 피투성이가 되어 쓰러졌다 다시 일어나고, 다시 일어나선 또 쓰러지고 이렇게 세 번을 거듭하다가 결국 일어서질 못하고 허공을 잡으며 한 맺힌 최후, 선두 제1의 명예의 전사를 거두었습니다. (대위에 관한 일은 이후에 별도로 자세히 쓰기로 하겠습니다.)

아군은 중대장의 비장한 최후를 보고 용기백배 더욱 격렬히 싸웠기에 그토록 대단했던 적도 견디지 못하고 퇴각했습니다.

맹렬히 추격하여 23, 24, 25, 26일, 마침내 벨라야 강가 시마에후카를 점령하고, 일장기는 시베리아의 한풍에 나부꼈습니다. 만세 소리는 사나운 곰까지 놀라게 했습니다.

계속해서 적을 쫓아 나아갔는데, 오늘까지 격전에서 우리의 용맹스럽고 의로운 용사는 백 수십 명이나 적탄에 다치면서 죽거나 쓰러졌지만, 마사코의 아버지는 다행히도 신의 가호인지 무사히 진군해 갔습니다.

가련한 마사코는 아버지가 안 계신 부산의 집에서, 그 작은 마음의 결심을 했습니다.

아버지가 안 계시고 어머니가 아프신 이 집을 지키는 것은 아버지를 위하고 어머니를 위한 일이다. 부모를 위해 일하는 것은 그렇다, 크게 말하면 황국을 위해서고 폐하를 위해서다.

그래서 오늘부터는 씩씩하게 정미소의 여공으로 열심히 일하기로 했습니다.

쌀값은 부(府)의 조절과 독지가의 도움으로인지 염가로 판매되었지만, 세상은 불경기라서 사람들의 마음은 불안했습니다. 가냘픈 여자아이 마사코가 약한 힘으로 일곱 식구를 먹여 살려야 한다는 것은 얼마나 가엾은 일일까요.

아침부터 밤까지 쌀겨투성이가 되어 일하는 누나를 생각하면 열한 살 남동생 다케오(武雄)도 가만히 보고 있을 수는 없었습니다. 다케오는 경성일보의 배달부를 지원하여 조석으로 시내를 뛰어다니며 일했습니다.

이런 와중에 어머니는 달이 차서 귀여운 아기를 낳았습니다. 마사코는 특별히 야근까지 해야 했고, 다케오는 배달하고 돌아오면 작은 남자 손으로 아기 기저귀를 빨며 "응애" 울어대는 동생을 돌보았습니다.

마사코는 일을 마치고 저녁 준비와 어머니를 돌봐드리기 위해 해가 져서 불이 들어온 전깃불에 눈이 부신 마을로 귀갓길을 재촉합니다.

이때 마사코의 귀에 자지러지게 우는 아기 울음소리와 아기를 안고 달래는 다케오의 애처로운 자장가 소리가 들려왔습니다.

자거라, 숲속 작은 비둘기들아

이렇게 어두운 밤인데

아, 올빼미의 은빛 눈이

파랗게 빛나서 두려운 거니

·················

어, 어, 누가, 누가·········

·················

자거라 대구루루 잘 자거라

숲속에 작은 비둘기도 자니

아기도 빨리 자거라

울며 흐느끼는 듯 들려오자, 마사코는 전기에라도 감전된 양, 발을 멈췄습니다.

뜨거운 눈물이 한없이 흐릅니다. 어머니의 몸은 좀처럼 좋아지지 않았습니다. 이부자리 속에서 기특한 마사코와 다케오의 정성과 불쌍한 어린 동생들이 배고프다며 울 때, 소리를 참으며 우셨습니다. 모두 저녁을 먹고 난 후에 다시 야근하러 나가는 가엾은 마사코를 배웅하는 어머니는 이부자리 속에서 여윈 손을 모으시고 '마사코야, 미안하구나. 용서해 주렴,' 하고 마음속으로 말했습니다.

이러한 슬프고 가엾은 일가를 유일하게 동정하는, 마사코와 같은 정미소에 다니고 있는 조선인 소녀가 있었습니다. 배가 고파 울고 있는 동생들에게 과일을 주며 위로하고, 어머니의 병상에 들러 문병도 합니다.

"아줌마, 제가 몸을 주물러드릴게요. 아줌마와 아저씨는 훌륭하셔요. 저는 일본 병사를 무척 좋아해요. 매일 마사코와 아저씨 이야기를 하고 있어요."

이러한 어린아이의 인정에서 부모와 자식 같은 기쁨의 눈물도 솟아 나옵니다.

파도치는 물가, 항구마을의 밤도 깊어졌습니다.

12시경 야근을 마치고 돌아오는 마사코는 어쩐 일인지 집으로 곧장 돌아가지 않고 별이 빛나는 돌계단을 밟으며 신사로 향했습니다.

마사코가 돌계단을 올라가니 어둑한 배례전(拜殿)에 검은 그림자 하나가 있었습니다. 멈춰 서서 그 모습을 바라보자, 그 검은 그림자는 사랑스러운 남자아이였습니다.

"신이시여, 부디 제 아버지가 나라를 위해 공을 세우고 무사히 돌아오시게 해 주세요. 저와 다정한 누나, 어머니, 불쌍한 동생들과 아기를 위해 지켜주세요."

열심히 기도하는 남자아이의 목소리입니다. 마사코는 깜짝 놀랐습니다.

신사 뒤쪽 숲속에서는 이름 모를 새가 울었습니다. 앞바다 쪽에 작은 기선의 호루라기가⋯⋯⋯, 그것이 마사코의 가슴을 바늘로 찌르듯 계속 아픔을 느끼게 합니다. 밤은 점점 깊어갔습니다. (계속)

(1918. 9. 2)

(4)

수호신을 모신 신사 경내의 숲 가지 끝 사이로 새어드는 몽롱한 달이 마사코의 얼굴을 창백하고 쓸쓸히 비추었고, 그 사랑스러운 볼에는 구슬 같은 눈물방울이 빛나고 있습니다.

배례전에서 공손히 절을 하고 난 소년은 뒤축이 다된 짚신을 끌며 주위를 둘러보면서 터벅터벅 내려옵니다. 나무 밑에 있던 마사코가 달려 나와 가련한 소년을 껴안습니다.

"다케 짱⋯⋯."

깜짝 놀란 소년은 어둑한 달빛에서 소녀의 얼굴과 목소리를 알아차렸지요.

"앗, 누나!"

어미 비둘기의 가슴 털에 따뜻이 안긴 어린 비둘기처럼 다케오는 누나의 가슴에 소리를 묻고 울기 시작했습니다.

"낮은 낮대로, 밤은 밤대로 아기를 돌보게 한 것이 안쓰러웠는데, 다케 짱은⋯⋯, 아버지, 아버지 생명까지⋯⋯, 다케 짱, 누나를 용서해 줘."

어미 비둘기가 새끼 비둘기를 부둥켜안듯 강하고 부드럽게 남동생을 껴안으며 정신없이 울었습니다.

"누나, 나, 난 남자니까 어떤 일도 힘들지 않지만, 누나는 여자인데……미안해."

누나는 남동생을, 남동생은 누나를 서로가 위로합니다. 잠시 후, 마사코가 얼굴을 들었습니다.

"아, 늦으면 또 어머니가 걱정하시니 이제 돌아가자. 나도 잠깐 기도를 드릴게."

배례전에 나아가 양손을 모은 순수한 소녀는 열심히 진심 어린 기원을 드렸습니다.

항구마을의 등불 색도 안개에 차분히 가려지고, 잠자는 듯한 가도를 향해 언덕 위 신사에서 내려오자, 건너편 어두운 집 쪽에서 자지러지게 아기 우는 소리와 동생들 울음소리가 섞이어 멀리서 들려왔습니다.

"앗 울음소리다. 무슨 일이지. 빨리 돌아가자."

두 사람은 손을 잡고 달렸습니다. 집 근처까지 오자, 작은 울음소리에다가 이런 심야에 자지러지게 울어대는 아기를 달래는 조선 친구 이 상(李さん)의 목소리가 들렸습니다.

"아주머니, 아주머니, 정신 차리세요, 지금 제가 마사코를 데리고 올게요, 아주머니."

무슨 일인가 싶어 두 사람은 서둘러 마당 문을 잡아당겨 열자, 네 명의 어린 동생들이 누나와 오빠의 손을 잡습니다.

"엄마가……, 엄마가……."

"엄마가 왜?"

서둘러 어머니께 가니 어머니 상태가 말로만 듣던 죽음을 앞둔 사람의 번민……? 두 사람은 오른쪽과 왼쪽에서 어머니 귀에 입을 대고 울먹였습니다.

"어머니."

"어머니."

호흡도 힘든 어머니는 간신히 작은 눈을 크게 뜨고 좌우의 두 사람을 바라보며 작지만 힘 있는 목소리로 말씀하셨습니다.

"오—."

창백하게 핏기가 사라진 홀쭉한 볼에서는 눈물이 그칠 줄 모르고 흘러내립니다.

"어머니, 어머니, 정신 차리세요. 저희와 아기가 불쌍하잖아요. 어머니."

"마사코, 다케오……."

숨쉬기가 힘들어 말을 이을 수가 없으셨지요. 다케오는 손가락에 물을 묻혀 어머니의 입을 적십니다. 흘리지 않으려는 눈물이 어머니 얼굴에 떨어집니다.

"마사코, 다케오……, 엄마는 두 사람에게 뭐라고 고마움을 전해야 할지 모르겠다. 앞으로도 어린 동생들과 태어난 지 얼마 안 된 아기를……, 정말 너희들에게 미안하구나."

어머니는 바싹 마른 손으로 두 사람의 손을 꽉 잡고 있었습니다.

그날 밤 어머니는 산후의 회복을 하지 못하시고 마음을 뒤로 한 채 결국 세상을 떠나셨습니다.

여섯 형제는……, 어린 동생들은 슬픈 진실도 모르면서, 차가운 어머니의 몸에 매달리며 목청껏 울었습니다.

아기는 조선 친구 이 상이 데리고 갔고, 이 상의 어머니 젖을 먹어 방긋방긋 웃고 있습니다.

날이 새자 안도 선생님도 오셨습니다. 선생님은 여섯 형제의 얼굴을 보며 소리 내어 우셨습니다. 선생님은 마사코와 다케오를 위로하셨습니다. 오늘 학교까지 쉬고 형식뿐인 장례식도 해 주셨습니다. 그날 해가 저물어서 선생님은 돌아가셨습니다.

그 후 형제는 또다시 눈물이 났고, 꿈일 거라는 마음에서 깨어나지 못한 채 불안한 앞날을 생각하면서 울었습니다. 다행히도 아기는 이 상 어머니가 아버지가 돌아오실 때까지 돌봐주신다고 하여 마사코는 친절한 인정에 감사의 눈물을 흘렸습니다.

전쟁은 점점 악화되어 갔으나 마사코의 아버지는 무사했습니다. 나라를 위해 어떠한 위험한 경우에도 적탄 하나 맞지 않고 싸웠습니다. 분명 신의 가호일 것입니다.

언제까지 약한 눈물만 흘리고 있을 수는 없습니다. 마사코와 다케오는 지금보다 두 배로 용기를 내어 정미소와 신문 배달 일에 힘썼습니다. 그리고 네 동생도 잘 돌봐주었습니다.

비가 오나 바람이 부나 어떤 아침이 되어도 두 사람의 모습이 묘지에 보이지 않은 적은 없었습니다.

그리고 어떤 저녁 날에도 가련한 두 사람의 기도가 신사에서 끊긴 적이 없었습니다. 어린 두 사람 마음에는 아버지를 위한 진실한 마음이 무엇보다 강했습니다.

아버지를 위해서 일하는 것은 마음을 두고 돌아가신 어머니를 위해서이고, 크게 말하면, 나라를 위해서 천황폐하를 위해서가 되는 것이라 믿고 있었으니까요…….(끝)

(1918. 9. 8)

이 부모, 이 아들

(상)

일본은 대체로 어느 경우에서도 의로움을 위해서 용감한 전쟁을 한다. 이번 시베리아 출병도 참으로 의로운 전쟁임을 우리는 세계에 자랑할 만큼 기쁨을 지니고 있습니다.

여러분은 이 앞의 「작은 애국자」에 있었던 출정 병사의 이야기를 알고 있을 겁니다. 이번에는 그 이야기 속에 있었던 '이 부모, 이 아들'이라고 하는 이야기를 쓰겠습니다.

후쿠오카현(福岡縣)의 기쿠군(企救郡)이라 하면 탄갱으로 유명한 곳이고, 이 마을에 마쓰가에무라(松ヶ江村)라는 곳이 있습니다. 다케오는 이 마을에서 평판이 난 효자 아들로 마쓰모토 다케오(松本武雄)라는 이름을 부르는 자는 한 사람도 없고, 모두 쓰네미(恒見)의 효자 아들이라 하면 모르는 사람이 없을 정도였습니다.

학교에서는 선생님 말씀 잘 듣고 공부 잘하기에 1학년에서 6학년까지 항상 급장을 했습니다. 선생님이 장난꾸러기들을 야단칠 때, 반드시 다케오를 본보기로 삼았습니다. 학교에서 선생님의 가르침을 잘 지키고 공부 잘하는 아이는 분명히 집에서도 부모님에게 효도한다고 말입니다.

다케오는 일요일과 학교가 파하고 돌아오면, 다른 집 아이들은 장난을 치고 놀지만, 다케오는 혼자 부지런히 산에 가서 장작을 패 오거나, 어머니 심부름을 하거나 하면서 뭔가 집안일을 거들었습니다. 그다지 풍족하지 않은 집에서 이 어린 다케오가 하는 일은 힘이 되었습니다.

소학교는 무사히 졸업하였고, 열심히 집안일을 하였는데 시간이 되면 청년회 야학에서 공부도 게을리하지 않았습니다.

이렇게 일하는 동안 효자 아들의 이름은 점점 마을 사람 사이에 퍼져갔고, 다케오는 칭찬을 받으면 받을수록 더욱더 열심히 일하며 공부했습니다.

다케오는 성장해서 벌써 스물한 살이 되었습니다. 징병검사에 합격해 고쿠라(小倉) 연대에 입영했고, 입영 후에도 항상 모범병으로 칭찬받았습니다.

일요일에는 먼 길을 터벅터벅 걸어서 부모님을 뵈러 집에 왔는데 그때 반드시 하루 5전(五錢) 2리(二厘)씩 부대에서 받은 수당 중에 그 얼마를 저축해 둔 돈으로 부모님이 좋아하시는 것을 사서 가지고 왔고, 돈으로 드리기도 했습니다. 그때마다 부모님은 눈물을 흘리셨습니다.

"너도 부족할 테니 그리하지 않아도……, 다른 집에선 매달 사환을 보내는 곳도 있는데, 우린 가난해서 그러지도 못하고 너의 적은 급여까지 받아서야."

"저는 군대에 있으면 사환 따윈 필요하지 않으니 그런 걱정은 하지 마세요."

이렇게 말하며 다케오는 웃었습니다.

다케오는 그사이 현역의 임무를 무사히 마치고 귀휴병(歸休兵)이 되었습니다.

그런데 그때부터 아버지는 몸을 가눌 수 없을 만큼 병이 드셨고, 일할 수가 없었습니다. 그래서 다케오는 더욱 집안일에 힘쓰며 병든 아버지 간호를 게을리하지 않았고, 어머니를 위로해드리는 일도 소홀히 하지 않았습니다.

유럽의 전쟁은 청도(靑島)의 개전(開戰)이 되고, 동양의 천지는 갑자기 동요하여 가까운 구루메(久留米)의 군대가 출병했는데, 곧 일본은 대승리를 거둬 청도를 점령하고 병사를 일시 철수시켰습니다. 하지만 그 후 세상은 평온치 않아서 일단 철수한 병사를 다시 의(義)를 위해 시베리아로 보내 전투를 해야만 했습니다.

이번에는 다케오의 고쿠라 사단에 동원령이 내려졌습니다.

현역의 임무를 다하고 돌아왔지만, 목숨은 군주에게 바치고 신체는 나라에 바쳐야 할 다케오에게도 마을 관공서에서 빨간 종잇조각의 소집령이 배달되었습니다.

그 당시 물가등귀는 절정에 달했고, 쌀값 폭등은 풍족하지 않고 혼자서 일해야 하는 다케오의 시골집으로까지 밀어닥쳤습니다. 잠시 일을 그만두면 바로 일가의 생활에 지장이 생길 만큼 어려운 처지입니다.

나라에 바치고 폐하에 바친 이 몸을 마을에 놓아둘 수는 없습니다. 몸은 하나이고 마음은 둘, 군국(君國)을 위해 소집에 응하라. 병든 몸의 연약한 여인, 늙은 어머니는 나날의 생활이 힘들다. 부모와 국가를 위해 충효를 다하지 않으면 안 된다. 다케오의 진퇴는 점점 이렇게 기울어지고, 결심은 곧바로 정해질 수 있었습니다.

작은 악은 큰 선으로 그 죄를 갚을 수가 있는 것이라고, 부모의 은혜는 산보다도 높고 바다보다도 넓은 것이 틀림없지만, 군주의 은혜, 나라의 은혜는 아직 이보다도 큰 것이다.

이렇게 생각하니 다케오의 용기는 백배가 되었습니다.

"아버지, 어머니, 나라를 위하고 폐하를 위해서입니다. 불효일지는 모르겠으나, 저는 출정하여 나라를 위해 싸우겠습니다."

말은 그리했지만, 내일부터 지내기 힘들어질 불쌍한 가족, 부모님을 생각하면 뜨거운 눈물이 양 볼을 타고 흘러내립니다.

병상의 아버지는 자식의 마음속을 살핍니다.

"이런 바보 같으니, 출정을 나서는데 눈물이라니 불길하다. 이 불충한 놈……."

목소리는 떨리고 늙으신 두 눈에서는 아들을 생각하며 흘리는 눈물이 반짝이고 있습니다.

"자식의 마음을 부모가 몰라서 되겠냐. 충과 효와의 딜레마. 네 마음을 몰라서 야단치는 게 아니지. 충의의 길……."

이 부모에 이 아들, 다케오도 늙으신 아버지 두 눈 속에 빛나는 눈물방울을 볼 수 있었습니다. (계속)

(1918. 9. 15)

(중)

사랑하는 외아들을 입대시킨 후 미쓰키치(三吉) 노인 부부는 마치 바구니에 들어가 길가에 버려진 불쌍한 새끼 고양이 같았습니다.

천정부지로 물가가 등귀하는 가운데 내던져졌고, 어둑한 방에서 가을바람이 몸에 스미는 얇고 낡은 이불에 몸을 감싸며 불편한 몸을 바동거리면서도, '음, 군주를 위해 다케오 녀석이 훌륭한 일만 해 준다면, 난 이대로 굶어 죽어도 아무 미련 둘 일이 없다' 하고 입으로 훌륭하게 말합니다.

하지만 부모는 자식을, 자식은 부모를 생각하는 눈물이 눈에 보이지 않게 외로이 흘러내립니다.

미쓰키치 노인은 갑자기 마음을 새로이 다잡고, 힘을 써 주먹을 굳게 움켜쥐었습니다.

"할멈, 당신이 수고스럽겠지만 내일은 다케오 면회 좀 다녀와 주게. 이제 곧 출정한다고 하니, 내 몸이 편하면 당신을 보내지 않고 가서 격려해 주겠지만……."

"무슨 소릴 하세요. 당신에게만 아들인 양 말씀하시니, 다케오는 저에게도 소중한 외아들인데. 다녀올 테니……."

아들을 격려하는데 노부부는 말다툼까지 하는 야단이 났고, 어머니는 그날 밤늦게까지 다케오가 무척 좋아하는 싸리떡을 정성 들여 준비했습니다.

긴 가을밤도 일찍 동쪽이 하얗게 밝아왔습니다. 잠시 눈도 붙이지 않은 어머니는 늙은 몸을 지팡이에 의지하고, 아들이 보고 싶은 할아버지를 마음에 걸려 하면서 집을 나섭니다.

"할아범, 그럼 다녀오겠어요. 불편하겠지만 기다리고 계셔요."

"다케오 녀석을 만나면 살아서 염치없이 돌아오지 말고, 죽어서 오라고……, 뼈가 되어 돌아오라고, 이 아비가 말했다고 하고 이 편지를 건네주게."

노파는 나가고 할아버지만 남았습니다.

'다케오, 매정한 아비라 생각하지 말거라. 네가 입영할 때 다정한 말 한마디 하지 않은 이 아비다. 아들을 가진 행복함에, 군주를 위해 조금이라도 도움이 되려는 마음에서 입으로는 화내고 마음으로는 울었다. 어릴 때부터 효도한 너를, 나는 소작농으로 살았지만, 충의(忠義) 앞에 정애(情愛)는 내던지는 법이다. 어미가 너를 만나는 기쁨에 어젯밤 아무것도 눈치를 채지 못했겠지만, 나는 어젯밤 결정했단다. 살 값어치 없는 늙고 병든 이 몸, 아무도 없는 오늘, 자살하려 한다. 부모 값어치 없는 부모를 가져 미련이 남는 마음의 밧줄은 잘라 주거라. 싸우고 오너라. 살아서 오지 말거라.'

목소리가 흐려지고 눈물이 흐른다. 노안이 흐려지고 비통한 목소리가 어두운 방 안에서 후광으로 빛이 납니다.

먼 길을 사랑하는 자식에 대한 일념으로 지팡이에 의지해 터벅터벅, 그것도 이십 리나 왔을 때, 어찌 된 일인지 할머니의 짚신 끈이 뚝 하고 끊어졌습니다. 이상한 마음이 들었지만, '여기까지 왔는데, 괜찮을 거야. 내일은 아들이 출정하는 날이다.' 하고서 다시 걸음을 지팡이에 의지하며 옮겼습니다.

고쿠라까지 어렵사리 도착한 노파는 면회소에서 기다리길 네다섯 시간, 오늘은 내일 출정으로 면회소도 사람으로 가득했습니다.

"아, 어머니"

힘찬 목소리로 노파의 어깨를 두드린 것은 다케오였습니다. 군복 차림의 용감한 아들 얼굴을 올려다보고 내려다보는 기쁨이 차올라 잠시 말도 나오지 않습니다.

잠시 후 노파는 보자기를 풀었습니다.

"다케오, 드디어 내일이구나. 뭘 해 줄까 생각하다, 어젯밤에 네가 어릴 적부터 좋아하고 잘 먹은 싸리떡을 만들어 왔구나. 자 먹어 보렴. 그리고 이것은 아버지가 네게 주는 편지다."

"고맙습니다. 아버지가 불편한 붓을 잡고 편지까지……, 애써 오셨는데 헤어져야 하는 속절없는 면회, 어머니 정말 죄송합니다."

"뭐, 우리 같은 농민이……."

어머니는 억누를 수 없는 기쁨으로 군복 차림의 아들 모습에 두 손을 모읍니다.

"너와 같은 병사의 부모라 생각하면 너무 기쁘니……, 자 어서 먹어 보렴."

"네, 먼저 아버지 편지부터 읽어 보겠습니다."

다케오는 받은 봉투를 자르고 중간까지 읽어갔습니다.

"아 큰일 났어요."

다케오가 편지를 움켜쥔 채 이를 악물고 픽 쓰러졌습니다.

"다케오, 무슨, 무슨 일이야?"

어머니는 당황하셨습니다.

다케오는 땅바닥에 털썩 앉은 채로 눈물을 흘렸습니다.

"어머니, 아버지 아버지가, 저를 위해 돌아가셨어요."

"뭐, 아버지가……, 짚신 끈이 끊어진 게……."

간신히 눈물을 닦은 다케오가 힘 있는 목소리로 말했습니다.

"어머니, 다녀오겠습니다. 부디 무사히 계셔 주세요. 빨리 돌아가시지 않으면 해가 지니, 아버지 시체를 극진히 모셔주세요."

다케오의 목소리는 힘을 주어 떨리고 있었고, 눈에선 눈물이 솟구쳐 흘러나왔습니다. 아들이 서두르자, 힘이 빠진 노파는 하고 싶은 말을 다 하지 못한 채 이별의 갈림길에서 남은 미련에 뒤를 돌아보면서 발걸음을 병영 문 바깥으로 옮겼습니다. 다케오는 그 뒷모습을 손 모아 바라봅니다.

저편에서는 나팔소리가……, 길가의 나뭇가지 끝에서 쓰르라미 소리가 들려옵니다. 황혼이 가까울 무렵이었습니다. (계속)

(1918. 9. 22)

(하)

마을의 강물이 흐느껴 우는 듯 흘러가는 소리, 물가의 백일홍 가지에 비치는 태양 빛이 슬프게 보입니다.

다케오는 쓰르라미의 슬픈 소리에 가슴이 흔들리고, 뒤축이 닳아 없어진 짚신을 끌며 가시다가 가끔 뒤를 돌아보는 늙은 어머니를 배웅하고 소리 내어 울었습니다.

어두운 집, 아버지 시체가 웅크리고 있을 슬픈 집으로, 어두운 마음의 의지할 곳 없는 어머니를 생각합니다.

'살아서 돌아오지 말라. 죽어서 오너라. 뼈가 되어서 돌아오거라……, 미련이 남는 밧줄은 당장 잘라 주거라. 싸우고 오너라. 살아서는 오지 말라.'

마지막 아버지의 용맹스러우신 그 말씀, 아 그 아버지가, 다케오는 참을 수 없이 슬펐고 가슴까지 먹먹했습니다.

나팔 소리는 넓은 병영 내에 울려 퍼졌지만, 다케오는 일어설 수가 없었습니다. 닦고 닦아도 은애(恩愛)의 눈물이 둑을 부순 호수처럼, 바닥 모를 샘처럼 흘러내렸습니다.

마침 그때 절그럭 하는 검을 든 소리와 함께 구두 소리가 뚜걱뚜걱하고 났습니다.

"어이 자네 누군가."

말을 건 것은 고노미(許斐) 중대장입니다.

"네 마쓰모토 일등병입니다."

다케오는 일어나 경례를 했습니다. 이제 슬픈 눈물을 흘리지 않겠다고 했지만, 생각할수록 눈물이 쏟아졌습니다.

"마쓰모토 일등병인가. 자네는 내일이 출정인데 이리 훌쩍훌쩍 울고 있다니, 군복은 왜 입었나. 검은 왜 들었나. 멍청하군. 오늘이 마지막이라 고향의 처자가 면회하러 와 이별하기 힘들어서 울고 있는 건가. 이런 불충한 놈."

고노미 중대장은 걸걸하고 탁한 큰소리로 호통을 쳤습니다. 다케오는 순간 눈물을 닦았습니다.

"중대장님, 저는 아내도 자식도 없습니다. 적지로 향하는 것이 슬퍼서 울고 있는 것이 아닙니다……."

거기까지 말하자, 그다음은 말보다 눈물이 나왔습니다.

"아내도 자식도 없다. 그럼 어찌 그리 사내답지 못하게 울고 있는 것인가. 중대장과 병졸은 부모와 자식 같은 사이다. 이유를 말하라."

친절한 고노미 대위는 이번엔 다정한 목소리로 물었습니다.

"중대장님, 사내답지 못하지만 들어주십시오. 제 아버지는 저의 용감한 출정을 위해 자살하시어 돌아가셨습니다. 저는 목숨이 아까워 우는 것도, 전쟁이 괴로워 우는 것도 아닙니다. 단 한 분이신 아버지까지 돌아가시게 하고……, 어찌하면 적을 쓰러뜨릴 수 있나 생각하니, 자신의 무기력함에 울지 않을 수가 없었습니다. 중대장님, 마쓰모토 일등병은 그래서 울었습니다."

집안 사정을 모두 말하자, 중대장은 군복 소맷자락으로 조용히 눈물을 닦았습니다.

"그래서였나. 그렇다면 울 일이 아니다. 자, 나와 같이 달음박질을 하자. 힘을 내."

달음박질 대위 하면 부대에선 모르는 자가 없을 만큼 달음박질을 좋아하는 대위는 다케오를 데리고 면회소를 뒤로 달리기 시작했습니다.

날이 저무니 병사 창문에선 불빛이 새어 나왔고, 오늘 저녁은 병졸들도 상당히 시끄러웠습니다.

대위는 넓은 병영을 한 바퀴 돌고 난 후, 중대장실로 다케오를 데리고 갔습니다.

"병졸, 뭐 마실 거라도 가지고 오너라. 오늘 밤 좋은 동생이 생겼다. 이제부터 동생과 형제의 술잔을 기울일 거다."

병졸과 다케오는 대위가 무슨 말을 하는지 알 수 없었지만, 병졸은 명령대로 탁자 위에 안주와 술을 내놓았습니다. 먼저 대위가 한 모금을 마셨습니다.

"마쓰모토, 나는 오늘 밤부터 자네의 형이다. 내일 출정부터 불 속, 물속까지도 나라를 위해 함께 싸워 주게나. 자네는 훌륭한 아버지를 가졌네. 언제까지 울어도 눈물은 마르지 않는다. 자, 오늘 밤은 천천히 마시고 물과 불 속을 마다하지 않고 싸워 주게나. 돌아가신 아버지의 이름도 드높이는 거다. 마쓰모토, 알겠나. 자 한잔 마시게."

다케오는 대위의 다정한 말에 다시 눈물을 흘리지 않을 수 없었습니다. 그러나 그 눈물에는 이루 말할 수 없는 희망과 감사의 빛이 담겼습니다. 다케오는 그날 밤 모든 눈물을 다 흘렸습니다. 유쾌한 마음으로 저녁달이 든 창문으로 어머니의 무사를 기원했습니다.

달도 떨어지고 날도 새자, 이 용감한 다케오와 친절한 중대장의 일대는 고국을 떠나 블라디보스토크로 향했습니다.

그 후 다케오는 오로지 군주를 생각하고, 나라를 생각하는 충의의 마음으로 임했습니다.

유쾌하게 즐겁게 날이 밝자, 8월 11일 블라디보스토크에 상륙하였고 곧바로 시베리아 깊숙이 적을 쫓아 전쟁을 이어갔습니다.

황군이 향하는 곳, 초목도 따르지 않는 일 없이 연전연승으로 아군은 승리를 이어갔습니다. 그러나 적도 대단하여 아군의 고심도 깊었습니다.

24일의 새벽 전투는 실로 눈부셨고 적도 아군도 상당한 사상자를 냈습니다. 야마토혼의 아군은 빗발치는 탄환 속을 무릅쓰고 진격해 갔습니다.

날이 완전히 밝자, 붉은 태양은 평원을 비추었습니다. 일장기는 높게 아침 바람에 나부끼고 있습니다.

용기 있게 죽을 각오로 싸우라고 하셨던 아버지, 형으로 의지한 중대장은 전사하였고, 다케오는 일곱의 탄환을 맞고 일어설 수도 없이 야전병원으로 옮겨졌습니다. 그러나 중상을 입은 다케오는 군의의 극진한 수술도 효과 없이 아버지의 유서를 손에 쥔 채 "억울하다" 하고 단 한마디, 이를 악물며 평야의 이슬로 사라졌습니다.

(1918. 9. 29)

아버지 없는 형제

마을 변두리 수풀에도, 가을의 일곱 가지 화초 색들이 핀 들판에도, 떨어지는 두레박처럼 빨리 해는 지고, 나른하고 희미한 어둠이 사방의 공기를 에워쌀 무렵이었습니다.

열이나 열한 살, 일곱이나 여덟 살이 되어 보이는 두 소년이 서로 손을 잡고 좁을 길을 따라 집을 향해 가고 있었습니다.

수많은 화초가 만발하고

....

동생은 방울 같은 목소리를 힘껏 내며 이슬에 우는 벌레와 목소리를 겨루듯이 노래를 부릅니다. 늪으로 향하는 수풀 쪽에선 이름 모를 하얀 작은 새가 날개 소리를 내면서 왠지 가을다운 슬픈 목소리로 웁니다. 이 사랑스러운 작은 새도 집이 그리워서 우는 거겠지요.

해 질 무렵, 마을은 집집마다 빨간 등이 반짝반짝 켜져 있고, 수풀 건너편으로 빛납니다. 동생은 갑자기 멈춰 섰고, 슬픈 작은 새 소리에 귀를 기울였습니다.

"아키 쨩, 왜 그러니? 빨리 돌아가자. 엄마가 기다리고 계시니."

형이 동생 얼굴을 보며 말했습니다. 소년의 사랑스러운 눈동자는 흐려지고 외로움에 마음 달랠 길 없어 새 소리를 귀에 담아 듣고 있었습니다.

하늘에도 하얀 저녁달이 눈물을 머금고 빛납니다. 걸핏하면 주눅이 잘 드는 아키 쨩은 사과 같은 볼을 쳐들고 "형!"하고 말합니다.

"저기 있잖아. 나라를 위해 시베리아로 전쟁하러 가신 아버지는 지금 무얼 하고 계실까. 작은 새 소리를 들으니 갑자기 아버지가 생각나서……. 용감한 아버지이시니 지금쯤 아마 구렁 말에 올라타고 빗발치는 화살과 총알 속을 마다치 않고 전진하고 계시겠지."

두 소년은 사이가 좋은 형제입니다. 두 형제를 사랑해 주신 아버지는 어지럽게 뒤엉켜 혼란한 러시아를 구하기 위해 강대국이 논의하여 전쟁을 일으킨 시베리아로 출정한 것입니다.

동생의 말을 들은 형은 저녁 어둠 속 별빛에서 어두운 동생의 얼굴빛을 보았습니다. 형은 아무 말도 할 수가 없어 동생을 꽉 부둥켜안은 채 붉은 입술을 깨물며 눈물을 뚝뚝 흘렸습니다.

"아키 쨩, 너는 아무것도 모르지. 전쟁에 나가신 아버지, 우리 아버지는 날아오는 적의 탄환을 맞고 끝내 전사하셨단다. 그것을 엄마한테 들었어, 그때 엄마가 나를 무릎에 앉히시고 네게는 말하지 말라고 하셨단다. 아키 쨩, 아버지는 척후병(斥候兵)으로 가셨고, 돌아오는 길에 붉은 석양빛이 비치는 들판에서 끝내 전사하신 거야. 아버지는 힘차게 '만세'를 부르시고, 붉은 피범벅이 되어 웃고 계셨다고. 아버지의 용감한 얼굴이 생생히 보이는 것 같아. 부대에서 알려온 전사 통지문을 엄마와 함께 남포등 심지를 올리고 보았어. 넌 아무것도 모른 채 새근새근 자고 있었지. 산으로 석양이 떨어진다. 저 슬픈 석양은 떨어져도 내일이 되면 다시 반짝반짝 빛나며 나오겠지. 그런데 우리 아버지는 알지도 못하는 저 먼 시베리아에서 돌아가셨고, 보고 싶어도 만날 수 없으니……, 슬프다."

주위는 점점 저물어 가고, 벌레 우는 소리가 가슴을 더욱 쓸쓸히 만듭니다.

"엄마에게 안겨서 울었는데, 넌 어떡하지. 엄마가 울면 군인이 될 수 없다고 하셨어. 커서 훌륭한 군인이 되어 나라에 충성을 바치는 일이 아버지에 대한 효행이라고 눈물을 흘리며 말씀하셨으니, 아키 짱, 너도 군인이 되어 나라를 위해 충성을 다해야 한단다. 그래서 어머니는 머리까지 자르신 거야. 불단에 새 위패가 모셔진 것은 아버지셔."

이야기를 다 들은 아키짱은, "형, 형" 하고 껴안습니다.

"그럼 아버지는 전사하신 거야?"

그러면서 구슬 같은 눈물을 흘립니다.

"나는 이제 장난감도 아무것도 필요 없어. 어떤 슬픈 일이 있어도 절대 울지 않을 거야. 형, 울면 대장이 될 수 없는 거지."

동생은 작은 손을 모았습니다.

"형, 저 위에, 위에 있는 별님이 아버지일까? 아버지 저는……, 저는 울지 않겠어요."

형제의 양 볼에는 눈물이 흐르고 있었습니다.

"우리는 반드시 대장이 될 거다."

형은 다시 동생을 껴안습니다. 작은 새 소리에 해가 저물고 점점 어두워져 갔습니다. 드문드문 있는 마을의 집들에선 붉은 등불이 반짝이고 있습니다. 두 사람은 눈물을 닦고 일어섰습니다. 이제 눈물은 흐르지 않습니다.

우리는 일본의 남자다.

세계에서 강한 것은 우리다.

몇백만의 대군도

....

힘찬 목소리가 들판을 건너는 추풍을 타고 저녁 어둠 속으로 사라져갑니다.

(1918. 10. 6)

티푸스와 하에스케

수양버들의 늘어진 가지는 점점 더 길어지고, 제비의 왕래도 차츰 빈번해지는 절기가 다가오면, 이제 더워서 도저히 능직으로 짠 모직물 같은 건 입을 수가 없습니다.

자메코(茶目子)는 얼마 전 엄마가 새로 만들어주신 화려한 빛깔의 홑옷을 입고, 새 초록색 모슬린 띠를 매고 신이나 있었습니다. 그런데 정원 연못 건너편에서 매미가 울고 있는 소리가 들렸고 잡고 싶어 견딜 수가 없었습니다.

정원 게다를 작은 발에 대충 신고 뛰어간 것까지는 좋았는데, 너무 커서 연못가에 있던 큰 돌에 걸려 넘어지는 바람에 아뿔싸 순식간에, 작년 여름부터 아직껏 한 번도 새 물을 바꾸지 않은 연못 속으로 텀벙, 모처럼 입은 새 옷이 더러워지고 엉망이 되었습니다.

자메코는 큰 소리로 울상이 되어 시끄럽게 울었습니다. 안채에서 바느질하시던 어머니가 깜짝 놀라 급히 달려오셨습니다. 자메코는 머리부터 흙투성이가 된 채로 연못 속에서 집오리가 헤엄치고 있는 듯한 모습으로 울고 있었습니다.

어머니는 급히 서둘러 하녀 오마쓰(お松)를 소리쳐 부르셨고, 간신히 생명에는 지장이 없었지만, 그날 밤부터 자메코는 열이 상당히 나고 아팠습니다.

어머니가 네 평 다다미방에 이부자리를 펴시고, 의사 선생님 말씀대로 될 수 있는 한 몸을 움직이지 않도록 하면서 돌보셨는데, 잠깐 볼일이 있어 자리를 뜨셨습니다.

"연못, 바보, 바보"

자메코는 정원 연못을 노려보며 큰소리로 외쳤지만, 스스로 넘어졌기에 연못은 모른 체하는 얼굴을 하고 있었고, 가끔 개구리가 더위에 지친 듯 개굴개굴 울고 있을 뿐이었습니다.

그런데 최근 자메코의 집이 있는 경성 시내에서는 파라티푸스라고 하는 나쁜 병이 상당히 유행하였고, 6월이 되어선 백 수십 명의 많은 환자가 생겼기에 모두 두려워하며 매우 조심하고 있었습니다.

할아버지는 혹시 자메코도 파라티푸스에 걸린 게 아닐까 걱정이 되어서 오늘 아침 의사 선생님을 찾아가셨습니다.

할아버지가 집을 비우면 우선 난처한 것은 자메코 집에 살고 있는 하에스케(蠅助)* 일당들입니다. 하에스케 일당들은 할아버지가 집을 비우면 할아버지의 대머리에서 스케이트를 탈 수가 없습니다.

---

* 파리(蠅)를 이름으로 부른 것이다.

이 하에스케의 장난으로 파라티푸스 같은 병이 많이 발생하는 거니까 상당히 주의하지 않으면 안 되는데, 지금 스케이트는 탈 수 없고, 냄새나는 물건에는 모두 뚜껑을 덮어놓아 허기진 배를 참으면서 하에스케가 찾아온 것은 자메코의 방이었습니다.

보아하니 자메코는 어젯밤에 난 열 때문에 한숨도 못 자서 지금 새근새근 자고 있습니다. 어머니는 부엌에 가시고 안 계십니다. 아무도 없으니, 하에스케는 뭔가 맛있는 것이 없을까 하고 둘러보았는데, 자메코 머리맡의 쟁반 위에 약병과 나란히 조청이 들어 있는 병이 놓여 있었습니다.

자메코가 조금 전에 먹고 뚜껑을 덮는다는 걸 잊어버린 겁니다. 병에 기어 올라가서 할짝할짝 핥아먹어 본 하에스케는 교겐(狂言)** 흉내를 냅니다.

"오 이거 달군. 혼자 먹기엔 과분한 거로다. 어서 일당들을 불러와야겠다."

하에스케는 재빨리 나갔습니다.

"하에키치(蠅吉), 하에사쿠(蠅作), 하에사부로(蠅三朗), 오늘 아침부터 아무것도 손에 넣은 게 없는데, 자메코 양 방에 조청이 있으니 훔쳐 오자. 어서 나와라. 가는 동안 주변에 사람 없는지 조심하자"

조청 병에 올라가서 안으로 들어가 핥아먹습니다.

** 일본 전통 예능의 한 가지. 일본의 가면 음악극인 노가쿠(能楽)의 막간에 상연하는 대사 중심의 희극.

"야, 이거 맛있군. 혼자선 다 핥아먹을 수 없겠다. 애 녀석에게도 먹여야겠다."

"아아, 이런 끙끙, 몸이 무거워 움직일 수 없어. 살려줘. 우와 다리가 하나 빠졌어. 날개도 움직일 수 없고."

발버둥을 치고 있는 동안 숨쉬기가 힘들어지고, 하에스케, 하에키치, 하에사부로 모두 죽어버렸습니다.

그때 할아버지가 의사 선생님에게 다녀오셨습니다.

"야, 이거다. 파리가 파라티푸스. 나쁜 병의 적이라고 의사 선생님이 말씀하셨는데, 이 조청은 이제 버려야 해."

할아버지는 강으로 가지고 가서 흘려버렸습니다. 그래서 자메코는 티푸스 병에 걸리지 않고, 그다음 날에는 좋아졌다고 합니다.

(1918. 6. 30)

노미스케 이야기

"지루하다. 매일 눅눅히 비만 내리고 있으니. 이거 이대로 온몸에 벼룩이 기어 다니고 북북 문지르고 있으니 상처투성이인걸."

오늘도 아침부터 어둡게 눅눅히 비가 내리고 있습니다.

게으름뱅이 짱구는 요즘 너무 몸이 나른해서 낮잠을 자려고 아까부터 모포를 뒤집어쓰고 잠을 청하고 있었는데 파리가 갑자기 날라와서 콧구멍을 쿡쿡 찌릅니다.

"에취"

이번에는 노미스케(蚤助)*와 노미헤이(蚤平)가 짱구 등의 옷 솔기를 지나 마치 사하라 사막이라도 찾아낸 양 붉은 말 경주를 하기 시작합니다.

"이봐, 사람을 깔보면 안 된다. 내 등에서 경주를 하다니, 너무 심

---

* 벼룩(蚤)을 이름으로 부른 것이다.

한데. 잠을 잘 수가 없어."

짱구가 심술부리며 말합니다.

"야, 이거 우리 운동장 주인님 아니신가요? 잠을 잘 수 없으시다고
요. 그럼 제가 지금부터 '노미스케 이야기'를 들려드리겠으니 들으면
서 주무세요."

이렇게 서두를 꺼내며 이야기를 시작합니다.

에헴, 저는 경성일보의 이야기 아저씨입니다. 아이쿠, 짱구의 친구
노미스케라고 합니다. 아니 여러분이 아주 싫어하는 술꾼 노미스케
(飮助)*와는 다릅니다.

무릇, 이 노미스케(飮助)가 아닌 노미스케(蚤助)가 어머니 배에서 알
로 태어난 것은 지금부터 한 달 전입니다.

제 형제는 스무 명이나 되고 굳센 기상을 지녔습니다. 우리가 구르
고 흔들면 마치 수은(水銀)의 작은 알갱이와 같습니다. 수은의 작은 알
갱이와 같은 저희는 실내에선 먼지와 티끌이 모인 곳의 눅눅히 가라
앉은 먼지 등에 파묻힌 방구석, 또는 불결한 이부자리 등에 붙어 다니
지요. 저희를 낳고 2, 3일 안에 반드시 죽어야만 하는 운명을 지닌 어
머니께서 돌아가실 때 들려준 말입니다.

어머니는 저희를 낳기 위해 처음에는 게쓰오(潔雄) 집으로 가셨다
고 합니다. 그런데 게쓰오 집은 아버지, 어머니가 상당히 주의하시고,

---

* 술꾼이라는 의미의 일본어로 노미스케(蚤助)와 발음이 똑같다.

게쓰오도 학교 선생님에게 배운 위생을 잘 지키어 어느 곳이나 깨끗했기에 저희는 살 수 없는 집이었습니다.

그런데 짱구 집으로 와 보니, 저희에게 안성맞춤인 불결한 집으로, 짱구는 학교에서 선생님에게 아무리 위생에 대한 말을 들어도 실행하지 않았습니다. 오른쪽에 있는 물건을 왼쪽에도 놓지 않았습니다. 가능하다면 세 번 먹는 밥도 손을 움직이지 않고 먹으려고만 하는 매우 게으름뱅이여서 어머니는 대단히 기뻐하며 이 집에서 저희를 낳아 주신 거라고 합니다.

저희는 태어나서 12일이 되면 부화하고 하얀 가늘고 긴 구더기 같은 유충이 됩니다. 점점 붉어지고, 짱구 손에는 도저히 잡힐 수 없이 활발해집니다. 저희 몸은 열두 마디가 있고, 뱀처럼 꾸불꾸불 기어가는 성질을 가지고 있습니다. 머리에는 입이 어엿하게 붙어 있습니다. 네네, 저희는 가장 맛있는 짱구의 몸을 이 입으로 먹는 것이죠. 그런데 저희에게는 눈이 없습니다. 늘 어두운 곳에서 살기 때문에 필요가 없는 것이죠. 유충에서 12일 정도 지나면 고치를 만들고 번데기가 됩니다. 그리고 다시 12일 정도가 지나면 비로소 어엿한 벼룩이 되는 겁니다.

그렇게 될 때까지 여름이면 대개 4주일, 겨울이면 6주일 걸립니다. 저희의 좋은 시절은 6, 7월경에서 9, 10월경까지입니다. 저희의 적 말입니까? 그것은 말입니다. 저희의 대적(大敵)은 이웃집 게쓰오처럼 위생적인 집입니다. 매일 방을 청소하고 불결한 것을 모아놓지 않는 집은 매우 싫어합니다. 짱구는 일평생 저와 가장 사이좋은 불결한 사람이니 사이좋게 지내요.

　이 노미스케의 이야기를 듣고 난 짱구.

　"야, 이거 안 되겠다. 일생 이 성가신 노미스케와 사이좋게 지내 이
소중한 몸을 망가트려야 되겠어!"

　그 후부터 짱구도 게쓰오에 못지않을 만큼 아주 위생적인 생활을
하게 되었기에 노미스케, 노미헤이 등도 지금은 살 수 없어 도망가 버
렸다고 합니다.

(1918. 7. 7)

야시마 류도
(八島柳堂)

너구리의 잔꾀

어느 곳에 한 마리의 너구리가 있었습니다. 너구리는 무사(武者) 수업에 나가 검술과 유도를 배우고, 깊은 산 속에서 신에게 변장술이라는 것을 배웠습니다.

"좋아, 이 정도 솜씨면 이제 난 천하제일의 호걸이다."

너구리는 으스대면서 산에서 내려오고 있었습니다.

그런데 문뜩 건너편 산길을 보니, 우편 집배원이 우편행낭을 어깨에 짊어지고 영차, 영차 ………, 하며 달려갑니다.

"오, 저것은 인간이다. 잠시 여기서 농부로 둔갑을 해야겠군."

너구리는 바위와 바위 사이로 숨고 풀을 머리 위에 얹었습니다.

"어이, 어이, 집배원………."

"누가 나를 부르는 거지."

"누구긴 날세."

"아, 농부시군요. 이 좋은 날씨에 무슨 볼일이라도 있으세요?"

"볼일은 없는데, 집배원, 내가 농부로 보이나?"

"하하하, 그럼요. 훌륭한 농부신데요."

"집배원, 정말인가?"

"정말이고요. 그런데 농부님. 뒤쪽에 조금 보이는 게 있어요."

"뭔데?"

"꼬리가 보이네요."

너구리는 깜짝 놀라서 다급히 꼬리를 감추려고 했습니다.

"너구리야. 이젠 소용없단다. 머리는 숨기면서 엉덩이를 숨기지 않다니, 넌 그렇게 해선 인간을 속일 수 없단다."

"집배원, 이거 내가 나빴네. 머리만 숨기고 꼬리를 숨기지 못한 건 내 실수였어."

너구리는 굽실거리며 용서를 빌었습니다.

"너구리야, 나도 둔갑하는 법을 잘 알고 있단다."

"그거 재미있겠군. 내게도 한번 가르쳐주지 않을래."

"아, 그럼 잠시 이 행낭 안에 들어가거라."

집배원은 빈 행낭을 벌렸습니다. 너구리는 아무 생각 없이 그 안으로 들어갔습니다.

"집배원, 이러면 됐니."

"아, 좋아."

집배원은 행낭 주둥이를 졸라매 버렸습니다. 그리고 다시 짊어지면서 영차, 영차 하며 우체국으로 돌아갔습니다.

"집배원, 빨리 가르쳐 줘."

"지금 가르쳐 줄게."

잠시 있다가 너구리는 결국 죽었고 너구리 된장국을 만들어 먹어 버렸다고 합니다. (끝)

(1918. 6. 12)

작은 빨간 도깨비

시원한 바람이 점점 차가운 바람으로 변할 무렵, 산의 나무와 들판
의 풀이 단풍이 들어 부스스 떨어지고 있습니다.

다로(太郞)는 욕실에서 나온 뒤에 툇마루에서 놀고 있습니다. 정원
의 마른 잎이 바스락거리며 찬 바람이 불어옵니다.

"아, 추워, 에…에취."

다로는 크게 재채기를 합니다.

그러자 어디에서 왔는지 한 마리의 작은 빨간 도깨비가 툇마루에
앉아있습니다.

"어, 넌 누구니."

"보시는 바 대로 빨간 도깨비입니다."

"뭐라고, 빨간 도깨비! 이곳에 왜 온 거야?"

"그것은 말할 수 없습니다."

"말할 수 없다고, 하하하, 도둑질하러 온 거로군. 발칙한 놈. 좋아

그럼 맛 좀 보여 줄 테다."

다로는 주먹을 쥐고서 빨간 도깨비의 머리를 한번 때렸습니다.

"아 아파, 아파."

"아파야지 그럼."

그러면서 또다시 딱하고 세게 때렸습니다.

"아, 아파, 아파, 용서해줘 다로. 말할 테니."

큰 눈에서 눈물이 뚝뚝, 도깨비는 다시 머리를 조아렸습니다.

"그럼 용서해주지. 왜 온 건지 말해 보렴."

"전 감기 마왕의 부하입니다. 차게 자고, 건강을 조심하지 않는 인간에게 고통스러운 감기 바이러스를 넣어 주려고 온 겁니다. 다로도 목욕하고 나왔으니 한기 들 틈을 노려 감기에 걸리게 하려고요."

"네가 감기 바이러스 빨간 도깨비라고. 그럼 세균이군. 발칙한 놈이다. 살려둘 수 없지."

그러면서 다로는 있는 힘껏 빨간 도깨비 목을 눌렀습니다.

그러자 이상하게도 빨간 도깨비는 점점 작아져서 다로의 밑으로 도망쳤습니다.

"아, 다로, 미안해요!"

그렇게 말하고 빨간 도깨비는 다로 콧구멍 속으로 날아 들어가 버렸습니다.

"에, 에취."

다로가 재채기했을 때는 이미 빨간 도깨비가 몸속으로 들어간 것입니다.

"아, 이거 큰일 났다. 빨간 도깨비야. 내가 나빴어. 사과할 테니 나와 주렴."

다로는 당장이라도 울음이 나올듯한 목소리로 말했습니다.

"아아, 힘들다. 고통스럽고 아파."

다로의 몸에서는 점점 열이 났고 머리가 심하게 아프기 시작했습니다. 마침내 몸져누워 버렸습니다.

다로가 잠에서 깨자, 하얀 침상 위에 누워있었고 베갯머리에는 약병이 놓여 있었습니다.

다로가 콜록콜록 기침할 때마다 빨간 도깨비들이 입안에서 날아나와 다로 앞으로 모였습니다.

"어! 너는 빨간 도깨비다. 후려 갈려 주겠다."

쥔 주먹을 치켜올렸지만, 그때 다로는 때릴 만큼의 힘이 없었습니다.

"오ー, 불쌍하군. 그 힘으로는 도저히 때릴 수 없겠지. 우리는 약 냄새를 무척 싫어해. 그래서 참을 수 없어서 날아 나온 거야. 이제 다시 방심하고 있는 인간을 찾아 감기 바이러스를 넣어줘야겠다. 안녕."

이렇게 말하고 빨간 도깨비 감기 세균들은 연기처럼 모습을 감추어 버렸다고 합니다.

(1918. 12. 10)

말 선물

크리스마스와 다로의 장난감

자명종이 따르릉따르릉 울려서 깜짝 놀라 눈을 떴다. 다로가 졸린 눈을 비비면서 머리맡을 보자, 벌써 거기에는 장난감이 가득 들어 있는 양말이 반듯하게 놓여 있습니다. 그래서 다로는 너무 기뻐서 잠옷인 채로 뛰어나와 펄쩍펄쩍 뛰었습니다.

"신난다. 신나"

그러자 아버지와 어머니도 나오셨습니다. 아버지와 어머니를 보자 다로가 말합니다.

"아버지, 어머니. 산타클로스 할아버지가 이렇게 장난감이 가득 들어 있는 양말을 주고 갔어요."

그러자 어머니가 말씀하십니다.

"그래, 그거 잘됐구나. 다로처럼 아버지 어머니 말 잘 듣고 공부 잘 하는 아이는 산타클로스 할아버지도 잘 알고 계신단다. 그래서 이렇게 많이 주신 거야. 앞으로도 아버지 어머니 말 잘 듣고 공부 잘해 훌륭한 사람이 되어야 한단다."

"꼭 말씀하신 걸 잘 지키고 공부해서 훌륭한 사람이 될게요."

다로는 어깨를 추켜올리면서 말했습니다.

"암, 다로는 영리하니깐"

"어서 무엇이 들어있는지 열어 보렴."

다로는 양말을 벌리고 꺼내어 보자, 예쁜 옷을 입은 인형과 원숭이, 강아지, 여러 예쁜 장난감 속에 더러운 말이 하나 들어있었습니다. 다로는 이상한 얼굴로 어머니에게 물었습니다.

"말은 무척 좋아하는데, 이 말은 더러워요."

그러자 어머니가 이렇게 말씀하십니다.

"아니다. 어느 물건이든 겉으로 보기엔 알 수 없으니 절대 소홀히 해선 안 된단다. 다른 장난감과 함께 진열해 놓거라."

어머니 말씀대로 다로는 더러운 말도 다른 장난감들과 함께 책상 위에 진열해 놓았습니다.

그런데 이상했습니다. 그 더러운 말이 점점 금색으로 빛이 나더니만 순간, 그 말이 책상 위에서 훌쩍 뛰어내려 꼬리를 움직이며 이렇게 말하는 게 아닙니까.

"여보세요 다로님, 당신은 정말 기특한 분이십니다. 더러운 몸을 한 저를 버리지 않으시고 매우 좋아해 주시니. 저는 그 보답으로 다로님을 하늘의 궁전으로 안내해드리겠습니다."

다로는 의아스러운 표정을 지었습니다.

"하늘의 궁전이라니 어디, 천상계 안에 있는 거니?"

"그렇습니다. 천상계 위에 있습니다. 그곳은 훌륭하고 멋진 궁전입니다."

"그래, 그렇지만 천상계는 비행기로도 갈 수 없지 않아? 그런데 어떻게 해서 간다는 거야?"

"다로님, 그건 걱정하지 마세요. 저는 하나, 둘, 셋, 하고 세는 동안 높이 날아오를 만큼의 힘을 갖고 있습니다. 어서 제 등에 타십시오."

다로는 시키는 대로 말 등에 탔습니다. 그리고 말이 하나, 둘, 셋, 하고 세자, 어느 틈에 다로를 태운 말은 하늘 궁전에 도착했습니다.

다로는 말의 안내로 아름다운 궁전을 보게 되었고, 상천(上天)의 신에게 많은 상을 받았다고 합니다.

(1918. 12. 25)

숲의 어전

어느 날, 하나코(花子)는 신선이 준 새하얀 털이 난 어린 양을 데리고서 제비꽃과 민들레가 아름답게 핀 들판에서 재미있게 놀고 있었습니다. 그런데 갑자기 어린 양의 모습이 보이지 않았습니다. 하나코는 깜짝 놀랐지요.

"어린 양아, 어린 양아……."

울면서 여러 곳을 찾아보았지만, 귀여운 양의 모습은 보이지 않았습니다.

"어떡하지. 신선에게 죄송해서, 불쌍한 어린 양은……."

하나코는 엉엉 울었습니다.

그러자 신선이 불쑥 나타났습니다.

"하나코야. 무엇이 그리 슬퍼서 울고 있느냐?"

신선이 다정하게 말을 붙입니다.

"앗, 신선님. 당신에게 받은 귀여운 어린양이 없어졌어요. 죄송합니다. 어떻게 하죠?"

하나코는 다시 울었습니다.

그러자 신선은 싱글벙글 웃으며 이렇게 말했습니다.

"그리 걱정할 일이 아니다. 지금 내가 어린 양이 있는 곳을 알려 주겠다. 자, 이 지팡이 끝을 보렴."

그러면서 땅 위에 어린 양의 모습을 그렸습니다. 그리고 신선은 연기처럼 사라져버렸습니다.

"아, 이상하다……."

하나코는 땅 위에 그려진 어린 양의 모습을 바라보고 있었는데, 희한하게도 어린양의 모습이 부스스 하고 일어나더니, 새하얀 털이 나고 없어졌던 어린 양이 되어버린 것입니다.

"아 어린 양이다! 어디에 갔었니?"

하나코가 어린 양에게 뺨을 비비자, 어린양이 말했습니다.

"하나코, 신선이 당신을 숲의 어전으로 데리고 오라고 명령했어요. 어서 숲의 어전으로 가요. 제 등에 타십시오."

하나코는 양의 말대로 어린 양 등에 탔습니다.

어린 양은 휙 하고 구름 위로 날아 눈이 번쩍 뜨일 만큼 아름다운 어전이 있는 숲에 도착했습니다.

"하나코, 이곳에 숲의 어전이 있습니다. 숲의 어전에서 임금님이 기다리고 계시니, 어서 이 길로 곧장 가서 어전으로 들어가세요. 그런데 임금님은 당신에게 여러 가지 무리한 것을 시키실 겁니다. 그것을 절대로 싫다고 말해서는 안 됩니다. 네 알겠습니다. 하고서 저에게 와서 의논하십시오. 저는 이 숲에 숨어있겠습니다."

하나코는 어린 양의 말대로 앞으로 곧장 가 어전으로 들어갔습니다. 어전에는 임금님이 부하들을 거느리며 기다리고 있었습니다.

"거기 누구냐."

"하나코입니다."

"하나코라고. 너는 저 깊은 못에 가라앉아 있는 금관을 꺼내올 수 있겠느냐?"

"네 알겠습니다."

하나코는 숲으로 와 어린 양에게 의논했습니다.

"자, 제 등에 타십시오."

하나코를 태운 어린 양은 깊은 못 속으로 날아 들어가서 금관을 꺼냈습니다. 하나코는 그것을 임금님 앞에 가지고 왔습니다.

"임금님! 이 관입니까?"

그러자, 임금님은 방긋방긋 웃으며,

"아, 그것이다. 그럼 이번에는 저 검(劍)의 산에 올라 다이아몬드 목걸이를 찾아오너라."

하고 분부했습니다.

하나코는 다시 어린 양의 등에 타고 다이아몬드 목걸이를 찾아왔기에 임금님은 매우 기뻐하셨습니다.

"아, 이제 나의 왕가도 번영하겠구나, 내게는 자식이 한 명도 없다. 하나코 너를 내 자식으로 삼아 이 왕가를 계승하고 싶구나."

하나코는 그 후 임금님의 가계(家系)를 잇게 되었습니다.

(1919. 1. 20)

금은 조롱박

옛날에 사냥을 좋아하는 임금님이 있었습니다. 임금님은 시간만 있으면 산에 올라 사냥을 하셨습니다.

그사이 정치는 잘못되어 이 기회를 틈타 나쁜 부하가 만연했습니다. 백성에게는 힘든 나쁜 정치가 이어졌습니다.

이것을 아신 공주님은 임금님이신 아버지의 소매에 매달리며 울면서 애원했습니다.

"아버지, 저 어지러운 정치를 보셔요. 백성들이 모두 고생하고 있습니다. 이것은 아버지가 지나치게 사냥을 하시기 때문입니다. 제발 오늘로 사냥을 그만해 주세요."

그러나 임금님의 사냥은 멈추질 않았습니다. 아니 점점 더 심해졌고, 3, 4일이나 사냥으로 산을 돌아다니셔서 성으로 돌아오시지 않는 날이 자주 거듭되었던 것입니다.

'아 큰일 났구나.' 매일 울며 지내고 계셨던 공주님은, '이제 신에게 간청해서 아버지의 사냥을 멈추게 해달라는 수밖에 없다.' 이렇게 결심했습니다. 숲의 신에게 '제발 아버지 사냥을 멈추게 해 주세요' 하면서 열심히 간청했습니다.

그러자 그곳의 큰 바위 문이 소리 없이 쓱 열리는가 싶더니, 새하얀 옷을 입은 어엿한 노인이 손짓으로 불렀습니다.

공주님은 말없이 노인 쪽으로 다가갔습니다. 큰 바위 문은 다시 닫혀 버렸습니다.

잠시 있자, 흰옷을 입은 이상한 노인은 하얀 창문과 검은 창문을 손으로 가리키며 말합니다.

"자, 공주님 저 창문을 들여다보십시오."

공주님은 검은 창문부터 들여다보았습니다. 검은 창문으로 보인 것은 아버지가 수많은 악마에 둘러싸여 술을 마시고 있는 것이었습니다. 하얀 창문으로 보인 것은 나쁜 정치에 고통스러워서 울고 있는 정직한 백성들의 모습이었습니다.

공주님은 슬퍼서 그곳을 향해 엎드려 엉엉 울자, 노인이 말합니다.

"울지 마세요. 저는 이 모습을 보고, 공주님이 이 숲으로 오기를 기다리고 있었습니다. 자, 여기에 금과 은 조롱박이 두 개 있습니다. 금 조롱박에는 악마를 취하게 하는 술이 들어있고, 은 조롱박에는 악몽에서 깨어나는 물이 들어있습니다. 금은 악마에게, 은은 임금님에게 마시게 해야 합니다. 잊어서는 안 됩니다."

그러고서 흰옷 노인도, 멋진 바위굴도 연기처럼 사라져버렸습니다.

공주님은 금과 은 조롱박을 들고, "아, 이상하다……." 하면서 거기

멈춰 서 있자,

뚝뚝

금 조롱박 잠자는 술

은 조롱박 깨어나는 물

자 악마의 숲으로 안내할게요

뚝뚝

이렇게 삼목나무 가지에 앉은 비둘기가 아름다운 목소리로 노래를 부릅니다. 비둘기는 공주님 앞에서 휙휙 날면서 악마의 숲으로 안내했습니다.

그곳에는 악마들이 임금님을 에워싸고 미친 듯이 술을 마시고 있었습니다. 그것을 본 공주님은 슬퍼서 엉엉 소리 내어 울었습니다. 이 소리에 깜짝 놀란 악마들이 은빛 눈을 번득이며 찢어지는 소리로 말합니다.

"거기 누구냐?"

빨간 입에서는 불을 내뿜고 있었습니다. 공주님은 두려움에 떨리는 목소리를 지그시 억누르며 말했습니다.

"악마의 신이 좋아하시는 술을 가지고 왔습니다. 자, 여러분 드셔 보세요."

금 조롱박 마개를 따고 악마들에게 마시게 했습니다. 잠시 있자 악마들은 모두 술에 취해 잠이 들어버렸습니다. 그래서 공주님은 은 조롱박의 마개를 따고 물을 임금님에게 먹였습니다. 임금님은 비로소 악마의 꿈에서 깨어났고 서둘러 산에서 내려오셨습니다. 그리고 나쁜 부하들을 벌하고 좋은 정치를 베푸셨다고 합니다.

(1919. 2. 16)

제비와 형제

　어느 시골에 다로(太郎)와 지로(次郎)라고 하는 형제가 있었습니다. 형 다로는 매우 욕심 있는 사람이었고, 돈을 모으는 것이 최고의 즐거움이었습니다. 그와 반대로 동생 지로는 매우 자비로운 사람이었고, 가난해서 힘든 사람을 도와주는 것이 최고의 즐거움이었습니다. 그래서 형의 집은 부자가 되었고, 동생의 집은 가난해졌습니다. 형은 동생이 가난해진 것을 매우 비웃었습니다.

　이윽고 그 마을에 따뜻한 봄이 왔습니다. 그러자 어디선가에서 제비 한 쌍이 날아왔고 낡고 초라한 동생 집에 둥지를 틀었습니다. 얼마 있어 귀여운 새끼가 태어났고, 매일 울며 어미의 맛있는 먹이를 기다리고 있었습니다. 어미 제비는 여기저기로 날아다니며 모이를 주워와서 새끼에게 주었습니다. 그런데 어느 날 어쩌다가 그만, 한 마리의 새끼가 둥지에서 아래로 떨어졌고, 다리가 부러져서 매우 아파하고 있었습니다.

그 모습을 지로가 발견했습니다.

"오, 가여워라. 얼마나 아플까."

그러면서 이것저것을 돌봐주고, 둥지 안에 잘 넣어 주어 다리가 부러진 새끼는 잘 자랄 수가 있었습니다.

그리하여 여름도 지나고 시원한 가을바람이 불 무렵이 되자, 새끼도 커서 아비 어미와 함께 따뜻한 제비 나라로 돌아갔습니다.

그리고 제비의 왕에게 지로의 친절함을 이야기하자, 왕은 무척 기뻐하며 말했습니다.

"그럼, 보살펴준 답례로 이것을 갖고 가서 지로에게 주거라."

그러면서 왕은 한 알의 종자를 주었습니다. 제비는 기뻐하며 다음해에 다시 지로의 집으로 왔고 귀여운 한 알의 종자를 지로에게 주었습니다.

지로는 무슨 종자인지 모르지만 뿌려 두어야겠다고 하고서 밭의 구석에 뿌렸습니다. 이윽고 싹이 나오고 꽃이 피자 큰 조롱박이 많이 달렸습니다. 그 조롱박 안에는 여러 보물이 가득 들어있었습니다.

그리하여 지금까지 아무것도 없었던 지로의 가난한 집은 대단한 부자가 되었습니다.

욕심 많은 다로는 이 일을 알고 자신도 동생처럼 부자가 되고 싶어 그해 봄에 일부러 남의 집에서 제비를 데리고 와서 둥지를 틀게 했습니다. 그리고 귀여운 새끼가 태어나자 높은 제비의 둥지에서 일부러 새끼를 떨어트려 다리가 부러지게 했습니다.

"오, 가여워라. 얼마나 아플까. 내가 약을 발라 줄게."

아파하고 있는 새끼 제비에게 약을 발라주고 붕대를 감아준 후에 소중히 둥지 안에 넣어 주었습니다.

가을이 되자, 제비는 고향으로 돌아와서 왕에게 이 얘기를 하자, 왕은 크게 화를 내었습니다.

"이것을 갖고 가서 주거라."

그러면서 왕은 또다시 한 알의 종자를 주었습니다.

다음 해 그 제비는 한 알의 종자를 물고 와서 다로에게 주었습니다.

다로는 크게 기뻐하며 이내 밭에 뿌리고 소중히 키웠습니다. 그 후 많은 조롱박이 달렸는데, 보물이 들어있어야 할 조롱박에서 악마들이 나와서 부자 다로의 집에 있는 보물을 모두 훔쳐 가 버렸습니다. 그뿐만이 아니었습니다. 가장 마지막 제일 큰 조롱박 안에서 많은 물이 흘러나와 홍수가 되어버렸습니다.

다로도 다로의 집도 모두 물에 잠겨 흘러가 버렸고, 다로는 물에 빠져 다 죽게 되었다가 가까스로 목숨만 건지게 되었는데, 흉한 꼴로 동생 지로에게 도와달라고 부탁했습니다.

자비로운 동생은 좋은 얼굴로 형을 불쌍히 여겨 바로 그날부터 자신의 집에 들이고, 이것저것을 보살펴주었다고 합니다.

마음씨 나쁜 형도 동생의 친절함에 감탄하였고, 자신이 나빴다는 것을 마음으로 깨닫고 그 후 대단히 자비로운 사람이 되었다고 합니다. (조선동화 안에서)

(1919. 5. 12)

가련한 소년

(상)

　살갗을 찌르는 듯한 차가운 바람이 불어대는 어느 날의 해 질 무렵이었습니다.

　그렇지 않아도 추운 겨울인데, 하오리(羽織)*도 입지 않고 여기저기 천 조각을 덧댄 기움질을 한 겹옷 한 장으로 부들부들 떨면서 목발에 의지하여 아픈 다리를 질질 끌며 걷는 가련한 한 소년이 있었습니다. 이 소년은 경성 거리를 여기저기 방황하고 있는 겁니다.

　소년은 조금 가다 멈춰 서서 아픈 다리를 가볍게 문지르다가 저물어 가는 하늘을 원망하듯 바라보며 훌쩍훌쩍 울고 있습니다.

　그때 마침 그곳을 지나간 것은 도시오(寿雄)였습니다.

　도시오는 아까부터 이 가련한 소년을 가만히 지켜보고 있었던 것

---

*　짧은 겉옷.

입니다.

'아, 불쌍해라. 어디로 가는 것일까. 집은 있을까.' 이렇게 생각하자 가만히 있을 수가 없어서 소년의 옆으로 성큼성큼 다가왔습니다.

하지만 처음 보는 소년에게 말을 거는 것이 왠지 쑥스러워서 잠시 곁눈질을 하다가 과감히 물었습니다.

"넌, 어디 가는 거니? 집은 어디야?"

그러자 목발 소년은 눈물에 젖은 얼굴을 들고서 말했습니다.

"집은 부촌이라는 곳인데, 인천 숙모님 집에 가려고."

"인천 숙모님은 무엇을 하시는데?"

"무엇을 하시는지 모르지만, 사카에초(栄町)라고 하는 곳에 있어. 넌, 그 동네를 아니?"

"아니 모르는데."

"아, 그래. 난 인천 숙모님 집으로 가야 해."

"왜?"

"난. 집을 도망 나왔거든. 그래서 어떻게든 숙모님 집으로 가야 해. 집으로 돌아갈 수는 없어."

"집을 도망쳐 나왔다고, 무슨 나쁜 짓이라도 했니?"

"난, 나쁜 짓 같은 건 하지 않아."

"그럼 왜 도망쳐 나왔어?"

"있잖아, 난 어머니가 달라. 아버지도 안 계셔. 어머니는 나와 여동생을 매우 사랑해 주셔."

"네 어머니 좋은 사람이구나."

"그래서 나도 어머니를 무척 좋아하지. 그런데 우리 집은 무척 가난해. 어머니는 어린 여동생을 업고 일을 하러 다니시면서 나를 길러 주셨어. 구운 감자를 자주 사다 주셨어. 그 구운 감자가 얼마나 고마운지 몰라. 어머니가 그렇게 일하고 사 오는 감자니까. 나는 불구자라서 일을 할 수가 없어. 어머니에게 죄송해. 어젯밤에도 혼자 이불 속에서 울었어. 나 같은 불구자가 어머니 곁에 있어서는 안 된다고 생각했어. 인천 숙모님 댁은 대단히 번화하다고 하니 그곳에 가면 나도 뭔가 일을 할 수 있을까 해서 입은 채로 집을 도망쳐 나온 거야. 내 손으로 할 일이 있으면 뭐든 하려고. 그래서 돈을 조금이라도 벌면 어머니께 보내드리고 싶어. 인천은 여기서 가깝니? 길을 가르쳐줄래?"

목발을 짚은 가련한 소년은 눈물을 닦으며 말했습니다.

(1922. 1. 24)

(하)

"인천은 멀어. 기차로 1시간이나 걸릴걸."

"아, 기차로 1시간이나 걸려. 상당히 멀구나. 어쩌면 좋지?"

소년은 찾아갈 숙모님 집 인천이 멀다는 말을 듣자, 지금까지 긴장한 마음이 일시에 좌절되고, 슬퍼서 울컥 소리 내어 울었습니다.

"넌! 뭐가 그리 슬픈 거야?"

도시오는 목발 소년의 어깨에 손을 얹으며 말했습니다.

"난, 가지고 있는 돈이 없어."

"아, 어떡해, 돈이 없으면 기차는 탈 수가 없는데. 어떡한담. 아 맞다, 내가 아버지한테 받은 돈으로 연필을 사고 남은 7전(七錢)이 있는데, 그걸 줄게. 이 돈으로 전차를 타고 역에 가서 역에 있는 사람에게 부탁해서 기차를 태워 달라고 하면 될 거야."

"고마워."

목발 소년은 얼마나 기뻤을까요. 친절하게도 전차 삯까지 내어 준 도시오에게 고맙다는 인사를 하고, 아픈 다리를 질질 끌면서 가르쳐 준 전찻길을 향해 서둘러 갔습니다.

오늘 아침 아무것도 먹지 않았는데 해 질 무렵 추위가 몸에 스며옵니다. 다리는 아파서 점점 걷는 것이 힘이 들었습니다. 목발 소년은 생각했습니다.

'맞아. 전차를 타고 역에 가면 다시 거기서 기차를 타야 한다. 기차를 타려면 돈이 필요하고, 숙모님 집 인천은 멀다. 이 다리로는 도저히 걸어서 도착할 수 없겠지. 숙모님 집에 간다고 해도 나 같은 불구자는 성가실 거야. 아, 어찌하면 좋을까……. 아, 그래 이제 이렇게 됐으니 죽는 수밖에 없다. 그래 사랑해 주신 어머니에게서 도망쳐 나온 죄 달게 받자.'

어린 마음에 이런 결심을 하자, 소년은 전찻길로 가지 않고 어두운 길을 지나 걷기 시작했습니다. 잠시 걸었는데, 그만 철도 선로로 나와 버린 겁니다.

'그래, 이 철도에서 치어 죽자.'

하늘에는 별이 반짝반짝 빛났고, 차가운 바람은 낙엽과 쓰레기를 사각사각 소리 내게 하면서 불고 지나갔습니다.

'그래, 사람에게 발견되기 전에 빨리 선로에 눕자.'

목발을 땅에 놓고 기어가듯 해서 선로 위에 누웠습니다.

'아. 잊고 있었다. 어젯밤 어머니에게 받은 구운 감자 하나가 남아 있다!'

품속에서 말라 딱딱해진 구운 감자를 꺼냈습니다. 그것을 세 조각으로 나눕니다.

"이 두 조각은 돌아가신 아버지와 어머니에게 올립니다. 또 한 조각은 은혜를 입은 지금의 어머니에게……."

하나하나 올리고 나서 이별을 마칠 때였습니다.

'딸그락딸그락……' 굉장한 음량이 나오고 기관차 탐조등이 빛나며 선로를 낮과 같이 비추었습니다.

기차가 이제 가까이 다가오는 것 같았습니다. 가련한 소년은 선로에 누워서 염불을 외우고 있습니다. 기차는 점점 전진해 옵니다. 소년의 생명은 풍전등화와 같았습니다.

기차가 삼, 사백 미터 전진해 왔을 때, 비로소 선로에 사람이 있는 것을 알아차렸는지 갑자기 요란한 기적을 울리며 진행을 멈추려 합니다.

그러나 기차는 타력이 붙어서 멎지 않았습니다. 그 위험할 때였습니다. 선로에서 손을 모으고 염불을 외우고 있는 가련한 소년을 선로에서 끌어내린 사람이 있었습니다.

기차는 다시 칙칙폭폭 소리를 내며 지나갔습니다. 선로에 누워 죽으려 했던 소년을 순찰하던 선로의 인부가 살려준 것이었습니다. 그리고 인천에 갈 여비를 얻어서 인천을 향해 출발했다고 하는데, 가련한 목발 소년은 그 후 어찌 되었는지 아무도 모른다고 합니다.

가련한 소년에게 전차 삯을 주었던 도시오는 집에 돌아와서 그 얘기 아버지와 어머니에게 하자, 오늘 대단히 좋은 일을 했다고 칭찬하셨다고 합니다.

(1922. 1. 25)

사다 하치로
(佐田八郎)

미요코의 아버지

(상)

'이 아이에게!' 이런 생각을 하고 그는 미요코(美代子)를 무릎 위에 앉혔다. 노부오(信生)는 참을 수 없는 애정을 담은 손으로 어린 딸아이의 머리를 어루만져 주었다.

'세상 부모들의 맹목적이고, 게다가 대외적으로 대단히 과장된 기교와 타산적으로 철저한, 그래서 상당히 자기만족도 얻고 있는 것 같은 훌륭함을 얻게 해 준다면, 언제나 아이를 통해서 느끼는 아내의 작은 불안도 없어질 것이다!' 하고 생각했다.

그러나 노부오에게는 자주 이러한 생각이 덧없는 바람이 되어 항상 꿈처럼 지워져 가는 것이었다.

그가 하루의 일과를 마치고 이제 편안히 책상 앞에 앉아 황혼이 지는 하늘을 창문 너머로 바라보고 있을 때면, 으레 아내의 세상 이야기에서 아이의 장래로 옮겨지는 말을 듣게 되고 몇 번이나 이런 덧없는 비애를 느끼는 거였다.

"저, 여보!"

아내는 20분 가까이 이야기하고서 그에게 말을 붙인다.

"미요코도 이제 말귀를 잘 알아들어 오줌 싸는 일 없으니 이번 여름엔 예쁜 양복을 사 주어요. 오늘도 한 번 실수하지 않았어요."

"그랬나."

"우리 아이에게는 양복이 잘 어울릴 거예요. 얼굴이 당신을 쏙 빼닮았기 때문에 여자다운 긴 소매 옷 같은 건 전혀 어울리지 않아요! 정말 얄밉도록."

노부오는 이런 얘기가 나오면 으레 '그런가', 아니면 '좋아', 하고 긴 시간 동안 아내를 상대해 주지만, 아내는 이런 얘기가 나오면 전혀 마음 내켜 할 것 같지 않을 남편 성미를 잘 알기에, 이내 혼자 오토기바나시라도 얘기하고 있는 양 뭔가 서운함을 느끼며 그만 입을 다물어버리는 거였다. 그리고 항상 불만스러움을 얼굴에 드러내 보이는 것이 결론이었다.

노부오는 그런 아내의 얼굴을 봐야 하는 것이 더할 나위 없이 불쾌했다.

'세상 사람은 누구나 자신의 아이를 사랑하기에 충분한 사랑을 아끼지 않는다. 그런데 너는 아이의 겉모습조차 제대로 만들어 줄 수 없느냐?'

어딘가에서 이런 목소리가 들리는 듯했다. 그래서 그는 '이 아이에게!' 하는 안타까움을 느낀 나머지 미요코를 무릎 위에 앉히고 머리라도 만져주지 않으면 안 되었던 거다.

(1920. 5. 7)

(중)

그렇지만 미요코는 이러한 아버지의 막연한 고민도, 젊은 엄마의 너무나 큰 욕망도 하등 관심도 없었다. 미요코는 맑고 순수한 아이였다.

아침저녁 아버지 무릎에서 언제나 똑같은 노래를 들어도 천진난만한 아이는 만족한 삶을 느끼기라도 하듯 가끔 말도 안 되는 발음으로 감격스러운 소리를 지르는 거였다.

그럴 때마다 노부오는 마음이 버거울 정도로 미요코에 대한 사랑을 느끼지 않을 수 없었다.

"내 아이다! 미요코는 분명 내 좋은 피를 받았다. 아이가 하는 짓에 모두 내 모습이 있지 않은가."

노부코는 자랑스러움에 누가 들어주길 바라는 생각도 없이 이렇게 말해 보았다.

그러나 아내는 그것을 인정하고 있지 않았다. 그래서 노부오의 희열은 그 혼자만의 '것'이었고, 젊은 아내의 고민은 표면적으로 지울 수 없었다. 노부오는 그것이 슬펐다.

눈물! 뜻밖이지만 이런 마음의 충동은 노부오에게 눈물을 흘리게 했다.

이때 순진한 미요코는 모든 걸 내맡기고 조금의 불안도 공포도 없이 노부오와 함께 하는 운명 속에 있다. 설령 순간이긴 하나 아버지 눈물에 무서워서 "엄마!" 하면서 노부오 무릎에서 미끄러지듯 떨어져 옆방에 있는 어머니 쪽으로 도망쳐 가기도 한다.

"왜 그래?"

미요코의 마음을 살피려고 하는 이러한 어머니의 말은, 곧 남편의 모습을 살피는 것처럼 들렸다.

"………."

"아버지는?"

"저쪽……."

"어디."

아내는 미요코의 뒤를 따라 남편 방으로 얼굴만 내밀었는데, 그녀의 신경질적인 눈동자가 대충 실내의 공기를 확인했다.

"어떻게 하신 거예요?"

"아무것도 안 했는데."

"그런데 왜 미요코가 야단맞은 얼굴을 하고 있어요?"

"야단치지 않았어."

살풍경한 분위기에 노부오의 아내는 얼떨떨해하고 있었는데, 왠지 세 사람의 기분이 원만하게 맞지 않는 적막함이 황혼의 어두움에 한층 차가움을 더하고 있었다.

"자, 미요코는 엄마랑 심부름 가자."

달리 생각한 듯 아내의 말이 아이를 업고 나가는 발소리와 함께 노부오를 갑자기 고독한 처지로 끌어넣는 것이었다.

(1920. 5. 11)

(하)

노부오는 잠시 울타리를 바라보다가 하늘을 올려다보고 적막함 속에 빠져드는 마음을 안고 가만히 움직이지 않고 있었다.

석양이 포플러 어린잎에서 빛나고, 미풍이 흔들흔들 그 잎의 뒷면을 돌려놓는 미미한 소리와 함께 그 빛을 보고 있던 노부오는 괴로움에 떨었다. 황혼은 그가 소년 시절부터 받아들인 '공포'였던 것이다.

'하늘이 어두워지고 해는 슬퍼한다. 도처에 심판은 내려지고 있다.'

노부오는 인생의 한구석에서 자주 이런 생각을 했다. 그 생각이 지금 그의 마음에서 다시 되살아 난 것이다.

'아아……'

그는 발돋움하고 일어나서 책상 앞에 앉았다. 반대편 정원의 푸른 잡초를 보면서 깊은 사색의 마음을 가라앉히려 하였지만, 말할 수 없는 잡념이 여전히 사라지지 않아 다시 자리에서 일어났고, 이번에는 방안을 왔다 갔다 걷기 시작했다.

'미요코와 아내가 뭐란 말인가?

그녀들의 천박한 비애와 불평을 내가 들어야 할 책임은 없는 것이다. 적어도 나는, 내가 아니면 나 이외의 사람에게 얻을 수 없는 사랑을 지니고 있다. 나는 그녀들 앞에서 절대 작아질 필요가 없다. 나는 그녀들 앞에서 폭군처럼 행동할 때는 있다. 그렇지만 폭군일 때도 나는 그녀들의 힘이고 사랑이다. 그것에 아내는 여러 가지 불평을 가지고 있는 것 같다. 내게 불만을 느끼고 있는 걸 거다.'

노부오의 마음은 하늘과 함께 어두워지고 해와 함께 슬프게 전율했다.

"나와 아내와 미요코!"

그는 계속 이렇게 혼잣말을 했다.

"같은 운명에 묶여있는 것이다. 불평이 있어야 할 이유는 없다. 그래, 그것이 직접적이지 않고, 간접적으로 더욱더 그렇다."

그러면서 고야*의 미인화를 걸어놓은 액자 앞에서 잠시 멈춰 섰다. 그는 풍만한 곡선으로 그려진 여인의 엄숙한 표정을 응시하고 있었다. 그러다 문득 무언가를 떠올렸는지 책상 앞에 앉았고, 펜을 집어들어 원고지 위를 거침없이 움직여갔다.

'느끼지 않으니깐 너무나도 깊이 그 모순을 극복하기에는……'

이렇게 적고 있을 때 그의 아내가 미요코를 달래면서 밖에서 돌아왔다. 그 발소리에 노부오는 왠지 모르게 펜을 내던졌다. 그러고 공허한 표정을 지으며 변소로 갔다. (완성)

(1920. 5. 13)

---

* 프란시스코 호세 데 고야 이 루시엔테스(Francisco José de Goya y Lucientes:1746-1828)는 스페인의 대표적인 낭만주의 화가이자 판화가이다.

오가와 미메이
(小川未明)

천하일품

(상)

어느 날의 일이었습니다.

남자는 공상에 잠겨 있습니다.

'정말 매일 일해도 재미없는 삶이구나. 부자는 될 수가 없어. 이렇다 할 안락한 생활이 못돼. 재미없다. 세상에는 종종 금화가 들어 있는 큰 항아리를 내놓았다는 소문도 있는데, 나도 뭔가 그런 거라도 손에 넣지 않는다면 부자가 될 수는 없겠지'

이런 생각을 하면서 남자는 이것저것을 올려다보고 있었습니다. 그러다가 선반 위에 놓인 오래된 불상에 눈길이 멈췄습니다. 옛날부터 집에 있던 것이었고 선반 위에 얹어 놓아두었던 것입니다. 불단 안에는 너무 커서 들어가지 않았습니다.

'저 불상이 금이라면 대단한 값어치가 있겠지. 당연히 그렇지 않을 것은 뻔하지만. 어차피 손이 떨어져 나갔으니 대단한 물건은 아닐 거야. 음, 하지만 저 불상이 좋은 것이고, 값이 비싸게 나간다면 얼마나 행복할까. 많은 논밭을 사고, 또 여러 곳을 구경 다닐 수 있을 텐데. 멋진 옷도 만들 수 있겠지.'

남자는 이렇게 검게 그을린 불상을 바라보면서 생각에 잠깁니다.

집 바깥은 벌써 참새가 와서 먹이를 주우며 울고 있습니다. 남자는 여느 때처럼 괭이를 메고 밭에 나가야 할 시각이지만, 왠지 일하는 것이 귀찮아져 그럴 마음이 들지 않았습니다.

남자는 일어나서 선반 위의 그 불상을 집어 내리며 자세히 바라봅니다. 정말이지 손에 들고 이렇게 바라본 게 몇 년 만인지 모릅니다. 또한, 보면 볼수록 좋은 불상 같기도 했습니다.

지금은 안 계시지만, 아버지가 어느 날 여행하는 사람에게서 이 불상을 샀다는 말을 들었습니다.

'이거, 좋은 것일지도 몰라.'

그는 점점 그렇게 생각하기 시작했습니다.

마을에는 이렇다 할 직업도 없이 나날을 보내고 있는 영리한 사람이 있었습니다. 마을 사람들은 그 사람을 영리한 자라 했습니다. 이 사람에게 물어보면 관공서의 신고서나 서화의 감정, 상당한 법률상의 일도 척척 잘 알아 마을 안의 박식한 자로 통했습니다.

그런데 이 사람은 그다지 생활이 넉넉지 못했습니다. 타지의 매매와 소송대리인으로, 그런 것들로 보수를 얻어 일가(一家)를 꾸리며 살고 있었는데, 박식하다는 것으로 이름이 나 있어 이 사람이 한 말은 대개 진짜라고 믿었던 것입니다.

'저 박식하다는 자에게 가지고 가서 한 번 봐달라고 할까. 어차피 하찮은 물건일 텐데 본전치기이니. 만일 좋은 물건이면 뜻밖의 횡재일 테고. 인간의 운이라는 것이 꼭 없다고 만도 할 수 없으니.'

남자는 먼지투성이 불상을 만지작거리며 이렇게 생각했습니다. 한동안을 그러다가 남자는 불상을 보자기에 쌌고, 그 불상을 품에 감싸 안고 집을 나섰습니다.

논밭 사이 좁은 길을 지나가자, 모두 벌써 부지런히 일들을 하고 있었습니다.

"나도 오늘 감자에 비료를 주어야 하는데."

남자는 좌우를 둘러보며 이렇게 중얼거리면서 걸어갔습니다.

박식한 자는 집에 우두커니 앉아 있었습니다. 남자가 불상을 감싸 안고 들어오자, 뭔가 감정할 일이군, 하는 생각으로 남자를 맞았습니다.

"어서 오십시오. 일찍 오셨네요."

반짝반짝 윤이 나게 벗어진 머리를 흔들며 말합니다.

"이것 하나만 봐주셨으면 해서요."

남자가 말했습니다.

"무엇인가요?"

그러면서 박식한 자는 꾸러미를 주시합니다.

"불상입니다."

"이거 좋은 거로군요."

박식한 자는 보지도 않고 반기며 말합니다.

"좋은 물건이라면 좋겠지만, 하찮은 거라면"

남자는 보자기꾸러미를 풀고 까맣게 된 불상을 그에게 건넸습니다.

"과연"

고개를 끄덕이며 박식한 자는 불상을 받아 잠시 차근차근 주의 깊게 살폈습니다.

남자는 왠지 가슴이 두근거립니다. 무서운 선고를 받는 것 같은 기분이 들었던 겁니다.

"어떻습니까?"

남자는 끝까지 참지 못하고 묻습니다.

"참으로 훌륭한 물건이로군요."

그렇게 말하면서 박식한 자는 계속 불상을 주시했습니다. 남자는 그 말을 믿을 수가 없었습니다.

"하찮습니까?"

남자는 조마조마하게 말했습니다.

"천하일품, 아무리 싸도 천 냥의 값어치는 보증합니다."

박식한 자는 감탄한 표정을 지어 보입니다.

마침내 진짜라는 걸 알자, 남자는 꿈같은 기분이 들어 놀라기보다는 머리가 멍해졌습니다.

그는 과감히 많은 감정료를 지불하고, 불상을 단단히 꽉 감싸 안고 다시 온 길로 돌아왔습니다.

모두가 부지런히 빛나는 태양 아래에서 일하고 있습니다. 높은 하늘 저편의 태양은 온유한 눈빛을 하고 일하는 사람들을 지켜보고 있는 듯했습니다.

그러나 이제 남자는 감자에 비료를 주는 것 따위는 완전히 잊어버린 듯이 밭으로는 전혀 눈길도 주지 않았습니다.

'박식한 자가 말한 것에 틀린 선례는 없다. 특히 오늘은 정말 감탄한 듯 말했다. 아무리 싸도 천 냥이라고. 아, 이 얼마나 큰 돈이란 말인가. 꿈을 꾸고 있는 건 아니겠지. 아니 분명히 꿈은 아니다. 천 냥, 사는 사람에 따라서는 천오백 냥이 될 수도 있지. 그 돈을 어떻게 해서 받으면 좋을까.'

남자는 안절부절못했고, 온몸이 흥분한 채 불안정한 상태가 되었습니다. (계속)

(1921. 12. 27)

(중)

박식한 자가 〈천하일품〉이라 말한 불상이 이 마을 안에 있다고 하는 소문이 순식간에 주변에 퍼졌습니다.

우리 모두 가 보자면서 다들 남자의 집으로 불상을 보러 왔습니다.

'거룩하신 얼굴을 하고 계시다.' '깊은 자비의 눈을 하고 계시다.', 또는 '왠지 숭고하다.' 하면서 모두가 불상 앞에 서서 말했습니다.

"이것이 천 냥이나 값어치가 있는 부처님입니까?"

그중에는 조심조심 가까이 가서 바라보는 사람들도 있었습니다.

그런데 큰 부자로 많은 소작인을 쓰고, 은행 예금을 하면서 아무하는 일도 없이 세월을 보내고 있는 사람이 있었습니다. 갖고 싶은 것은 뭐든지 샀습니다. 보고 싶은 곳에는 모두 가 보고 왔습니다. 그러나 아직 무엇 하나 자신을 만족시키는 건 없었습니다. 돈이 제아무리 있어도 그것만으로 이 세상이 재미있지는 않았습니다. 부디 천하일품인 물건이 갖고 싶다, 누구도 갖지 않은 진귀한 것을 손에 넣고 싶다고 늘 생각하고 있었습니다.

그런 부자의 귀에 천하일품의 불상이 마을에 있다는 소식이 들어온 것입니다. 더군다나 부자는 손아랫사람 집에 있다는 말을 듣고 가만히 있을 수가 없었습니다. 즉시 남자의 집으로 온 것입니다.

"안녕하신가."

부자는 남자의 집을 찾았습니다. 이제까지 부자가 이 남자의 좁고 어둑한 집을 찾아올 일은 없었겠지요.

"나리님이십니까."

남자는 부자를 맞이했습니다.

"다름이 아니라 천하일품이라 하는 불상을 보러 왔네."

부자가 말했지요.

'드디어 나의 운이 트였군.' 남자는 마음속으로 생각했습니다.

"불상은 저쪽에 모셔 놓은 저것입니다."

남자가 말했습니다.

어느새 선반 위는 깨끗하게 치장이 되어 있었고, 불상 앞에는 꽃과 과자 등이 놓여 있었습니다.

부자는 그것이 어떤 모습일지 견딜 수가 없었습니다. 돈의 힘으로 천하일품을 손에 넣을 수만 있다면 뭐든지 자기 것으로 만들고 싶었던 것입니다.

"아, 과연"

부자는 가볍게 고개를 끄덕였고, 그것을 손에 들고 자세히 보다가 말했지요.

"상당히 좋은 작품일세. 아주 오래된 것이야. 나는 이보다 좋은 걸 본 적이 있지만, 이 불상도 꽤 좋군. 손이 없는 것이 안타깝지만. 불상을 좋아해서 어떻게든 하나 손에 넣고 싶었는데, 어떤가. 이 불상을 내게 양보해 줄 수 없겠나?"

남자는 마음속으로 싱글벙글 기뻤습니다만, 입 밖으로는 그리 말하지 않았습니다.

"천하일품이라서 적어도 천 냥은 받는다고 그 박식한 자가 말했습니다. 어쨌든 선조대대로 내려온 보물이라 되도록 팔고 싶지는 않습니다."

남자는 그럴싸하게 대답했지요.

이 말을 듣자, 부자는 점점 더 이 불상이 탐이 났습니다.

"어떤가. 내게 천 냥에 팔지 않을 텐가?"

부자가 말했습니다.

남자는 이천 냥, 더 비싸게 팔고 싶었던 겁니다.

"생각해 보겠습니다."

부자는 자신 외에는 천 냥이나 내고 이 불상을 살 사람은 없을 줄로 생각하고 그날은 그렇게 돌아갔던 것입니다.

이웃 마을에 또 한 사람의 부자가 있었습니다. 이 부자도 천하일품의 불상이 꼭 보고 싶었습니다. 그래서 일부러 남자의 집으로 찾아왔습니다.

"불상을 좀 보고 싶네."

"네, 보십시오. 저 불상입니다."

남자가 선반 위의 불상을 가리켰습니다.

"아, 저것이로군. 황금으로 만든 불상인가? 무엇으로 만든 것인가?"

이웃 마을 부자가 물었습니다.

"음, 잘 모르겠습니다만, 감정을 받으니 적어도 천 냥의 값어치는 된다고 합니다. 조금 전 마을 나리님이 오셔서 천 냥에 사시겠다고 하셨습니다."

"그럼 천 냥에 살 사람이 있다는 거로군."

"그렇습니다."

"어떤가. 나에게 천삼백 냥에 팔겠는가?"

이웃 마을 부자가 부탁했습니다.

남자는 마음속으로 '이제 됐다,' 싶었지만 결코 얼굴에는 내보이지 않았습니다.

"어쨌든 선조대대로부터 내려온 보물이라 되도록 처분하고 싶지는 않습니다. 잘 생각해 보고 난 후에 말씀을 드리겠습니다."

남자가 이렇게 말했습니다.

이웃 마을 부자는 다시 오겠다고 하고서 그날은 돌아갔습니다.

남자는 어떻게 이런 행운이 자신에게 생긴 것일까 하고 생각하자 머리가 왠지 모르게 멍해졌습니다. 그리고 그 이후 일이 손에 잡히지 않았고, 밭에도 나가지 않았습니다. 남자는 입속으로 천삼백 냥……, 하는 것이 입버릇이 되어 되풀이해서 말했습니다.

'땅을 살 수도 있다. 여행을 다닐 수도 있다.'

이렇게 혼잣말을 하면서 밤을 새고 날이 저물 때까지 꿈을 꾸는 듯한 기분으로 불상을 바라보았습니다.

그러자 어떤 사람이 남자에게 이렇게 말했습니다.

"이 시골에서 천 냥, 천삼백 냥에 팔리는 불상이라면, 읍내에 가져가서 보이면 더 비싸게 팔릴지도 모른다."

남자도 '아무렴 그렇고말고' 하고 생각했지요. 그래서 그 불상을 소중히 싸서 등에 짊어지고 읍내로 나갔습니다.

가면서 남자는 단 하나밖에 생각하지 않았습니다. 입속으로 천냥……, 천삼백 냥……, 하고 중얼거리면서 걷고 있었던 거지요.

마침내 남자는 읍내에 도착했습니다. 그곳에는 큰 골동품 가게가 있었습니다. 남자는 먼저 그 가게에 들어가서 보여줘야겠다고 생각했습니다. 그리고 가게 앞에 서서 '역시 많은 불상과 조각들이 있군' 하고서 진열된 물건들을 대충 훑어봅니다.

'아무리 좋은 물건이 있어도 내 등에 있는 거와 같은 천하일품이 이곳에는 없을 거다.'

남자는 마음속으로 말하면서 바라보고 있었던 것입니다. (계속)

(1921. 12. 28)

(하)

그런데 선반 중간쯤에 자신의 불상과 조금도 다르지 않은 불상이 놓여 있었습니다. 남자는 이 불상에 눈길이 멈추자 깜짝 놀란 겁니다. 잘못 봤는가 싶어 한층 눈을 크게 뜨고 찬찬히 보았는데, 틀림없이 자신이 짊어지고 있는 불상과 마찬가지로 오래되어 보였고 모양까지 다르지 않았습니다. 그런데 손까지 완전히 있는 불상이었습니다.

"천하일품이 여기에도 있군."

남자는 몹시 놀랐습니다. 얼마나 할까 하고서 가게 안으로 들어가 태연한 체 그 불상의 값을 물었습니다.

"저 선반 중간쯤에 있는 오래된 불상 말인가요? 값을 깎아드려서 다섯 냥에 드리지요"

직원이 이렇게 대답했습니다.

"다섯 냥?"

남자는 자신의 귀를 의심하며 말했습니다.

'천 냥……, 천삼백 냥이 다섯 냥? 틀림없이 이 직원은 눈이 먼 거다. 그럼 하나는 마을 부자에게 천 냥에 팔고, 또 하나는 이웃 마을 부자에게 천삼백 냥에 팔아야겠다.' 순간 남자는 이렇게 생각한 겁니다.

그는 지갑을 털어 다섯 냥에 그 불상을 샀습니다. 그리고 그것을 감싸 안고서 서둘러 마을을 향해 돌아왔습니다.

집에 돌아온 후, 등에 짊어진 불상을 내려놓고 사 온 것과 두 개를 앞에 나란히 놓고 보니 틀림없이 조금도 다르지 않았습니다.

남자는 손이 떨어져 나가지 않은 불상을 보자기에 싸서 가지고 이웃 마을 부잣집으로 갔습니다.

부자는 집에 있었습니다. 남자를 보자 웃는 얼굴로 맞이했습니다.

"불상을 가지고 왔습니다."

남자가 말했습니다.

"아, 그럼 지난번 가격으로 해 주겠는가."

부자는 크게 기뻐했습니다. 그리고 남자가 내민 불상을 받아 안경을 쓰고 찬찬히 보다가 미심쩍은 표정을 지우며 묻는 거였습니다.

"이것이 지난번 불상인가."

"그렇습니다."

남자는 말하며 머리를 숙였지요.

"아니 다르네. 지난번에 본 것은 분명 손이 없었어. 나는 그 손이 없는 것이 무척 재미있다고 생각해서 마음에 들었던 것인데……."

부자가 말했습니다.

"그럼 나리님은 손이 없는 것이 좋으신 겁니까? 그렇다면 그것은 집에 있습니다."

그러자 부자가 눈을 휘둥그레 떴습니다.

"집에 있다……, 이것과 똑같은 불상이 집에 있다는 거로군."

"네, 그렇습니다. 손이 없는 불상은 집에 있습니다."

"아니, 그렇다면 나는 사지 않겠네. 천하일품이라 하여서 살 마음이 들었던 건데, 그렇게 몇 개나 있는 거라면 이제 갖고 싶지가 않으이. 그러고 보니 이 불상도 별로 잘 만든 건 아닌 것 같군."

부자의 기색이 갑자기 돌변해 버렸지요. 남자가 실수한 겁니다.

그 집을 나오자, 남자는 분해서 견딜 수가 없었습니다. 잘 되면 두 개의 불상으로 이천삼백 냥이 될 줄 생각했는데, 정말 돌이킬 수 없는 실수를 했다는 걸 깨달은 것입니다.

그는 어떻게든 이 손해를 되돌리지 않으면 안 되겠다고 생각했습니다. '마을 부자에게 더 비싸게 사게 해야지' 하는 생각으로 말입니다.

남자는 집으로 돌아와 이번에는 실수하지 않을 생각으로 손이 없는 불상을 보자기에 싸서 가지고 마을 부잣집으로 갔습니다.

부자는 남자가 찾아오자, 싱글벙글 웃으며 맞이했습니다.

"실은 자네가 올 줄 알고 기다리고 있었네. 그 불상을 가지고 왔겠지."

부자가 말했습니다.

"그럼요."

남자는 재빨리 보자기를 풀고 불상을 내밀었습니다.

부자는 불상을 집어 올려 자세히 살폈습니다.

"천하일품입니다. 천오백 냥만 주십시오."

남자가 말했습니다.

"천오백 냥에도, 이천 냥에도 사기엔 애석하게도 손이 없군. 나는 원래 흠집 있는 물건은 아주 싫어하네. 천 냥이라 해도 실은 망설여지는군."

부자가 말했습니다.

"여하튼 좋은 물건입니다."

"물건은 우선 나무랄 데 없다고 말해 두겠네. 단지 손이 없는 게 애석하군."

다시 부자가 말했습니다.

남자는 손이 있는 완전한 불상을 가지고 왔더라면 좋았을 걸 하면서 갈피를 잡지 못하고 있다가 이렇게 말했습니다.

"실은 조상 대대로 내려온 똑같은 불상이 한 개 더 있습니다. 그 불상은 손도 완전합니다."

그러자 부자가 기뻐할 줄로 생각한 것과는 달리 손에 가지고 있던 불상을 던지려는 듯 바닥에 놓는 게 아닙니까!

"이 사기꾼 녀석. 천하일품에 두 개가 있어서 되겠느냐. 네 놈은 그 박식한 놈과 한패가 되어 내게 쓸모없는 물건을 사게 하려고 일을 꾸민 게 틀림없다. 그런 생각이었다면 이 마을에서 쫓아내 버릴 테다……."

부자는 몹시 화를 내며 말했습니다.

남자는 이제 발붙일 데가 없다는 생각으로 그곳에서 도망치듯 나왔는데, 왠지 지금까지의 일이 모두 덧없는 꿈이었던 것 같은 생각이, 비로소 정신이 들었습니다.

밭을 지나오는데 다른 밭들은 모두 잘 되어 있었고, 자신의 밭만은 풀이 무성히 자라나 있었습니다. 사람들에게는 자신이 부자가 되었다고 하는 소문이 나 있어서 내일부터 다시 밭에 나가 풀을 뽑을 생각이 들지 않았습니다.

남자는 두 개의 불상을 부아가 나서 쏘아보며 멍청히 집 안에 틀어박혀 있었다고 합니다. (끝)

(1921. 12. 29)

울새와 술

(상)

할아버지는 밤늦게까지 일을 하고 있었습니다. 추운 겨울날 밖에는 눈이 팔랑팔랑 내리고 있었고요. 바람에 펄럭이고 그때마다 사각사각 소리를 내며 창문에 뭔가 닿는 것이 들렸습니다.

집 안에 램프 불은 조금 어둡게 켜져 있었습니다. 그리고 할아버지가 망치로 볏짚을 두드리는 소리가 쓸쓸한 주위에 이따금 울렸습니다.

이 할아버지는 무척 술을 좋아하지만 가난해서 매일 밤 술을 마실 수가 없었습니다. 그래서 밤일을 하며 이렇게 짚신을 만들어 이것을 읍내로 가지고 가서 팔고, 돌아오는 길에 술을 사 오는 것이 낙이었습니다.

들판과 숲과 산, 모두가 이제 새하얗습니다. 할아버지는 매일 밤 끈기 있게 계속 일을 하고 있었습니다.

이렇게 눈이 오면 이웃 사람도 말벗이 되기 위해 찾아오지 못합니다. 할아버지는 조용한 바깥 기세에 귀 기울이면서 "상당히 눈이 쌓인 모양이군." 하며 혼잣말을 합니다. 그리고 다시 일하고 있었습니다.

그런데 이때, 뭔가 창문에 와서 부딪친 것이 있었습니다. 눈이 와 닿은 소리치고는 너무나 컸기에 할아버지는 뭘까 하고 생각했습니다.

이러한 큰 눈이 내릴 때, 작은 새가 길을 헤매다가 불빛을 보고 찾아오는 일이 있다는 것을 할아버지는 잘 알고 있었습니다.

'이것은 아마도 참새, 산에 사는 참새가 길을 헤매다가 날아 온 거겠지.'

이렇게 생각하고 할아버지가 장지문을 열자, 어두운 바깥에서 한 마리의 작은 새가 방 안으로 날아들어 왔습니다.

작은 새는 램프 주위를 돌다가 할아버지가 일하고 있던 볏짚 위로 내려앉아 움츠리고 있습니다.

'아 가엾게도, 이런 추위면 제아무리 새라 해도 힘들겠지.' 이렇게 생각한 할아버지는 작은 새에게 다가갔고 자세히 보니 아름다운, 이 부근에서는 좀처럼 볼 수 없는 울새였습니다.

"아, 이건 예쁜 울새로구나. 넌 어디서 도망쳐 온 거니."

할아버지가 말했습니다.

울새는 들에 있기보다는 대개 인가(人家)에서 기르고 있는 것으로 생각했기 때문입니다.

할아버지는 마침 비어있는 바구니가 있었기에 그것을 꺼내 작은 새 옆에 놓자, 바구니에 익숙한 울새는 그 바구니 안으로 들어갔습니다.

할아버지는 작은 새를 좋아해서 여러 새를 기른 경험이 있었습니다.

할아버지는 눈 밑에 있는 푸른 채소를 뽑아 오고 구운 민물고기를 으깨고 해서 울새에게 모이를 만들어 먹였습니다.

울새는 금방 그런 할아버지를 따르게 되었습니다. 할아버지는 외로움을 달래 줄 울새가 집에 들어 온 것을 기뻐했습니다.

다음날부터 할아버지는 울새에게 모이를 만들어 주고 물을 주고 하는 일이 즐거움이 되었습니다.

태양이 간혹 구름 사이에서 나오면, 할아버지는 따뜻한 표정으로 밝게 이 새하얀 세상을 바라봅니다. 그리고 울새의 바구니를 양지쪽으로 내밀어 주었습니다.

울새는 신기한 듯 눈 내린 바깥 경치를 목을 빼고 바라봅니다. 어느새 태양이 가려지고 다시 주변이 쓸쓸히 어두워지면, 할아버지는 울새의 바구니를 집 안의 자신이 일하는 곳 옆의 기둥에 걸어놓습니다.

2, 3일이 지나자, 울새는 예쁜 목소리로 지저귀기 시작했습니다. 정말 높이 울려 퍼지는 예쁜 소리였습니다. 아마 누구든 이 소리를 들으면 저절로 발길이 멈출 수밖에 없을 겁니다. 할아버지도 이런 예쁜 울새 소리를 들은 적이 없었습니다.

어느 날의 일이었습니다.

술집의 어린 점원이 할아버지의 집 앞을 지나가다가 울새가 우는 소리를 듣고 깜짝 놀란 겁니다. 그것은 주인이 그토록 소중히 여겼던 울새의 목소리와 똑같았기 때문입니다.

주인의 울새는 눈이 내리던 아침에 아이가 바구니 문을 열어 놓아 준 겁니다.

"이렇게 예쁜 목소리를 가진 울새는 좀처럼 없지."

주인은 이렇게 평소 자랑을 하고 있었는데, 그런 울새가 없어졌으니 얼마나 낙담을 했겠습니까.

"울새가 어디로 갔을까."

주인이 밤낮으로 말했습니다.

그런데 이 어린 점원이 뜻밖에도 울새의 우는 소리를 길을 지나가다 들은 겁니다. 어린 점원은 곧바로 할아버지의 집으로 왔습니다.

"댁에 있는 울새는 전부터 기르고 계신 건가요?"

어린 점원이 물었습니다.

일하고 있던 할아버지는 고개를 저었습니다.

"아니, 이 울새는 눈 내리는 추운 날 밤에 어디서 왔는지 창문 등불을 보고 날아왔어. 아마 어디서 기르고 있던 것이 도망쳐 온 것 같은데, 네게 뭐 짚이는 데가 있니?"

"그렇다면, 저의 집 울새입니다……."

어린 점원은 눈 내리는 날에 아이가 놓아준 거고, 그래서 주인이 무척 슬퍼하면서 매일 그 말만 하고 있다는 얘길 했습니다.

그러자 할아버지는 기둥에 걸려 있는 울새 바구니를 들고서 나왔습니다.

"이 울새를 본 적이 있니?"

어린 점원은 자신이 밤낮으로 모이를 주고 물을 주어서 아주 잘 기억하고 있었기에, 과연 그 울새가 틀림없는지 잘 살펴보았습니다. 그러자 털 색과 모습이 완전히 똑같았습니다.

"할아버지, 이 새가 틀림없습니다."

"그렇다면 빨리 이 새를 가지고 가서 주인을 기쁘게 해 드리렴."

어린 점원은 솔직하고 상냥한 할아버지에게 감탄했습니다. 어린 점원이 감사의 인사를 하고 울새를 받아 집에서 나오려는데, 바깥 기둥에 술병이 걸려 있었습니다. 그것은 빈 술병이었습니다.

'아, 할아버지가 술을 좋아하시는구나. 주인에게 말해서 이 답례로 술을 가져다드려야겠다.'

어린 점원은 이렇게 생각하고 그 빈 술병도 함께 가지고 돌아왔습니다.

주인은 모든 이야기를 어린 점원에게 전해 듣고서 얼마나 기뻤는지 모릅니다.

"이제부터 매일 술병에 술을 넣어서 갖다 드려라."

주인이 점원에게 말했습니다.

(1924. 1. 9)

(하)

어린 점원은 술병 안에 술을 넣어 할아버지 집으로 가지고 왔습니다.

"할아버지, 기둥에 걸려 있던 술병에 술을 넣어 가지고 왔습니다. 드세요."

할아버지는 기뻤지만, 그것을 받는 것이 난처했습니다.

"읍내에 짚신을 가지고 가서 팔고 돌아오는 길에 술을 사려고 술병을 기둥에 걸어놓은 거라네."

어린 점원은 주인이 주신 거라며 술이 든 술병을 기둥에 걸었습니다.

"할아버지, 술을 다 마시면 다시 이 기둥에 빈 술병을 걸어 두세요."

할아버지는 술을 좋아했기에 애써 가지고 온 것이니 이내 술병을 받았고, 곧바로 마셨습니다.

술을 마신 할아버지는 정말 기분이 좋았습니다. 집 바깥에선 추운 바람이 불고 눈이 오는데 화롯가에서 술을 마시고 있으니 할아버지의 마음은 따뜻했던 겁니다.

술이 있으니 할아버지는 추운 밤까지 짚신을 만들지 않아도 되었기에 그 후부터는 밤에 일찍 잠자리에 들었습니다.

할아버지는 누워서 눈보라가 창에 와서 사각사각 닿는 소리를 듣고 있었습니다.

다음 날 아침, 할아버지는 일어나 대문간으로 나와 기둥을 살펴보았습니다. 어제 빈 술병을 걸어놓았는데 어느새 그 술병 안에는 술이 가득 채워져 있었습니다.

할아버지는 이렇게 받아서는 안 되는데 하고 생각했지만, 어느덧 매일 술이 오는 것을 기다렸고, 일은 일찍 정리하고 화롯가에서 홀짝홀짝 술을 마시는 걸 낙으로 삼게 되었습니다.

어느 날의 일입니다.

할아버지가 기둥 있는 곳으로 갔는데 빈 술병이 걸려 있었습니다.

'아, 이건 어린 점원이 잊어버린 걸 거야.'

할아버지는 이렇게 생각했습니다.

그런데 다음날도, 그다음 날도 빈 술병만이 걸려 있었습니다.

'아, 오랫동안 술을 주어서 이제는 주지 않기로 한 거구먼.'

이렇게 생각한 할아버지는 다시 술을 사기 위해 밤늦게까지 일을 하게 되었습니다.

'뭐든지 남의 힘에 의지해서는 안 된다. 스스로 일해 술을 마시는 것이 가장 맛있는 거다.'

할아버지는 이렇게 깨달았던 것입니다.

얼마 있다가 술집 어린 점원이 할아버지를 찾아왔습니다.

"사실은 다시 울새가 어디론가로 도망쳐버렸습니다. 이곳으로 오지 않았나요?"

할아버지는 그제야 비로소 더는 술을 가지고 오지 않은 이유를 알게 된 것입니다.

"어떻게 소중한 울새를 두 번이나 놓쳤니?"

할아버지가 물었습니다.

"이번에는 주인이 바구니 문을 연 채 한눈을 파는 사이 밖으로 도망을 쳐버린 겁니다."

점원이 대답했습니다.

"그것이 만일 자네 실수였다면 큰일 날 뻔했겠군."

할아버지가 웃으며 말했습니다.

"어떤 사람도 실수라는 게 있는 법이지."

할아버지는 매일 밤, 밤늦게까지 일을 했습니다. 아직도 가끔 심한 눈보라가 칩니다.

할아버지는 어두운 램프 밑에서 볏짚을 두드리고 있었습니다. 눈보라가 사각사각 창에 닿는 소리가 들렸습니다.

"아, 이런 밤이었지. 울새가 눈보라 속에서 등불을 향해 날아서 들어온 것이,"

할아버지는 혼자서 중얼거렸습니다.

그런데 그때, 가끔 창문에 와서 부딪치는 것이 있었습니다. 바삭, 바삭, 바삭, 할아버지는 순간 '작은 새다……, 울새다…….' 하고 생각했습니다. 그리고 서둘러 창문을 열자, 창문 안으로 작은 새가 날아들어왔고, 램프 주위를 빙빙 돌다가 지난번처럼 볏짚 위에 내려서 앉았습니다.

"울새다!"

할아버지는 자신도 모르게 소리쳤습니다.

할아버지는 지난번처럼 다시 빈 바구니를 가지고 와서 그 안에 울새를 넣었습니다. 그리고 눈을 파서 푸른 채소를 가져왔고, 구운 민물고기를 으깨어서 울새에게 모이를 만들어 주었습니다.

할아버지는 그 울새가 지난번 울새라는 걸 알았습니다. 그리고 그 울새를 술집 어린 점원에게 건네주면 주인이 얼마나 기뻐할지도 알고 있습니다. 그뿐만이 아니지요. 할아버지는 이 울새를 술집에 건네주면, 또다시 크게 기뻐하며 매일 자신이 좋아하는 술을 가지고 올 게 틀림없다는 것도 잘 알고 있습니다.

할아버지는 어떻게 하면 좋을지 생각했습니다. 울새는 할아버지 집에 온 것을 기뻐하고 있는 것 같았습니다. 그다음 날부터 예쁜 소리를 내며 울었습니다.

할아버지는 이 울새가 지저귀는 소리를 들으면 당장이라도 술집 어린 점원이 달려오리라 생각했습니다.

춥고 외로웠던 긴 겨울도 이제 곧 지나가려 합니다. 눈보라는 쳐도 하늘의 색깔은 봄다운 기운입니다. 다홍빛의 눈을 저녁 무렵에 볼 수 있습니다.

"이제 곧 봄이구나."

할아버지는 생각했습니다.

산에서 작은 새들이 마을로 나옵니다. 햇빛은 날이 갈수록 강해져 하늘 높이 빛났습니다. 할아버지가 울새 바구니를 볕에 내어놓자, 넓은 하늘을 그리워하는 양 울새는 가만히 고개를 쳐들고 앉아 있습니다.

"아, 이젠 봄이다. 큰 눈보라도 없을 거야. 옛날에 넓은 하늘을 날았을 것을, 일생 이런 바구니 안에 넣어두는 건 가엾지. 바구니 안에서 밖으로 나가고 싶지?"

할아버지는 울새를 향해 말합니다.

울새는 끊임없이 바깥의 세상을 동경하고 있습니다. 참새와 다른 작은 새가 나뭇가지에 와 멈춰있는 걸 부러워하는 듯이 보였습니다.

할아버지는 술집 바구니에서 사는 것과 다시 넓은 들판으로 돌아가 바람과 빗속을 자유로이 날아다니며 사는 것, 어느 쪽이 행복할까 생각했습니다. 또한, 술을 좋아하는 할아버지는 '이 울새를 술집에 가져다주면, 이제 매일 밤일도 하지 않고 술을 마실 수 있다.' 하는 것도 생각했습니다.

그러나 마침내 할아버지는 울새를 향해 말했습니다.

"자, 빨리 도망가거라. 인간에게 잡히지 않도록 산으로 멀리 가거라."

그러면서 바구니 문을 열어주었습니다.

이제 제법 날씨도 따뜻해졌기에 울새는 용기가 솟아났고, 저녁 해질 무렵 해가 떨어지는 쪽을 향해서 날아갔습니다. 그 후 다시 눈보라 치는 밤이 있었지만, 울새는 그렇게 돌아가서는 오지 않았습니다.

(1924. 1. 10)

2부

〈아동 신문(こども新聞)〉란과
〈경일동화(京日童話)〉란의 동화

작은 뱀 장군

수염 난 아저씨(鬚のおぢ様)

서문

"어머니, 저는 곧바로 신부가 될게요. 부인이 되는 것은 싫어요."

하나 짱이 어느 날 이렇게 말했습니다.

무슨 말을 하는가 싶어 잘 들어보니, 하나 짱은 신부가 되려면 꼭 부인이 되고 나서 될 수 있는 줄로 알고 있었던 것입니다.

"다로, 너는 크면 뭐가 될 거니?"

그렇게 묻자, 다로는 바로 어깨를 으쓱 치키며 말합니다.

"저는 대장(大將)이 될 겁니다."

다로는 대장이 되려면 소위에서 중위가 되고 대위가 되어 점점 승진해 가야 하는 걸 모르고 있는 것입니다.

이런 하나코와 다로가 아저씨에게 이야기를 해 달라고 졸라대어 아저씨는 정월이 되면 재미있는 이야기를 해 주겠다고 약속했습니다. 그 이야기가 이것입니다.

1. 일만 이천년

올해는 진년(辰年)입니다. 진이라 하는 것은 용을 말합니다. 용이라 하는 것은 뱀이 출세한 거지요. 뱀이 출세하면 용이 될 수 있는 것입니다. 마치 하나 짱이 신부가 되거나 다로가 대장이 되거나 하는 것처럼 작은 뱀이 용이 되는 것입니다.

하나 짱도 다로도 어머니와 아버지 말씀 잘 듣고 공부를 잘해야 신부도 되고 대장도 될 수 없듯이, 모든 뱀이 다 용이 될 수 있는 것은 아닙니다. 백만, 천만이나 되는 뱀 중에 가장 훌륭한 뱀 한 마리가 용이 되는 것입니다.

바다에서 천년, 산에서 천년, 강에서 천년, 늪에서 천년, 그 후 숲과 들, 그 외 여러 곳에서 천년씩, 총 일만 이천년 동안 고통스럽고 괴로운 시간을 보낸 끝에 그중에서 가장 훌륭한 일을 한 한 마리가 용이 될 수 있는 겁니다.

그 시험이 12년마다 한 번씩 있습니다. 그것이 진년입니다. 그리고 올해는 그 시험이 있는 해입니다. 시험은 하나 짱과 다로의 형, 누나가 학교에서 보는 것과 다릅니다. 일만 이천년 동안 살아서 난행고행(難行苦行)을 해 온 뱀 중에서 일만 이천년 동안 어느 뱀이 가장 훌륭한 일을 했는지를 검사하는 겁니다. 그 시험은 용왕이 합니다. 용왕이 용궁에 있다는 것은 하나 짱도 다로도 잘 알고 있지요. 우라시마타로(浦

島太郎)*가 간 곳이고, 용궁의 공주님이 있는 곳이니요.

2. 등용궁(登龍宮)의 등용식(登龍式)

이곳은 용궁의 입구입니다. 등용문(登龍門)이라 쓴 액자가 걸려 있는 문 위에는 마치 옛날 지나의 기(旗)와 같은 기가 많이 나부끼고 있습니다. 파수병도 있습니다. 호위병도 있습니다. 그것 모두가 뱀입니다.

꿈틀꿈틀 뱀들이 그 문으로 들어갑니다. 여러 문을 통과하여 전당(殿堂)을 빠져나가고, 가장 깊숙한 곳에 있는 대궁전은 등용단(登龍壇)이라 하는 단이 쌓아 올려진 등용궁입니다. 몇백, 몇천, 몇만, 몇억, 몇조……, 도저히 인간의 숫자로는 셀 수 없을 정도로 많은 뱀이 모여 있습니다.

새까만 산무애뱀, 구렁이, 빨간 줄무늬가 있는 것, 노란 얼룩이 있는 것, 그런가 하면 꼬리 끝에 방울 같은 구슬이 붙은 방울뱀, 살무사, 반시뱀이 있습니다.

일단 높은 곳에는 용이 된 훌륭한 뱀만이 있습니다. 구름을 휘감아 불어서 올리는 용, 배를 전복시키는 바다용, 날개가 있는 것, 산처럼 큰 것……, 과연 올해에 용이 되는 그 한 마리는 어떤 뱀일까, 그 발표를 기다리고 있습니다.

---

* 일본 전설 속의 인물. 거북이를 살려준 주인공이 상자를 절대 열지 말라는 약속을 어기고 여는 순간 노인이 되었다고 함. 용궁 신화이자, 일본의 동화이다.

용왕이 가장 가운데 멋진 의자에 앉았습니다. 그 옆에는 한 마리의 보잘 것도 없는 작은 뱀이 있습니다.

이것은 항시 있는 관례로 새로 용이 되는 뱀은 이렇게 용과 뱀에게 소개됩니다. 용도 뱀도 이 보잘 것도 없이 초라한 작은 뱀이 용이 되는 것이 참을 수가 없었습니다.

왕은 금 가닥 같은 수염을 쓰다듬어 올린 후에 기침 한 번을 하십니다.

"나는 지금 한 명의 권속(眷屬)*을 여러분에게 소개하는 것이 기쁘도다. 당당한 멋진 모습을 지니지 않더라도, 구름을 말아 올려 비를 몰아낼 힘이 없더라도, 용은 될 수 있다. 그것은 지혜와 인의(仁義)와 용기를 갖추면 되는 것이다."

용왕은 그 밖의 생각을 장황하게 말했습니다.

"본래 뱀이라고 하면 일률적으로 나쁘게 생각되는 것이라 매우 유감스럽도다. 특히 인간 사회에서 우리들은 이 세상에 태어나자마자 곧바로 적이었다. 이것은 우리 모습이 보기 흉한 까닭이지만, 인간의 생각도 잘못된 것이라 여긴다. 어떻게 해서든 이런 인간의 생각을 지워주고 싶은 것이, 우리가 오랫동안 생각하고 있던 일이었다."

---

* 식구, 가족을 말한다.

3. 독군(獨軍) 대공격군(大攻擊軍)

용왕은 장황하게 계속 이야기를 하더니 옆에 있는 작은 뱀을 가리 켰습니다.

"나는 오늘부터 이 일소권속(一小眷屬)의 책략을 수용하여 인간에 대한 우리의 명예회복을 하기로 했다."

뱀들은 일제히 꿈틀거리며 이 새 용에게 머리 숙여 절을 했습니다. 그리고 용의 서기 장관이 앞으로 나와서 공손히 두루마리 하나를 꺼 내어 낭독했습니다.

"지금 인간세계는 천하를 판가름할 큰 전쟁이 한창이다. 이것은 제멋대로인 카이저(Kaiser)**라고 하는 자가 있기 때문이다. 만약 카이 저가 승리하게 된다면 인간 사회는 아주 캄캄해진다. 우리는 오늘부 터 즉시 독일을 멸망시키러 가게 되었다. 이것은 용왕의 명령이다."

그렇게 읽고 난 뒤에, 오늘 용에 오른 작은 뱀을 총지휘관에 임명 한다고 하는 사령(辭令)을 작은 뱀에게 건넸습니다. 그래서 작은 뱀은 공손히 서서 인사를 올린 다음, 생각하고 있는 공격계획을 연설했습 니다.

그것은 비행기와 비항선(飛航船)을 공격하는 일대(一隊), 군함을, 수 뢰정과 잠항정을 공격하는 일대, 육군을 치는 일대, 카이저를 병나게 하는 일대 등, 여러 가지가 있었습니다.

** 독일 황제의 칭호.

하나 짱도 다로도 매일 아버지와 형에게 자주 여쭈어 신문에 그런 일이 없는지 들어보세요. 분명 뭔가가 나올 테니까요.

(1916. 1. 1)

어느 오빠와 여동생

후지카와 단스이(藤川淡水)

(상)

도쿠넨(德念)은 산의 절로 돌아가야 할 시간이 되었다. 다행히 오후부터 비가 개고 구름 사이로 태양 빛이 보였지만, 장마철인 요즘 날씨는 날이 개도 방심할 수가 없다.

"부처님께 등을 올려야 해서 이제 절로 돌아가야 해."

도쿠넨은 여동생 히사요(久代)의 앞에 놓아둔 쥘부채를 들고서 일어섰다.

"더 있어도 되잖아. 벌써 돌아가야 해."

히사요는 도쿠넨이 일어나자, 예쁘고 사랑스러운 눈으로 도쿠넨을 올려다보았다.

"벌써 저녁이야."

"늦게 돌아가면 스님이 야단치셔?"

"야단치고말고."

"그래. 그럼. 내일 또 와야 해."

"매일 올 수는 없어."

"왜? 절에 바쁜 일은 없잖아."

"있어. 불경을 배우고 청소하고, 스님 허리도 주무르고."

"어머, 스님 허리까지 주물러 드려."

"응. 그것도 수업(修業)의 하나야."

"아, 그래."

"갈게."

도쿠넨은 부모님에게 작별 인사를 하고 집을 나왔다. 히사요가 뒤쫓아 온다.

"오빠, 다리 있는 곳까지 배웅해 줄게."

"고마워"

방긋이 웃으며 히사요와 나란히 도쿠넨은 산 쪽으로 걷기 시작했다.

"내일은 정말 올 수 없는 거야. 오빠"

"응. 이제 3일 지나고 올게."

"일요일이네."

"응."

이윽고 산으로 올라가는 곳인 마을의 강이 있는 다리에 도착했다.

"그럼, 일요일에 오는 거지."

히사요가 다리에서 멈추자, 오빠에게 이렇게 다짐을 했다.

"그래, 꼭 갈게."

"나, 절까지 갈까?"

"안 돼. 그러면 집에 가는 게 늦어져."

"그렇게 멀지 않은데. 서둘러 가면 어둡기 전에 집에 갈 수 있어."

"그럴지도 모르겠다."

도쿠넨은 히사요 마음을 억지로 돌리려고 하지 않았다. 같이 가 주면 그리해도 좋다는 표정을 내보인 것이다.

"괜찮아. 오빠."

"그럼 서둘러 가자."

두 사람은 서둘러 산으로 올라갔다. 절은 산 중턱에 있었고, 문 앞에 도착했다.

"오빠, 안녕."

"그럼, 조심해서 돌아가."

"응."

히사요는 오빠에게 미소를 보이고 난 후, 산에서 내려갔다. 도쿠넨은 히사요의 모습이 안 보일 때까지 바라보고 있었다.

조금 지나자 해는 완전히 저물어 버렸다. 그리고 날씨가 다시 변하더니 비가 뚝뚝 내리기 시작했다.

"히사요는 이제 집에 도착했을까."

도쿠넨은 부처님에게 등을 올리며 걱정하면서 혼잣말을 했다.

이윽고 8시가 울렸다. (계속)

(1921. 7. 12)

(중)

"또 내리기 시작하는군."

스님은 도쿠넨을 적적한 눈으로 바라보면서 중얼거리듯이 말했다.

"허리라도 주무를까요?"

"그래. 그러려무나."

스님이 눕자, 도쿠넨은 스님 허리를 주무르기 시작했다. 밖에는 눈물을 흘리듯 장맛비가 내리고 있었다.

"조용하구나."

"네."

"여동생은 변함없지? 상당히 좋은 아이야. 얌전하고 영리하고, 몇 살이더라."

"열한 살이 되었어요."

"음, 벌써 열한 살이 되었구나. 공부도 잘한다고."

"항상 우등이래요."

"도쿠에몬(德右衛門) 씨는 좋은 딸을 두셨군. 행복하시겠어. 근데, 누가 온 것 같구나. 사람이 죽었나, 임종할 사람이 있다는 얘긴 듣지 못했는데, 누가 급환으로 죽었나 보군. 아니면 뜻밖의 변고로 죽었던가, 수고스럽겠지만 가서 보고 오려무나."

도쿠넨의 귀에도 이때 "실례합니다." 하는 소리가 들렸다.

"누구십니까?"

도쿠넨은 가볍게 일어나 현관 쪽으로 갔다.

"실례합니다. 안녕하세요."

"네. 누구십니까?"

"도쿠에몬님 집에서 왔습니다."

"네?"

도쿠녠은 서둘러 문을 열었다. 제등을 든 채 한 남자가 밖에 서 있었다.

"도쿠녠 도련님이세요. 히코조(彦造)입니다."

하인 히코조는 우산을 현관 기둥에 세우면서 말했다.

"아가씨를 모시러 왔습니다."

"히사요를?"

도쿠녠의 안색이 바뀌었다.

"너무 늦으셔서요."

"히사요는 없네. 히코조,"

"안 계십니까? 도련님과 함께 절에 간다고 하셨는데…"

"벌써 돌아갔을 텐데. 해 질 무렵 절 문 앞에서 헤어졌으니까."

히코조의 안색이 갑자기 어두워졌고, 목소리도 떨리고 있었다.

"아, 아가씨는 아직 돌아오시지 않았습니다."

"이상하군."

도쿠녠은 혹시나 히사요에게 변고가 생긴 게 아닐까 걱정이 되었다. 어디 친구 집에 들러서 저녁이라도 먹고 있어 그만 늦어지는 거라면 좋겠지만, 행여 변고가 생긴 거면 그거야말로 안 될 일이다.

"그럼 절에 안 계신 거네요."

"없네. 문 앞에서 헤어졌고, 절에는 들어오지 않았으니."

"그럼 다른 곳으로 가 보겠습니다. 어쩌면 친하신 다카오(高尾) 아가씨에게 놀러 가신 건지 모르겠으니, 서둘러 가 보겠습니다."

히코조는 우산을 집어 들고 돌아갔다. 도쿠넨은 가만히 있을 수 없을 만큼 히사요가 걱정 되었다. 그래서 히코조를 보내고 급히 스님 거처로 달려갔다.

비는 많이 내리고 바람도 조금 불기 시작했다. 낙숫물이 폭포 물처럼 떨어지기 시작했다.

(1921. 7. 13)

(하)

히사요는 다카오의 집에도 없었다. 집안사람들은 그날 밤도 그다음 날도 혈안이 되어 히사요의 행방을 찾았다.

순사 주재소(駐在所)*에도 신고했다. 주재소는 마을 경찰서로 실종 신고를 냈다. 그렇지만 히사요의 행방은 알지 못했다.

히사요의 부모님보다 더 히사요의 안부를 걱정한 것은 도쿠넨이었다. 히사요가 행방불명이 된 것에 가장 책임이 있는 것은 도쿠넨이었기 때문이다.

다리 있는 곳에서 헤어졌으면 좋았을 걸, 절 문 앞까지 같이 가겠

---

* 일제강점기 순사 등이 맡은 구역 안에 머물러 근무를 하던 곳.

다고 히사요가 말했을 때, 왜 말리지 못했을까. 왜 같이 가고 싶은 마음을 히사요에게 내보였단 말인가. 해 질 무렵이니 어서 돌아가라고 했으면 히사요는 그냥 돌아갔을 거다. 그렇게 히사요를 돌려보내지 않고 절 문 앞까지 같이 온 게 과실의 원인이었다.

도쿠넨은 안절부절못했다. 어찌하면 좋단 말인가. 혼자 마음을 정할 수가 없는 도쿠넨은 스님에게 의논했다. 스님은 도쿠넨의 생각을 자세히 듣고 난 후 말했다.

"네 탓이라 할 수도 있고, 네 탓이 아니라 할 수도 있다. 그러니 여하튼 네, 닷새간은 기다려 보아라. 그 사이 동생이 있는 곳을 알게 될 게 틀림없다. 있는 곳만 알면 되겠지."

"살해당한 건 아닐까요?"

도쿠넨은 스스로 무서운 말을 했다고 생각하자, 급히 입을 다물었다.

"그런 일은 없을 거야. 악한에게 유괴당한 거란 생각도 들지만, 살해당할 일은 절대로 없다고 믿고 있으면 되니 안심하고 있는 게 좋아."

"저는 가만히 있을 수가 없습니다. 아무래도 동생을 찾으러 나가 봐야겠습니다."

도쿠넨은 이렇게 말하면서 입술을 깨물었다.

"무리하지 말거라. 네, 닷새 기다리면 반드시 행방을 알게 될 테니. 경찰에게 맡겨 두는 게 좋아."

스님은 자신 있는 듯한 말투로 말하고 나서 고개를 끄덕였다.

그러나 도쿠넨은 가만히 네, 닷새간을 그저 기다리고만 있을 수는 없었다. 도쿠넨은 몰래 절을 나와 가까운 마을을 돌아다녔다. 여동생을 찾을 때까지 절로는 돌아오지 않을 결심이었다.

(1921. 7. 14)

베 짜는 공주

요시다 소호(吉田楚峰)

먼 옛날의 일입니다. 서쪽 나라 끝 작은 마을에 할아버지와 할머니가 살고 있었습니다. 매우 가난하고 힘든 생활을 하고 있었지만, 두 사람 모두가 맑고 투명한 보석과 같은 아름다운 마음을 지닌 아주 친절한 사람이었습니다.

들판에서는 아름다운 빛깔의 꽃들이 향기를 내뿜고, 할아버지 할머니 집 앞에 흐르는 고스즈강(小鈴川) 작은 시냇물 소리는 귀여운 방울을 굴리는 듯 졸졸거리며 울려 퍼집니다.

포동포동 통통하게 살찐 새끼 참새가 지저귀기 시작하는 새벽이면, 벌써 할아버지와 할머니는 아침을 먹고 난 후였습니다. 옅은 노랑빛이 바랜 작업복을 입은 할아버지는 낫을 허리에 매고 고스즈강 상류를 따라 작은 잡목과 땔나무를 벌목하러 산으로 올라갑니다.

아이가 없는 노부부이기에 두 사람 모두 이 나이가 되어도 열심히 일했습니다.

할머니도 부탁받은 남의 집 빨랫감을 소쿠리에 넣어 고스즈강가로 내려왔습니다. 수정처럼 맑은 물에 흰옷과 속옷을 점벙 하고 집어 넣으면서 빨고 있는데, 강 위쪽에서 중얼거리는 소리와 함께 빛나는 아름다운 뭔가가 흘러 내려오고 있는 거였습니다.

할머니는 빨래하던 손을 멈추고 이상한 생각이 들어서 바라보았더니, 예쁜 작은 공주님이 진홍빛 장미꽃잎 위에서 조용히 잠을 자며 물결치는 대로 흘러 내려오고 있는 게 아닙니까. 새하얀 목에 건 보석을 단 목걸이는 대낮의 햇볕 아래에서 오색으로 빛났습니다.

"아 너무 아름답고 사랑스러운 공주님이로구나. 집으로 데리고 가면 할아버지가 얼마나 기뻐할까."

할머니는 너무 기뻐 빨랫감도 버려두고 공주님을 이영차 안아 올려 집으로 데리고 돌아왔습니다.

그리고 낮이 되었습니다. 할아버지가 마른 잡목을 어깨에 얹고 싱글벙글 웃으며 집으로 왔는데, 할머니는 이내 강에서 건져 올려 온 공주님을 할아버지에게 보였습니다. 할아버지도 매우 기뻐했습니다. 할아버지는 피곤함도 잊고 주름진 양손으로 가만히 솜을 만지듯 조심히 공주님을 안아 올리자, 장미꽃잎 위에서 조용히 꿈꾸며 자고 있던 공주님이 눈을 번쩍 떴습니다.

오랜 세월 부부로 살면서 아이가 없는 것을 슬퍼했던 노부부는 매일 신과 부처님께 아이를 달라고 기원했는데, '이건 분명 신과 부처님이 우리의 정성 어린 기원을 들어주신 게 틀림없다' 하고 이내 감사의 기도를 올렸습니다.

'매우 소중하게 키워야겠다 …….' 이런 마음을 먹고 그 후 더욱 열심히 일했습니다. 살찐 새끼 참새가 아침잠에서 깨기도 전에 노부부는 희미한 별이 반짝거릴 때 일어나 밖으로 나갔습니다. 그리고 하얗게 달이 나올 무렵까지 열심히 일하며 눈에 넣어도 아프지 않을 만큼 공주님을 사랑으로 키웠습니다.

그런데 이상한 일이 일어난 것입니다. 2, 3일이 지나자, 공주님은 벌써 말을 했고, 언제나 싱글벙글 웃으며 "할아버지, 할머니" 하면서 온순하게 따랐습니다.

그리고 닷새가 되어서는 장미 색깔의 시원한 옷을 입고 아름답게 빛나는 목걸이를 한 채, 작고 비천한 베틀을 가지고 방울 굴러가는 듯한 목소리로 노래 부르며 베를 짜는 거였습니다.

베를 짜며 아름답게 떨리는 목소리가 작은 마을의 새벽과 낮 밤 구분 없이 설레듯이 들렸습니다.

옷감은 순식간에 붉은빛, 보랏빛, 은색 실무늬를 드러내면서 부드럽게 짜였습니다. 아침부터 짜기 시작해 저녁이 되면, 공주님 방은 화려하고 아리따운 눈부신 꿈의 나라에서 보는 거와 같은 삼베로 가득 채워지는 거였습니다.

그림물감으로 연한 장미색에다 튤립을 물들인 것 같은 옷, 진홍으로 아름다운 패랭이꽃의 도안 등, 벌써 아름다운 공주님과 직물은 작은 온 마을에 퍼졌습니다. 이웃 마을에서도 사람들에게 동경심을 일으켰고 누구나 한번은 보고 싶은 마음이 들기에 충분할 만큼 소문이 퍼져 갔습니다.

그 아름다운 직물은 먼 고장들로도 날개 돋친 듯 팔렸기에, 먼 고장의 주군(殿様) 귀에도 들어갔습니다.

어느 날 주군은 어린 주군과 부하들을 데리고 베 짜는 공주의 집으로 오게 되었습니다.

이미 그 무렵에는 할아버지도 할머니도 땔감 일과 빨래하는 일을 그만두고, 공주님이 정성 들여 짠 부드러운 의복을 따뜻이 입고 대단히 풍족한 생활을 하고 있었기에 충분한 대접을 할 수가 있었습니다.

주군은 공주님의 화려하고 아리따운 능숙한 솜씨에 놀라고 감탄하여 많은 물건을 샀습니다. 그리고 할아버지와 할머니는 아름다운 가마를 타고 주군의 성에 초대되어 가게 되었습니다.

"할아버지, 할머니, 저 혼자는 외로우니 빨리 돌아오세요."

할아버지와 할머니가 탄 가마가 밖으로 나갈 때, 공주님이 슬픈 듯 눈물을 흘리면서 이렇게 말했습니다.

"그래, 곧 돌아올 테니 얌전하게 집 지키고 있으렴. 조심하지 않으면 나쁜 사람과 무서운 맹수가 나올지도 모르니 절대로 방심하면 안 된다."

할머니가 말을 다 끝내기도 전에 가마는 영차 하는 소리와 함께 힘차게 문을 나섰습니다. 뒤로는 떨리는 슬픈 가락으로 눈물을 흘리며 베를 짜는 공주님 노랫소리가 띄엄띄엄 들렸지만, 그것도 점차 멀어져가니 작고 미약하게 그러다가 끊어져 버렸습니다.

성에 도착한 후에 할아버지와 할머니는 더할 나위 없는 사람들의 시중과 눈이 번쩍 뜨일 만한 어전에서 다시없는 대우를 받으며 완전히 환락에 취해서 집과 공주님 일 모두를 다 잊게 되었습니다. 그렇게 날이 가는 것도 모른 채 며칠인가를 보냈습니다.

그러다가 정신이 든 노부부가 집으로 돌아왔을 때, 이미 어느 곳을 찾아봐도 아름다운 공주님의 모습은 보이지가 않았습니다. 그리고 비천한 베틀도 진귀한 옷감도 없어졌습니다. (끝)

(1921. 9. 11)

두 사람의 기누조

이시이 로게쓰(石井露月)

(상)

성무천황(聖武天皇)*의 치세에 이상한 일이 일어났다. 장소는 시코쿠(四国)의 사누키(讚岐)이다.

사누키의 야마다군(山田郡)에 기누조(衣女)라고 하는 여자가 있었다. 호농(豪農)의 집에서 태어나 아무 부족함 없이 자랐는데, 어쩌다가 감기로 인해 병이 깊어졌고 의사도 가망이 없다고 포기해버렸다.

부모는 정말 어찌할 바를 몰랐다. 이제는 신에게 도움을 청하는 수밖에 없다고 생각하여 고장의 풍습에 따라 문의 좌우에다 단을 쌓고 바다의 진미와 산의 진미를 올리고 기누조의 병이 완쾌되기를 빌었다.

그날 저녁이었다. 마르고 쇠약한 한 귀신이 찾아와서 말했다.

"내게 공물(供物)을 먹게 해 주게."

---

* 나라중기(奈良中期)의 천황(재위 724~749).

식구들은 귀신의 부탁을 받아들여 공물을 먹게 해 주었다. 귀신이 공물을 다 먹자, 식구들을 향해서 말했다.

"사실, 난 저세상에서 온 귀신이다. 염라대왕이 이 집의 기누조를 데리고 오라고 명령하셔서 저세상에서 온 것이다."

기누조의 부모는 깜짝 놀랐다.

"그것은 안 될 말씀입니다. 단 하나뿐인 딸을 잃으면 저희는 살아갈 낙이 없습니다. 기누조를 데리고 가시는 것만큼은 늦추어 주십시오."

귀신 앞에 땅에 손을 짚고 이렇게 간청했다. 귀신은 고개를 끄덕이며 말했다.

"좋다. 공물을 먹게 해 준 값으로 기누조의 목숨은 구해주겠다."

"그럼, 구해주신다는 겁니까? 고맙습니다."

부모를 비롯해 친척 모두가 펄쩍펄쩍 뛰면서 기뻐했다. 귀신은 잠시 생각하더니 이렇게 물었다.

"하지만 나는 빈손으로 돌아갈 수는 없다. 기누조를 데리고 오라는 염라대왕의 명령은 어길 수 없으니 기누조라는 이름의 여자를 데리고 돌아가지 않으면 안 된다. 이 고장에 기누조라고 하는 이름의 여자가 다른 곳에 또 있느냐?"

사누키의 우타리군(鵜垂郡)에 기누조라 하는 여자가 있었다. 친척 중에 그것을 아는 자가 있었기에 귀신에게 알려주었다.

"그럼 됐다. 그럼 그 기누조를 데리고 가기로 하겠다."

그리고 귀신은 그곳을 떠났다.

기누조의 병은 곧 완쾌했다. 모두는 크게 기뻐했고 잔치를 벌이고 춤도 추었다.

한편 야마다군의 기누조 집을 떠난 귀신은 바로 우타리군의 기누조 집으로 가서 기누조의 이마를 끌(鑿)로 쳐서 죽이고, 저세상으로 데리고 갔다.

"분부하신 기누조를 데리고 왔습니다."

염라대왕에게 아뢰었다.

"수고했다. 그녀를 이쪽으로 데리고 오너라."

염라대왕은 귀신에게 명령했다. 기누조는 귀신의 안내로 염라대왕 앞으로 나갔다.

염라대왕은 한눈에 기누조의 얼굴을 알아봤다.

"이 처녀가 아니다. 완전히 딴사람을 데리고 왔군. 잘못 보았어, 내가 데리고 오라고 한 자는 야마다군의 기누조였다. 이 처녀는 우타리군의 기누조가 아니더냐."

"네, 맞습니다."

귀신은 식은땀을 흘리면서 대답했다.

"해서는 안 될 실수를 했구나. 빨리 가서 야마다군의 기누조를 데리고 오너라. 그때까지 이 처녀는 여기 있도록 하고."

귀신은 염라대왕의 명령을 받고 다시 야마다군으로 가게 되었다.

(계속)

(1921. 10. 8)

(하)

염라대왕의 명령을 받고 야마다군으로 간 귀신은 기누조를 데리고 돌아왔다.

"분부하신 대로 야마다군의 기누조를 데리고 왔습니다."

"자, 어디."

염라대왕은 야마다군의 기누조 얼굴을 살폈다.

"이 처녀다. 잘 데리고 왔구나."

그리고 우타리군의 기누조를 향하여 이렇게 말했다.

"너는 돌아가도 좋다. 아직 이곳으로 오긴 너무 이르다. 나중에 목숨이 다하면 다시 귀신을 보낼 것이다. 실수로 억울한 일을 당하게 됐으니, 어서 빨리 돌아가 부모님을 안심시키는 게 좋겠다."

우타리군의 기누조는 기뻐하며 집으로 돌아왔다. 그런데 억울하게도 자신의 시체는 벌써 화장이 되어 버린 것이다.

이를 알고 나자, 기누조는 어찌할 바를 몰랐다. 혼이 돌아온들 몸이 없으면 어찌할 도리가 없으니 말이다.

"방법이 없군. 염라대왕님과 상의해 보는 수밖에."

기누조는 서둘러 저세상으로 되돌아왔다.

"왜 다시 왔느냐?"

"돌아갔지만 제 몸은 이미 불태워졌습니다. 어찌하면 좋을지 몰라서 다시 왔습니다."

염라대왕은 깜짝 놀랐다.

“그거 난처하게 되었군.”

염라대왕은 잠시 생각한 후 귀신을 불렀다.

“야마다군의 기누조 몸이 벌써 태워졌는지 빨리 가서 보고 오너라.”

“네, 알겠습니다.”

귀신은 서둘러 야마다군의 기누조 시체가 어찌 되었는지 보러 갔다. 그런데 아직 다행스럽게도 화장하지 않은 것이다.

“아, 다행이군.”

귀신은 다시 돌아와서 염라대왕에게 아뢰었다.

“야마다군의 기누조 몸이 아직 화장되지 않았습니다.”

“그거 다행이군. 그럼 야마다군의 기누조 몸을 네 몸으로 해 주겠다. 어서 빨리 야마다군으로 가서 기누조의 몸에 들어가거라.”

“여러 가지로 폐가 많았습니다.”

우타리군의 기누조는 이렇게 말하고 야마다군으로 가서 기누조의 몸에 들어갔다. 그러자 죽은 야마다군의 기누조 몸이 되살아났다.

“오, 다시 살아나다니, 이런 경사스러운 일이.”

모두가 펄쩍 뛰면서 기뻐했다. 그렇지만 기누조는 고개를 흔들며 말했다.

“저는 이 집 딸이 아닙니다. 저의 집은 우타리군입니다.”

살아난 기누조는 어리둥절해 하고 있는 사람들을 뒤로 한 채 우타리군의 자기 집으로 돌아왔다.

“다시 살아서 돌아왔습니다.”

이렇게 양친 앞에 가서 말했지만, 양친은 믿지 않았다.

"과연 목소리는 기누조 같은데 얼굴이 완전 다르니, 그쪽은 우리 딸이 아닐세."

기누조는 자세한 내용을 이야기했다.

"뭐, 그 일이 참말이니?"

"왜 거짓말을 하겠어요. 정말 틀림없는 일입니다."

비로소 기누조의 부모는 기누조의 말을 믿고, 야마다군의 기누조 부모님을 찾아가서 상의했다. 결국, 양가의 재산을 합치고, 양가의 자식으로 기누조를 키우게 되었다.

두 사람의 기누조 이야기는 지금도 사누키 지방의 이상한 전설로 전해지고 있다. (끝)

(1921. 10. 9)

꽃집 딸

우스이 시로(薄井史郎)

(1)

　이것은 지나의 이야기입니다. 옛날 북경(北京) 어느 마을에 나이 든
아버지와 어린 딸이 꽃집을 하고 있었습니다.

　오랫동안 아버지는 병으로 누워계셨는데, 딸이 대단한 효녀였기
에 밥도 제대로 먹지 못하고 밤에도 아버지를 지극히 간호했습니다.
그런데 아버지의 병은 좋아지기는커녕 오히려 점점 더 나빠졌고, 오
늘 내일로 위험한 병세였습니다.

　그러던 어느 날의 일이었습니다. 딸이 가게를 보고 있었는데, 이웃
할머니가 사람들과 함께 꽃집 앞을 지나가는 거였습니다. 그것을 보
고 딸이 할머니에게 물었습니다.

　"할머니 어디 가세요?"

"나 말인가. 나는 이 사람들과 ■■■*에 참배하러 가는 길이네."

"할머니, 저도 산에 가서 참배하면 제 아버지의 병이 좋아지실까요?"

"산신령님은 신통하시니 진심 어린 참배를 드리면 반드시 좋아지실 게다."

할머니가 친절히 말씀해 주었습니다.

그러자 딸이 물었습니다.

"여기서 산까지는 몇 리나 돼지요?

할머니는 빙그레 웃으면서 대답했습니다.

"글쎄, 아마도 100리는 될 거야."

딸은 100리란 말을 듣고 낙심했습니다. 도저히 병든 아버지를 두고서 혼자 참배하러 갈 수는 없었기에 말입니다.

(1926. 5. 1.)

(2)

그러나 딸은 매우 현명해서 다시 아무렇지 않은 듯한 얼굴로 할머니에게 물었습니다.

"할머니, 제 걸음으로 걸으면 1리에 몇 보정도 될까요?"

할머니는 이상한 걸 묻는다 싶었지만, 상당히 친절한 사람이라서

---

* 판독 불가라서 ■로 표시함.

상냥하게 가르쳐 주었습니다.

"글쎄, 자네 걸음이면 1리에 350보 정도 되겠지."

그래서 딸은 혼자 참배하러 갈 수는 없지만 하는 마음으로 이제 집에서 매일 기도를 해야지 생각한 것입니다.

그날부터 딸은 매일 밤 아버지가 잠드시면, 뒤뜰로 나가 작은 향로 안에 선향을 꽂고 뜰 안을 계속 돌면서 걸었습니다. 몇 보를 걸었는지 수를 세면서 지칠 때까지 걸었습니다. 걷다가 지쳐버리면 멈추어 서서 산 쪽을 향해 무릎을 꿇고 열심히 기도했습니다.

"신령님. 신령님. 저는 아버지가 아프셔서 산에까지 참배를 드리러 갈 수가 없습니다. 대신 이렇게 매일 밤 뜰 안을 걸으며 정성을 다하겠으니, 부디 아버지 병을 낫게 해 주세요."

딸은 보름 정도 매일 밤을, 비가 오고 바람이 불어도 한 번을 쉬지 않고 열심히 정성을 다했습니다.

■■■ 산에는 하늘 여신(女神)이라는 대단히 신통력 있는 신령님이 모셔져 있었습니다. 매년 4월에 큰 축제가 있고, 그날이 되면 지나 국내에서 참배객이 향을 올리고자 모여들었습니다. 그리고 그 당일에 첫닭이 우는 것을 신호로 사당 출입구 문이 열렸고, 사람들에게 참배하게 했습니다.

(1926. 5. 2.)

(3)

그런데 이날에 맨 먼저 참배를 하고 향을 올리는 사람은 일생에 대단히 큰 은혜를 입는다고 하는, 옛날부터 내려오는 전설이 있었습니다.

그래서 당일 아침이 되면, 욕심 많은 사람이 '올해 꼭 내가 맨 먼저 향을 올려 일생에 큰 은혜를 입어야겠다.' 하고 모여들었기에 소란스러웠습니다.

그런데 실은 매년 맨 먼저 향을 올리게 되는 사람은 따로 정해져 있었습니다. 그것은 대체로 부자나 훌륭한 관리가 되는 사람으로 정해져 있어서 아무리 원해도 맨 먼저 향을 올릴 수는 없었습니다. 부자이거나 훌륭한 관리가 되면, 미리 그곳 신관(神官)*에게 많은 돈을 주고 자신들이 맨 먼저 향을 올릴 수 있게 약속을 해 두기 때문입니다.

그해에는 천자(天子)님을 모시는 관리로 장(張) 씨라는 사람이 처음 향을 올리기로 하고, 신관에게 많은 돈을 주고서 약속을 해 놓았던 거지요.

드디어 그날 아침이 되자, 장 씨는 첫닭이 우는 것을 듣고서 서둘러 사당으로 달려온 겁니다. 신관이 출입문을 열어주어서 기쁜 마음으로 신전에 향을 올리러 간 거지요. 그런데 이상하게도 벌써 누군가 와서 참배하고 갔는지, 향로 안에는 한 개의 선향이 타고 있었습니다.

그것을 본 장 씨는 대단히 화가 났습니다. 그래서 즉시 신관을 불

---

* 신사(神社)에서 신사(神事)에 종사하는 사람.

러 큰소리로 호통을 쳤습니다.

"첫 향은 내가 피우기로 했는데, 어찌 다른 사람이 벌써 올렸는가?"

"아닙니다. 그럴 리가 없습니다. 어찌 다른 사람에게 먼저 향을 올리게 했겠습니까. 저는 첫닭이 울자 바로 문 앞에 와서 제일 먼저 안으로 모셨습니다. 향로 안에 선향이 올려줬다니 정말 이상한 일입니다. 저로서는 알 수가 없는 일입니다."

열심히 변명을 한 신관의 말이 거짓 같지는 않았습니다.

"그럼 어쩔 수가 없군. 오늘 일은 그만 용서해 주겠네. 내일 다시 올 테니, 이번에는 그 누구에게도 향을 피우게 하면 안 되네. 꼭 내가 향을 피울 테니."

장 씨는 이렇게 부탁하고 나서 묵고 있는 숙소로 돌아갔습니다.

(1926. 5. 4.)

(4)

그다음 날 아침, 장 씨는 날이 채 새기도 전에 일어나서 오늘 아침에는 반드시 하면서 서둘러 사당으로 달려갔습니다. 그런데 그날 아침에도 벌써 누가 와서 선향을 올린 거였습니다.

그때 장 씨가 이상한 것을 보았습니다. 장 씨가 신전을 보고 있었는데, 가난한 옷차림을 한 처녀가 뭔가 열심히 기도를 드리고 있는 게 아닙니까. 장 씨는 "앗" 하고 눈이 휘둥그레져서 저절로 한 발 한 발 처녀 쪽으로 다가갔습니다. 한데 어느 틈엔가 그 처녀는 마치 연기처럼 사당 안에서 사라져 버렸습니다.

순간 너무나 기괴한 모습에 장 씨는 놀라면서 가만히 생각해 보았습니다.

'이곳은 신통력 있는 신령님이 계신 사당이니까, 어쩌면 죽은 사람이나 유령이 나올 수도 있겠구나. 이것은 분명 뭔가 깊은 뜻이 있는 게다.'

그래서 장 씨는 아무렇지 않은 얼굴로 참배를 마치고 사당 밖으로 나온 후, 전국에서 구름처럼 몰려든 참배객을 향해 지금 자신이 본 이상한 처녀 이야기를 해 주었습니다. 그리고 누구든지 그 처녀를 알고 있는 사람이 있다면 알려달라고 했습니다.

그러자 한 노파가 장 씨 이야기를 열심히 듣고 있다가 성큼성큼 앞으로 나왔습니다. 그리고선 이렇게 말했습니다.

"지금 하신 말씀을 들으니 그 처녀는 아무래도 저의 집 이웃에 사는 꽃집 가게 처녀인 것 같습니다. 그 처녀라면……."

노파는 불쌍한 처녀가 오랫동안 병든 아버지를 보살펴드리고 있다는 이야기를 자세히 말했습니다.

그러자 장 씨가 감탄한 겁니다.

"아, 그렇다면 분명 그 처녀의 마음이 신령님에게 통한 것이다."

장 씨는 그날 중으로 말을 타고 북경 저택으로 돌아갔습니다. 그리고 속히 그 효성스러운 처녀의 집을 찾아내 돈과 많은 물품을 보내었고, 병든 아버지를 좋은 의사에게 진찰받도록 해 주었습니다.

이러한 효성스러운 처녀의 마음 때문에 힘들었던 아버지의 병도 곧 좋아졌습니다.

  그 후 장 씨는 자신에게 아직 딸이 없기에 부인과 의논하여 꽃집 처녀를 양녀로 얻기로 했습니다. 처녀는 이제 아무 어려움 없이 나이 든 아버지를 봉양할 수 있었다고 합니다. (끝)

(1926. 5. 5.)

신선의 나라

기요노 기요시(清野喜代志)

(1)

산, 산, 산, 또 산.

골짜기, 골짜기, 골짜기, 또 골짜기.

그 골짜기 그곳에 네 명의 젊은이가 살고 있었습니다.

어느 날의 일이었습니다.

"아아, 날씨 좋다. 쾌청하군."

야마조(山蔵)가 하늘을 올려다보면서 말했습니다.

"음, 산도 온통 푸르고 이제 새들도 지저귀겠지."

다니스케(谷助)가 고개를 갸우뚱거립니다.

린조(林蔵)와 모리스케(森助)도 모두가 골짜기의 밑바닥에서 높은 산들을 올려다보았습니다. 올려다보고 있으려니 왠지 이러한 자연의 산으로 올라가 보고 싶어졌습니다.

"저 산에는 신선님이 살고 계신다. 마을 할아버지 할머니가 그렇게 말씀하셨어."

갑자기 무슨 생각이 났는지, 야마조가 말하고서는 가장 높은 산을 가리켰습니다.

"음, 맞아. 그 신선님은 옛날 아주 옛날부터 살고 계신다고, 아주 훌륭한 신이시라고."

다니스케가 맞장구를 칩니다.

"뜻이 있는 사람은 그 신선님이 만나주시고, 여러 불가사의한 술법을 전수해 주신다고."

린조도 옆에서 참견합니다.

"그래, 불로불사의 술법과 둔갑술, 요술을 가르쳐 주신다고 해."

모리스케 역시 아는 체를 하며 말했습니다.

가 보고 싶은 생각이 저절로 네 젊은이 마음에 생겨났습니다.

"어때? 우리 신선이 되고 싶지 않니?"

"그래. 이런 골짜기 밑바닥에서 평생을 사는 건 재미가 없지."

"가 보자. 그리고 간청해 보자."

"좋아, 좋아."

네 사람은 의논한 끝에 길을 떠날 준비를 했습니다.

(1926. 5. 6)

다음날이 되자, 네 젊은이는 다 함께 골짜기, 골짜기, 골짜기 밑바닥에서, 마을의 자기 집을 뒤로 한 채, 산, 산, 산, 또 산, 가장 높은 산을 목표로 삼고 작은 벌레처럼 기어서 올라갔습니다.

숲을 지나고 강을 건너 벼랑을 기어오르고 골짜기를 올라 네 명의 젊은이는 마침내 며칠 후, 목표로 삼았던 높은 산 정상에 도달했습니다.

주변을 둘러보니 깊은 바위 동굴이 있었습니다. 네 사람은 그 바위 동굴에 거주하기로 했습니다. 그곳에서 신선 수업(修業)에 매달린 겁니다.

몸에는 나뭇잎과 덩굴을 친친 휘감아 옷으로 대신했습니다. 자리에는 이끼를 깔아 이부자리 대신으로 삼았습니다.

네 명의 신선 지원자는 매일 매일 막상막하로 수업에 힘썼습니다. 배가 고프면 나무 열매를 먹고 풀뿌리를 씹으며, 목이 마르면 이슬을 먹고 구름을 들이마셨습니다.

또한, 골짜기를 내려가고 산봉우리를 오르며 밤낮없이 산들을 돌아다니면서 신선을 찾았습니다.

어느 날에는 알몸이 되어서 살갗에 눈과 서리를 맞았습니다. 바람과 비도 맞았습니다. 또 안개를 들이마시며 주문도 외웠습니다.

이렇게 1년, 2년, 3년의 세월이 빨리도 지나갔습니다. 네 명의 젊은이는 그리 밤낮으로 수업에 힘을 쏟은 겁니다.

그런데 어찌 된 일일까요. 이제나저제나 하고 기다렸던 소망은 보람 없는 일이 된 겁니다. 기다리고 기다려도 아무 신호도 보이지가 않았던 거지요.

결국, 네 명의 젊은이는 낙담했습니다. 마음도 몸도 바짝 말랐고 신선이 되고자 했지만, 바라던 신선의 모습은 전혀 보이지가 않았던 겁니다.

"어찌 된 일일까?"

네 사람은 다시 의논을 시작했습니다.

"욕심을 버리고 집을 나온 지 벌써 3년, 이리 열심히 수업에 정진해도 전혀 아무런 신호도 없으니."

다니스케가 화가 나서 말했습니다.

"정말이지, 맥 빠지는군. 이제 길에 쓰러져 죽겠다."

모리스케도 슬픈 목소리로 말합니다.

"아무래도 신선을 만날 수가 없나 보다. 자칫하면 목숨까지 빼앗기겠어."

야마조도 중얼거립니다.

"아, 어리석게도 아까운 3년을 날려버린 것 같아. 여기서 헛된 세월을 보내봤자 점점 더 노쇠해질 뿐이니 이제 산을 내려가 마을로 돌아가자."

"그래. 이런 하찮은 수업을 더 할 필요는 없다. 마을로 돌아가 주군을 모시자. 그리고 가문을 일으켜 입신출세하여 세상의 영화를 누리자."

"불로불사의 술법 따위 이젠 부질없는 바람이다. 자, 단념하고 돌아가자."

"그래. 그게 좋겠어."

세 사람은 그리 결정을 했습니다.

그런데 린조는 혼자 입을 다물고 생각에 빠져있었습니다. ― 이것은 분명 아직 우리 힘이 부족한 거다. 그런 의심하는 마음을 가져선 아무리 수양을 쌓는 들 신의 마음에 들 수가 없지. 난 혼자서라도 산에 남아 이 목숨이 다할 때까지 해 보겠다. 그런 생각을 하고 있었던 겁니다.

"그리할 셈인가. 그럼 자네들은 돌아가게. 난 산에 남겠네. 목숨이 다할 때까지 수양을 쌓으면 틀림없이 신선님이 만나주실 거야."

"하하하, 그럼 좋을 대로 하게. 귀신에게나 잡아 먹혀버려라."

세 사람은 이렇게 해서 산에서 내려간 겁니다.

(1926. 5. 7)

(3)

혼자 산에 남은 린조는 전보다 더욱 일심불란(一心不亂)으로 수양에 정진했습니다.

"신이시여. 신선이시여. 부디 저의 바람을 들어주소서. 저는 신선이 되고 싶습니다. 고귀한 신선님 술법의 힘을 전수하여 주옵소서."

여념 없이 마음을 다하고 몸을 다해 매일매일 간청하면서 신선의 도를 닦고 있었습니다.

그러던 어느 날의 일이었습니다.

"……부디 저의 바람을 들어주소서."

그렇게 기도를 드리고 있는데, 갑자기 하늘에서 소리가 들린 겁니다.

"린조야, 훌륭하구나. 고개를 들어라."

"앗……."

린조가 놀라서 고개를 들자, 바위 위에 연보라색 구름이 기다랗게 깔리고 그 구름 속에 은빛 긴 수염을 기른 위엄 있으신 할아버지가 싱글벙글 미소 지으며 서 있는 게 아닙니까.

"오, 자네는 상당히 기특한 젊은이일세. 난 자네 같은 인간이 한 명 정도 있으면 좋겠다고 생각했네. 자네의 바람을 들어주겠네."

"신선님이십니까. 이렇게 고마운 말씀을 해 주시다니요. 무슨 말씀을 드려야 좋을지 모르겠습니다. 신선님의 도를 전수해 주신다고 하시니 감사합니다."

고행 끝에 겨우 린조는 원하던 바를 이룰 수가 있었습니다. 그 기쁨은 비유할 바가 없었지요.

"그럼 내 뒤를 따라서 오려무나."

"네"

"나는 천국에 있다. 구름아, 구름아."

신선이 외쳤습니다. 그러자 린조의 몸이 두둥실 공중에 떴습니다. 깜짝 놀라 아래를 보니 발밑에 흰 구름이 이불처럼 펼쳐져 떠 있고 순식간에 두둥실 하늘로 날아오르는 거였습니다.

이윽고 천국에 도착한 린조는 신선에게 술법을 전수받았지요. 마침내 신선의 도의 비술을 배우고 진리를 터득해 신선이 될 수 있었습니다.

(1926. 5. 8)

(4)

한편, 산에서 내려와 고향으로 돌아온 세 젊은이는 마을로 돌아오자 곧바로 주군의 사관(仕官)*이 되었습니다.

부하로 성실하고 충실하게 열심히 일한 세 사람은 차츰 등용되어 가문을 일으켜 입신출세하였습니다. 아름다운 신부도 맞이하여 아이도 낳고, 마침내 부교(奉行)** 장관으로 출세를 했습니다. 세상의 대우도 좋고, 사람들에게 칭송받는 어엿한 신세가 되어 좋은 나날을 보내게 된 겁니다.

그러던 어느 날의 일이었습니다.

때마침 세 명의 무사는 주군에게 휴가를 얻어 산, 산, 산, 골짜기, 골짜기, 또 골짜기, 골짜기 밑바닥에 있는 호숫가로 놀러 갔습니다.

"아, 전망 좋군."

"정말 경치가 좋구려."

---

* 　벼슬아치를 함.

** 　행정, 재판 사무 등을 담당하는 무사의 직명.

"실로 좋은 경치일세."

세 사람은 번갈아 똑같은 말을 하면서 호숫가 근처를 걷고 있었습니다. 지금은 사람들에게 존경받는 몸이 된 세 사람은 자신들의 즐거운 마음에, 그 옛날 올랐던 신선 산이 바로 눈앞에 높이 솟아 있는데 친구 한 명을 두고 온 일을 그만 잊고 있었습니다.

그런데 나무 그늘에서 한 척의 작은 배가 스르르 움직이고 있었습니다. 어부의 세상을 사는 배인가 싶었지만 그런 것 같지는 않았습니다. 그래서 유심히 바라보자, 배 안에 삿갓을 쓴 한 노인이 장대 젓는 소리를 내며 가고 있는 거였습니다.

그런데 그 빠르기가 마치 바람과도 같았습니다.

세 사람은 엉겁결에 "앗" 하고 소리 지르며 놀랐습니다. 그 노인은 바로 옛 친구 린조였던 겁니다.

"아, 린조. 린조가 아닌가?"

세 사람이 외쳤습니다.

"오……."

린조가 답했습니다. 그리고선 스르르 되돌아와서 강변에 배를 댔습니다.

"아, 이거 린조가 아닌가. 이곳에서 만나다니. 오래간만일세."

세 사람은 어리둥절하며 한동안 린조의 모습만을 바라보았습니다.

"린조."

이어서 야마조가 말했습니다.

"그때 자넨 혼자 산에 남았고, 벌써 많은 세월이 지났는데 모습을 보니 자네 처지가 딱한 것 같으이. 생각하면 아무 보람도 없는 일이었네. 바람은 가둘 수 없고 그림자는 잡을 수 없다는 말도 있지 않은가. 하찮은 것에 두 번 다시 돌아올 수 없는 일생을 보내버렸구먼. 우리 셋은 그날로 마을로 돌아와 주군을 섬겼고, 지금은 부교로 출세하여 사람들에게 존경받는 처지가 되었다네. 가문이 영화롭게 입신출세하였다네. 정말 딱하네. 자네가 이런 꼴이 되었다니. 뭔가 마음으로 외칠만한 게 없나. 사양치 말고 말하게. 뭐든 원하는 것이 있으면 알아봐 주겠네."

그러자 린조는 큰소리로 껄껄 하고 웃었습니다.

"자네들은 출세했는데, 나는 그렇지 못하다. 새와 물고기도 각각 마음에 외치는 도가 있는 법이지. 나는 세상에 있는 것이라면 별로 가진 게 없지. 자, 저편에 복숭아 동산과 벚나무 숲이 있네. 그 안에 내가 살고 있는 암자가 있다네. 누추한 곳이지만 한번 가 보겠나?"

(1926. 5. 9)

(5)

그래서 세 명의 무사는 옛 친구 린조의 안내를 받아 가게 되었는데, 이어서 복숭아꽃과 벚꽃이 만발한 숲으로 들어갔습니다.

숲의 끝에 괴상한 문이 있었습니다. 그 문을 지나 안으로 들어가자, 넓은 초원이 나왔습니다. 1정(町)* 정도 가자, 갑자기 큰 문이 나타났습니다. 그 안에는 훌륭한 어전이 하늘 높이 솟아 있었습니다. 진주 무지개 들보, 금은 주옥의 빛은 눈이 부실 정도였습니다. 길옆에는 푸른 대나무가 우거지고, 푸른 잎사귀 아래에 흰 구름이 둥실둥실 떠 있습니다. 바람도 없는데 사각사각 가지가 흔들렸고 어디선지 모르게 아름다운 거문고 소리가 들려왔습니다.

주위는 보지 못한 꽃나무와 이름도 모르는 풀꽃이 보라색과 붉은색, 흰색으로 만발했고, 온통 좋은 냄새로 마음이 상쾌하고, 영혼은 희미하게 구름에 올라온 듯 인간세계라 여겨지지 않았습니다.

다니스케, 야마조, 모리스케 세 사람은 꿈을 꾸는 기분이었습니다. 잠시 주변 모습에 마음을 빼앗기고 있었는데, 어전의 현관에서 세 명의 동자(童子)가 나타났습니다.

"자, 이쪽으로 오십시오."

동자는 세 사람을 안내했습니다.

동자의 뒤를 따라가니, 이곳은 다시 훌륭한 어전의 객실이었습니다. 그곳에 린조가 정면의 자리에 위엄 있게 앉아있었습니다. 돌변한 모습으로 고상하게 기다리고 있었고, 세 사람이 자리에 앉자 예의 있게 말했습니다.

"자, 자네들은 시끄러운 세상에서 주군을 섬기면서 괜스레 더러운 음식을 먹고, 욕심으로 애를 태우고 마음을 괴롭히며 이 긴 세월을 보

---

* 약 1.8미터.

냈겠지. 필시 마음이 괴로웠을 것이네. 잠시 이곳에 있는 동안 심신을 편안하게 하고 마음의 위안이 되었으면 좋겠네."

그 말을 들은 세 사람은 말없이 고개를 숙였습니다.

그러자 다시 세 명의 동자가 나타났습니다. 그리고 이들 앞에 밥상을 가지런히 놓았습니다. 그 밥상을 보니 산해진미의 갖가지 음식이 차려져 있었습니다. 그 음식들은 본 적도 없는 것들이었습니다.

그러는 사이 해가 저물었습니다. 수많은 은촛대에는 복숭아 빛 등불이 켜졌고, 방안은 보석처럼 반짝반짝 빛이 났습니다. 어디서 왔는지 여덟 명의 아름다운 처녀가 춤을 추면서 내려왔고 묘한 음악에 맞춰서 춤을 추었습니다. 자세히 보니 그 처녀들은 주군 저택에 출입하는 마을 처녀들이 아닙니까.

세 사람은 이상히 여기면서 밤이 깊어가는 줄도 모르고 넋을 잃고 바라보았습니다.

곧이어 닭이 울었습니다. 세 사람은 배를 타고 돌아왔습니다. 돌아온 후, 아름다운 처녀들에게 물었더니, 이렇게 말했습니다.

"어젯밤에는 어느 귀한 분이 부르셨는데, 그곳이 어디인지 알지 못합니다."

그래서 세 사람의 무사는 새삼스러운 것 같지만, 신선이 된 린조의 신세를 부러워했다고 합니다. (끝)

(1926. 5. 11)

가짜 사무라이*

나가우라 겐(長浦健)

(1)

아직 지금처럼 기차나 기선(汽船)의 전신(電信)이라는 것이 없는 아주 옛날의 이야기입니다.

어느 성벽 밖에 돈베에(頓兵衛)라 하는 자가 있었습니다. 돈베에는 대단히 정직하고 상냥한 사람 같지만, 마을 사람들에게는 거짓말쟁이라는 소리를 들을 만큼 정직하지 못한 사람이었습니다. 게다가 대단히 게으름뱅이에다가 태평하고 느긋해서 어찌할 도리 없는 인물이었습니다.

바느질감을 맡기러 온 마을 사람은 차차 정나미가 떨어졌고, 저런 게으름뱅이 집에 바느질감을 맡기면 몇 년 후에 찾아가게 될지 모른다면서 오지 않았습니다.

---

* 무사(武士).

그러다 보니 제아무리 느긋한 돈베였지만, 생활이 몹시 힘들어졌습니다. 일감이 떨어지면 밥을 먹을 수가 없기에 말입니다.

'내 생활이 힘들어졌을 거라 생각들 하겠지. 어떻게든 마을 사람들이 계속 일감을 맡기러 오게 할 좋은 방안이 없을까.'

돈베는 매일 머리 숙여 이 생각만을 하고 있었습니다.

어느 날의 일이었습니다.

돈베는 평소대로 가게에 나와 앉아 나쁜 생각에 잠겨 있었습니다.

"실례하겠네."

안내를 청하면서 가게 안으로 들어온 손님이 있었습니다.

돈베가 고개를 드니 너무도 멋지고 당당한 사무라이가 수행 부하들을 거느리고 서 있는 게 아닙니까. 돈베는 깜짝 놀라면서도 태연한 척 보였습니다.

"아, 사무라이님, 어서 오십시오. 실은 이제 손님이 오실 때지 하고 기다리고 있던 참이었습니다. 헤헤. 저는 이 마을에서 제일 잘 나가는 재봉사인 돈베라고 합니다. 지배인이 여덟 명, 점원이 열셋, 직공과 여종업원들, 백 명 가까운 식구들을 거느리고 있습니다. 그런데 지금은 모두가 일 보러 나가고 없습니다. 저 혼자라서 차도 드릴 수가 없으니 이거 죄송합니다. 부디 양해해 주십시오."

청산유수로 지껄이고 난 돈베는 자기 스스로도 잘했다고 마음속으로 생각하고 있었죠.

사실 돈베의 재봉집은 돈베 혼자였고, 지배인도 점원도 아무도 없습니다. 이런 사무라이가 올 거라고는 꿈에도 생각하지 못했기에, 또한 오랜만에 온 손님이라서 있는 힘껏 간살부린 겁니다.

(1926. 5. 12.)

(2)

사무라이는 돈베에의 말이 끝나자마자, 대범하게 고개를 끄덕이면서 말했습니다.

"실은 자네 솜씨를 믿고 찾아온 건데, 서둘러서 예복을 한 벌 만들어 주게나. 돈은 얼마가 들어도 상관없으니 되도록 이 고장에서 제일 곱고 멋진 것으로 말일세."

그러면서 사무라이는 지갑 안에서 많은 돈을 꺼냈습니다. 돈베에는 몹시 흥분하며 기뻐서 어쩔 줄을 몰랐습니다.

"소인이 일생일대의 솜씨를 다해서 이 고장뿐 아니라, 일본 아니 머나먼 나라를 찾아봐도 없을 만큼 훌륭한 예복을 만들어 드리겠습니다."

다다미에 이마를 대면서 몇 번이고 머리 숙여 굽실거린 돈베에가 쭈뼛쭈뼛 고개를 들었을 땐 이미 사무라이와 그 수행 부하들 모습은 보이지가 않았습니다.

돈베에는 다다미에 놓인 많은 돈을 싱글벙글거리면서 세어보니, 아무리 훌륭한 예복이라도 서너 벌은 족히 만들고도 남을 만큼 큰돈이어서 펄쩍 뛰며 기뻐했습니다.

'됐다. 됐어. 나에게도 슬슬 행운이 오는가 보다. 이제 마을 사람들을 깜짝 놀라게 해 주어야겠다.'

이런 생각을 한 돈베에는 바로 그 돈을 가지고 마을 포목점을 분주히 돌아다녀 화려한 옷감을 있는 대로 잔뜩 사서 가지고 돌아왔습니다.

원래 일을 싫어하는 게으름뱅이였지만, 상대가 칼을 찬 사무라이인데다 큰돈을 놓고 갔기에 그날부터 바느질을 시작했습니다. 열흘 정도가 지나자, 속옷에서 위아래 기모노와 하카마(袴)˚를 완성했습니다.

"어떤가, 돈베에 솜씨가 대충 이 정도야."

그렇게 마을 사람들에게 과시하고 싶을 만큼 바느질한 기모노는 훌륭했습니다.

돈베에는 오랫동안 재봉사 일을 했지만, 지금까지 한 번도 이렇게 곱고 화려한 옷감으로 옷을 바느질한 적이 없었습니다.

자신이 바느질한 옷을 만지작거리며 몹시 흐뭇해하고 있던 돈베에는 당장 이 옷을 입어보고 싶어서 견딜 수가 없었습니다. 이런 마음이 생기자, 옷을 주문한 사무라이이고 뭐고 다 잊은 채 그저 이 옷을 입고 다녀보고 싶어서 애간장이 탔습니다. 자, 그 후부터의 사건입니다.

(1926. 5. 13.)

(3)

지금까지 입고 있던 너덜너덜한 작업복을 벗고, 사무라이 옷을 입은 돈베에는 거울 속에 비친 자신의 모습을 황홀한 듯 바라보면서,

---

˚ 일본옷의 겉에 입는 아래옷.

'이 얼마나 멋지고 용감한 무사란 말인가. 오늘부터 돈베에는 재봉사가 아니다. 일본 제일의 무예가다. 좋아, 이 정도면 마을 사람도 놀라서 머리를 숙이겠지.' 이렇게 완전히 무사가 되어버린 양, 어깨를 추켜올리며 눈을 부릅뜨고 뻐겨봅니다.

하지만 자신의 집 거울 앞에서만 혼자서 뽐내 본들 흥이 나지 않았습니다. 그래서 돈베에는 아직 남아있는 돈으로 크고 작은 칼을 사 허리에 꽂고서 느릿느릿 마을로 나왔습니다.

깜짝 놀란 것은 마을 사람들입니다.

"이봐, 이보게. 아주 당당해 보이는 사무라이 같은데, 저 녀석 게으름뱅이 돈베에가 아닌가."

"맞아, 그렇군. 거짓말쟁이 돈베에야. 그건 그런데, 재봉사가 갑자기 당당한 사무라이가 되다니. 거, 이상하군."

"돈베에 놈, 분명 정신이 돈 게 틀림없네."

"그러고 보니 그러하군. 아무래도 저 칼을 꽂은 거 하며 얼빠진 표정 하며 미친 게 틀림없네."

"미치광이야. 미치광이."

결국, 마을 사람들은 돈베에를 미치광이로 알아보고 아무도 상대해 주지 않았습니다.

기대가 빗나가 미치광이가 되어 버린 돈베에는 잠시 크게 비관하다가 다시 좋은 생각을 해냈습니다.

'안 되겠구나. 이 마을 사람들 모두가 내 얼굴의 점까지 알고 있으니 속지 않는 것은 당연하다. 그럼 한 번 다른 마을로 가 봐야겠다.'

그래서 돈베에는 농사꾼 집에서 말 한 마리를 사고, 그것을 타고 정처 없이 마을을 떠났던 겁니다.

포근하고 화창한 좋은 날씨였습니다. 논밭에는 농민들이 나와서 열심히 일하고 있었습니다. 농민들은 너무나도 유쾌하게 가장 행복하기라도 한 듯 바삐 일하며 움직였습니다.

말을 탄 돈베에는 그런 시골길을 마치 일국의 주인이라도 된 양 지나갔으나 일에 여념이 없는 사람들은 돌아보려 하지도 않았습니다.

돈베에는 점점 마음이 허전해졌습니다.

'저 농민들에게도 내가 재봉사로 보이는 것일까. 그럴 리가 없는데……'

그렇게 생각하면서 말을 앞으로 내몰아가는 사이에 어느새 밤이 되어버렸습니다. 그리고 마침 다다른 마을 사당 신사에서 그날 밤을 보내기로 했습니다.

(1926. 5. 14.)

(4)

말은 신사 앞에 있는 소나무에 묶어두고서 배례전 위로 느릿느릿 올라온 가짜 사무라이 돈베에, 그는 그곳에 그대로 누워버렸습니다.

그리고 시간이 흘렀습니다. 오늘 돈베에가 온 길 쪽에서 경쾌하게 말 달리는 소리가 들리는가 싶더니, 다부진 구렁 말에 올라탄 한 젊은 사무라이가 날쌔게 신사 앞에서 멈추고 말에서 뛰어내리는 거였습니다.

　돈베에처럼 길을 나섰다가 해가 저물자, 말을 묶어두고 배례전 안으로 들어옵니다. 순간 잠에서 깬 돈베에는 그곳에 한 젊은 사무라이가 서 있자 당황해하며 말을 겁니다.

　"소인은 돈베에라고 합니다. 지나가는 도중 해가 저물어 오늘 밤 이곳에서 자려고 하는데, 여행에는 길동무, 세상은 인정, 옷깃만 스쳐도 인연이니 느긋이 마음을 터놓고 싶습니다."

　누군지 모르겠지만, 보아하니 당당해 보이는 사무라이 같아 그 젊은 사무라이는 공손히 양손을 모으고 다음과 같은 자신의 신상을 얘기했습니다.

　이 젊은 사무라이의 이름은 히데노신(秀之進)이라 하였고, 여기서 그리 멀지 않은 이웃 지방 주군의 외아들이었습니다. 그런데 히데노신은 태어나자마자, 한 점쟁이가 이렇게 말했다고 합니다.

　'아무래도 도련님 얼굴은 요절하실 상(相)입니다. 스물한 살 되는 생일까지 부모님과 떨어져 있으면 무병장수하고 일국의 훌륭한 주인이 되실 겁니다.'

　그래서 주군이신 아버님과 어머님은 태어난 지 얼마 되지 않은 히데노신을 몇백 리나 멀리 떨어진 숙부님 성(城)에 맡겨 둔 거였습니다. 히데노신은 그곳에서 성장해 훌륭한 사무라이가 되었고, 드디어 내일 스물한 살 생일을 맞게 되어 이십 년 만에 자신의 성으로 돌아가는 중이었고, 장차 그곳 성주(城主)가 될 몸이었습니다.

　"부모님과 태어나자마자 이별해서 얼굴도 모습도 전혀 기억에 없습니다. 다만 여기에 증거가 되는 단도와 문서를 가지고 있습니다.”

히데노신은 돈베에에게 하나에서 열까지 모든 것을 이야기하고 소중히 간직하고 있던 그 증거인 단도와 문서까지 꺼내 보였습니다.

그것을 본 가짜 사무라이 돈베에의 눈은 번득이며 빛났습니다. 마음속으로 정말이지 좋지 않은 계략을 생각하고 히죽거린 거였습니다.

돈베에가 생각한 흉계란 무엇이었을까요?

(1926. 5. 15.)

(5)

돈베에는 젊은 사무라이에게 이야기를 다 듣고 그 증거가 되는 단도와 문서를 보자, 갑자기 한 가지 나쁜 생각을 떠올렸던 것입니다.

그것은 자신이 히데노신이 되는 거였지요. 그 증거품을 훔쳐서 아들이 돌아오기만을 기다리고 있는 성으로 가게 되면 분명 자신을 친아들 히데노신이라 생각할 게 틀림없다고요.

‘그래, 그리하면, 나는 장차 한 성의 주인으로 모두에게 존경받는 주군이 되고, 하고 싶은 일을 하며 살아갈 수 있다. 그리만 된다면 나도 이제 옛날의 돈베에가 아니지. 됐다. 됐어.’

이리 생각하며 마음속으로는 기뻐했지만, 나쁜 놈이라서 얼굴에는 내보이지 않았습니다.

이제 피곤해지자, 두 사람은 옆으로 누워 잠을 청했지요. 히데노신은 내일이면 이십 년 만에 돌아가는 성과 부모님을 생각하며 들뜬 마음으로 금방 잠들어버렸습니다. 하지만 돈베에는 자는 체하고 있었지요.

"쿨쿨-."

돈베에의 코고는 소리는 크게 들렸지만, 실은 눈을 깜박거리면서 빨리 히데노신이 잠들기만을 기다리고 있었던 겁니다.

이윽고 조용히 밤은 깊어가고, 히데노신이 자는 숨소리를 듣고 있던 돈베에는 기회를 엿보다가 벌떡 몸을 일으켰습니다.

"이제 됐다."

그렇게 중얼거리며 재빨리 히데노신의 베갯머리에 놓아둔 증거품을 움켜쥐고, 그것을 자신의 품 안에 넣어버린 후 아무것도 모른 채 자고 있는 히데노신을 그대로 남겨두고 살금살금 배례전을 빠져나온 돈베에는 젊은 사무라이가 타고 온 말에 올라타 쏜살같이 이웃 지방의 성을 향해 달리기 시작했습니다.

이윽고 희미하게 날이 밝아오기 시작했습니다.

이야기는 바뀌어서 히데노신이 태어난 성에서는 오늘에야 젊은 도련님이 돌아오신다고 하면서 들썩거렸습니다.

이십 년 만에 아들을 만날 수 있다는 생각에 주군도 부인도 간밤엔 뜬눈으로 밤을 지새웠습니다. 부하들도 훌륭히 성장하신 도련님이 먼 숙부님 성에서 돌아오신다면서 장막을 삥 둘러치고 깃발을 세우는 등, 기쁨으로 성안이 바빴습니다.

그런 일이 한창일 때, 돈베에는 가까스로 성문에 도착했습니다.

"도련님이 도착하셨습니다."

부하들은 줄을 지어 나란히 엎드리고 절을 하며 맞이했습니다.

돈베에는 목욕을 하고 준비된 기모노로 갈아입었습니다. 드디어 큰방에서 20년 만에 부모 자식간의 대면을 하게 된 것입니다.

한편 친아들 히데노신은 날이 새어서 눈을 떠보니 어젯밤에 함께 있던 사무라이가 없었습니다. 뿐만이 아니라 목숨보다도 소중히 여긴 증거품도 보이지가 않았습니다.

"이거, 큰일 났다."

영리한 히데노신은 금방 알아차렸습니다.

"이거 이러고 있을 수 없다."

히데노신은 돈베에가 두고 간 말에 날쌔게 올라탔고 성을 향해 쏜 살같이 달렸습니다.

(1926. 5. 16.)

(6)

증거품을 앞에 놓고 돈베에와 주군, 부인이 20년 만에 대면했습니다.

"음, 잘 성장해 주었구나. 과연 이 단도와 문서도 그때 준 게 틀림없다. 너는 오늘부터 이곳 성의 후계자다."

주군은 증거품만으로 돈베에를 친아들 히데노신이라 굳게 믿었습니다.

그리고 계속 기쁘게 웃으면서 백부가 있는 성의 형편을 묻기도 하였고, 이곳 상황을 얘기하기도 했습니다.

돈베에는 이제 안심이다. 일이 잘되어 가는 군 하면서 붉은 혀를 내밀며 전부 엉터리 말로 얼버무린 겁니다.

그런데 역시 어머니는 자신이 배 아파 낳은 아들인지라 아무래도 자기 아들 같지가 않았습니다.

'스물하나이면 젊은데, 이 자는 벗겨진 이마에 마흔 정도 되어 보인다. 나불나불 조닌(町人)* 계층 말투를 쓰고 체격도 무사답지가 않다. 게다가 갓난아기 때에는 없었는데 얼굴 한가운데 저렇게 큰 점이 있다니………'

이렇게 볼수록 히데노신의 어릴 적 얼굴과는 달랐기에, 어머니는 혼자서 마음 아파하고 있었습니다.

그때였습니다. 친아들 히데노신이 땀에 흠뻑 젖어 성문으로 부랴부랴 달려온 겁니다.

"히데노신이 돌아왔습니다. 아버님과 어머님께 전해주십시오."

히데노신이 이렇게 문지기에게 부탁했지만, 문지기는 이상하다는 얼굴로 빤히 히데노신을 바라보기만 했습니다.

"도련님은 아까 돌아오셨네. 이 성에 히데노신님이 두 사람일 리가 없지."

그래서 히데노신은 간추려서 지금까지의 일을 알리며 다시 전해달라고 부탁했습니다. 문지기는 이 같은 일을 이제 막 친자 대면을 끝낸 방으로 와서 알렸습니다.

---

* 에도시대 도시 상인, 장인 계층의 사람을 말한다.

'그럼 그렇지.' 어머니는 마음속으로 기뻐했습니다. 지금 성문 앞에 와 있는 자가 친아들이라 생각했기에 말입니다. 그런데 주군은 차가운 표정이었습니다.

"지금 분명한 증거품을 가지고 내 아들이 돌아와 있는데, 그놈은 가짜임이 틀림없다. 그놈을 감옥 안에 쳐 넣거라."

"맞습니다. 아버님. 그놈은 아마 재봉사로……."

돈베이는 이렇게 말을 내뱉다가 깜짝 놀라서 입을 다물어버렸습니다.

어쨌든 불쌍하게도 친아들 히데노신은 증거품이 없어서 뒷짐결박으로 포박이 되었고, 차가운 감옥 안으로 들어가게 되었습니다.

(1926. 5. 18.)

(7)

그날 저녁이었습니다.

오랫동안 주군을 대신해 이곳저곳의 성에 가 있던 일등 가신이 수행 부하들과 함께 돌아왔습니다.

가신은 대단히 머리가 좋았고, 나이도 많았습니다. 어머님은 당장 오늘 일어난 일을 가신에게 말했고, 아무래도 감옥에 있는 자가 친아들 히데노신이고, 다른 한 명은 가짜인 것 같으니 두 사람 중 어느 쪽이 친아들인지 알아봐 달라고 부탁을 했습니다.

그래서 나이 많은 이 현명한 가신은 먼저 도련님이 된 돈베에를 맹

장지에 비친 그림자로 언뜻 바라보다가 금방 좋은 생각이 났는지 고개를 끄덕였습니다.

그리고 어머님 처소를 찾았습니다.

"그 두 사람에게 천과 실, 바늘을 건네주십시오. 오늘 밤중으로 바느질을 하여서 홑옷을 한 장 만들라고 하세요. 그때 빨리 바느질한 자를 아들로 정한다고 하시는 겁니다. 실은 그놈이 가짜입니다 ―."

어머님은 이상한 소리를 한다고 여겼지만, 여하튼 천과 실, 바늘을 그 가신 말대로 두 사람에게 주었고, 내일 아침까지 바느질해서 홑옷을 만들라고 지시했습니다.

차가운 감옥 안에 있는 히데노신은 정말이지 난처했습니다. 활을 가지고 검술을 하거나 하면은 지지 않을 텐데, 바느질해서 홑옷을 만들라니 너무 무리한 일이었던 겁니다. 게다가 바느질을 잘하지 못하면 가짜 신세가 되어 평생 감옥에서 지내야 한다는 것을 생각하니 슬프고도 분한 감정이 복받쳐 울었습니다.

한편 가짜 돈베에는 애써 여기까지 와서 이제 한시름 놓았다고 생각했는데, 친아들이 돌아와서 난처한 지경이었지요. 둘에게 시합을 시켜서 이긴 쪽을 친아들로 삼는다고 하니 한 번에 정체가 드러나겠다고 생각한 겁니다. 그런데 바느질을 하라고 하니 뜻밖의 행운인 거지요. 정말 자신은 운이 좋은 행운아라고 생각했습니다.

그래서 가능한 한 공을 들여 한 장의 홑옷을 완성한 겁니다.

(1926. 5. 19.)

(8)

그다음 날 아침이었습니다.

드디어 돈베에는 오늘 이 홑옷으로 자신이 친아들이 될 수 있다는 생각에 의기양양하면서 큰방으로 왔습니다.

그런데, 그런데 말이죠.

그 방 한가운데 앉아서 자신의 얼굴을 매섭게 쏘아보고 있는 한 무사를 봤고, "앗" 하고 큰소리를 지르며 뒤로 나가자빠져 버린 게 아닙니까.

돈베에가 그리 놀란 것도 무리는 아니었습니다. 쏘아보고 있던 그 무사는 큰돈으로 예복을 주문하러 왔던 지난번 그 손님이었던 겁니다.

돈베에는 곧바로 감옥에 처넣어졌습니다. 그리고 히데노신은 감옥에서 나왔고, 눈물을 흘리며 부모님에게 큰소리로 자신의 이름을 말했습니다.

그때 나이 든 가신이 말했습니다.

"마침 이웃 지방의 성벽 밖으로 갔을 때 일입니다. 어느 재봉집에 한 벌의 예복을 주문하고 열흘 지나 찾으러 갔는데, 셋집 팻말이 붙어 있었습니다. 그 녀석이 도망친 게군 했지만 급한 일이 있어 그대로 어젯밤에 돌아온 겁니다. 그 재봉사가 제가 주문한 옷을 입고 있어서 깜짝 놀랐습니다."

히데노신도 사당 신사에서 있었던 일을 다시 자세히 이야기했습니다.

거짓말쟁이 돈베에는 일평생을 어두운 감옥에 들어가 있었고, 그 성은 더욱 번성해졌습니다.

순조롭게 사무라이가 된 돈베에, 거짓말 때문에 단번에 감옥 신세가 되어 버린 거지요.

(1926. 5. 20.)

비행기

사와이 쇼조(澤井章三)

(1)

"아니 별말씀을, 제가 늘 오래 앉아있어······, 그럼 이만 돌아가겠습니다."

말이 많고 누구에게나 붙임성 좋은 이세신(伊勢新)의 지배인이 돌아가자, 갑자기 집 안은 쥐죽은 듯 조용해졌습니다.

거실의 벽시계가 정각 11시 30분을 가리키고 있습니다.

식모인 하루(春)는 시계를 바라보다가,

"어머, 벌써 정오예요. 저까지 재미있는 이야기를 듣고 있다 보니 이제 곧 도련님이 돌아오시겠네요."

그러면서 부엌으로 내려갔습니다.

"벌써 시간이 그렇게 됐구나. 아이가 돌아오면 다시 또 시끄럽겠구나."

아주 젊어 보이는 부인이 웃으면서 이렇게 말했고, 지배인이 가지고 온 어른 옷 한 벌 되는 피륙을 안방 한구석에 세워놓습니다.

"저 지배인님 몇 살이신가요? 사모님."

하루가 부엌일을 하면서 묻습니다.

"글쎄, 몇 살일까. 저렇게 머리는 벗겨졌어도 아직 젊을 거야."

하루는 작게 웃으며 말이 없습니다.

그때 소문난 이세신의 지배인은 피륙을 싼 옅은 노란색 보자기를 어깨에 메고 오나리사카(御成坂)의 경사가 심하지 않은 비탈길을 내려가고 있었습니다.

오나리사카 비탈길은 에도시대에 다이묘(大名)*가 성(城)에 들어갈 때 반드시 지나가는 길이어서 주군이 행차하신다고 하여 길 이름이 생긴 겁니다.

이세신의 지배인은 혼자 흐뭇해서 웃음 지으며 내려오고 있는데, 맞은편에서 열 살가량 되어 보이는 귀여운 도련님이 학교에서 돌아오는 중이었습니다. 발로 작은 돌을 차면서 말이죠.

경사가 심한 비탈길이 아니어도 올라오는 거라서 도련님 정도 다리 힘으로는 차올린 작은 돌은 다시 대굴대굴 굴러 내려오기 마련입니다. 그런데 그것을 끈기 있게 차올리면서 오고 있었습니다.

(1926. 6. 1.)

---

* 에도시대에 막부(幕府) 직속의 무사.

(2)

학교에서 돌아오는 중인 도련님은 오나리사카 비탈길을 작은 돌을 차올리며 오고 있었고, 이세신의 지배인은 고개를 약간 숙이고 언덕을 내려오고 있었습니다. 그런데 순간 도련님이 힘껏 차올린 작은 돌이 지배인 왼쪽 발에 맞았습니다.

"앗"

지배인은 갑자기 맞아서 아프지는 않았지만, 자신도 모르게 소리를 질렀고 고개를 들면서 멈추어 섰습니다.

도련님도 갑자기 나는 소리에 깜짝 놀라 올려다보면서 걸음을 멈췄습니다.

두 사람이 매섭게 서로 얼굴을 마주 봤습니다.

"이런!"

"아"

지배인도 도련님도 동시에 웃으면서 소리를 질렀습니다. 그리고 자연스레 가까이 다가섰습니다.

"아, 도련님 아니세요."

"이세신의 대머리 지배인이시네요."

"지금 도련님댁에 갔다가 돌아가는 길입니다. 도련님은, 아 벌써 시간이, 오늘 학교가 일찍 끝났나요?"

"아니, 평소와 똑같은데요."

"그럼 저희 집 도련님도 돌아오셨겠네요. 저희 집 도련님은 도련님과 달라서 좀 개구쟁이이세요. 돌아가면 또 소인이 상대해 드려야겠지만, 과하게 행동하셔서 항상 소인이 난처하답니다. 지난번에도…….”

“이사와(伊沢) 말이죠. 오늘도 함께 오면서 얘기했어요. 지난번에 대머리 지배인이 데리고 아사쿠사(浅草)에 갔었다고요. 늦게 집에 와서 어머니에게 야단맞았다고. 정말 그 녀석 안 되겠지요.”

“저희 도련님이 아직 이르다고 해서 ……, 소인도.”

“도련님. 소인과 함께 가실래요? 지난번에 약속한 비행기 사 드릴 테니까요.”

단골집 도련님이다. 상당히 붙임성도 좋고.

(1926. 6. 2.)

(3)

“비행기!”

도련님이 호기심을 보입니다.

“네, 비행기. 언젠가 약속드렸죠. 소인이 다음에 올 때 꼭 큰 비행기를 사서 가지고 오겠다고요. 그런데 오늘 도련님이 학교에서 아직 돌아오지 않았을 줄로 알고 가지고 오지 못했는데, 마침 여기서 만났으니……, 이 아래까지 가면 전차 거리 왼쪽 장난감 가게에 큰 비행기가 있습니다. 가요 도련님.”

“그런데 일단은 집으로 가야 하는데…….”

"그냥 가요 도련님. 얼마 걸리지 않습니다."

"그래도……, 그럼, 이렇게 해요. 낮에 이사와에게 놀러 간다고 약속했으니, 그때 가요."

"그건 안 됩니다. 그럼 저희 집 도련님도 갖고 싶다고 하실 거예요."

"그럼 이사와한테도 사주면 되잖아요?"

"저희 집 도련님에게는 제가 사주지 않아도……."

"왜요?"

"왜라니요. 그럴 필요가 없지요."

"왜요?"

"저희 집 도련님은 저의 주인님이."

"그럼 ……."

"도련님은 중요한 단골손님 댁 도련님이니까 사 드려야 한다는 겁니다."

"…….'

"자, 도련님. 가요. 금방입니다. 제 손 잡고……, 이제 돌 같은 거 차면 위험합니다. 사람이 맞으면요. 아니, 뭐 소인이 맞는 정도라면 괜찮지만요."

"그럼 이사와에게 미안하네요."

"그런 걱정하지 마세요. 도련님은 의외로 어른스럽네요."

지배인은 혼자 웃었습니다.

(1926. 6. 3.)

평소 학교에서 돌아올 때 절대로 다른 곳을 들러서는 안 된다. 일단 집으로 돌아온 후 나가야 한다, 하고 어머니가 말했기에 도련님도 그것을 지켰지만, 비행기라는 말을 듣고 나니 갑자기 견딜 수 없을 만큼 갖고 싶어졌습니다.

그런데 자기 혼자만 받고 이사와에겐 비밀이라는 것이 나쁜 거란 생각이 들었지만, 벌써 눈앞에 갖고 싶은 큰 비행기가 어른거려 보이다가 그만 뚜렷해지자, 도련님은 지배인 손을 잡고 따라가는 거였습니다.

오나리사카를 내려오자 전찻길이 나왔습니다. 거기서 왼쪽으로 가니 바로 큰 장난감 가게가 있었습니다. 어느 완구점이나 그러하듯이 가게 전체가 밝고 예쁘게 완구들로 가득 진열되어 있었습니다.

도련님 마음은 벌써 완구점 안으로 빨려 들어가 모든 것을 잊었습니다.

"어서 오세요."

완구점 어린 점원이 달려오듯 맞이합니다.

"비행기를 사고 싶은데, 큰 비행기. 자, 도련님. 마음에 드시는 것을 고르세요"

지배인이 변함없는 미소로 말합니다.

완구점 어린 점원은 매달아 놓은 것 외에도 여러 가지 모양이 다른 큰 비행기와 작은 비행기, 단엽(單葉) 비행기와 복엽(複葉) 비행기를 가지고 와서 도련님의 눈앞에 늘어놓았습니다.

"야, 이거 재밌겠다. 난, 이런 비행기 처음 봐요. 새랑 완전히 같잖아."

"이것이 최신식 모형입니다."

어린 점원이 설명했습니다.

"이거 잘 날까요?"

"네, 잘 날고말고요. 진짜 비행기대로 작게 만든 것이고, 장난감이라 해도 진짜 비행기와 조금도 다르지 않습니다."

어린 점원이 상당히 말을 잘합니다. 이때 안에서 완구점 주인이 얼굴을 내밀었습니다.

"아, 이세신의 지배인님. 어서 오세요."

"야, 이거……, 날씨도 좋고 오늘은 단골손님이신 도련님과 함께, 헤헤……."

(1926. 6. 4.)

(5)

도련님은 열심히 비행기를 고르고 있었습니다. 이걸로 할까. 저걸로 할까. 아니면 이쪽에 있는 게 좋을까 하고.

한쪽에선 이세신의 지배인과 완구점 주인이 세상 이야기를 나누고 있습니다.

"……, 그렇습니까. 십중팔구이지 않습니까?"

"아니, 아무래도 중요한 단골손님이니 어떻게든 기분을 살펴야 하고, 정직히 말하면 상당한 마음고생이죠."

"그렇고말고요. 이제 와 말입니다만, 지배인님 같은 분은 없으세
요. 그런 마음가짐을 가지신 분은⋯⋯."

"별말씀을요."

"아닙니다. 전혀⋯⋯, 잠시만 계세요. 아무것도 없는데 차를 한잔
내오겠습니다."

"고맙습니다. 마음 쓰지 않으셔도 되는데. 잠시 뵈며 오히려 폐를
끼치네요. 많이 팔아드리지도 못하는데⋯⋯."

지배인은 일부러 크게 웃어 보였습니다.

"그렇지 않습니다. 지배인님, 언제나 단골이시고 장사꾼 기질도 있
으시니⋯⋯, 꽃구경 나오시면 꼭 저희 가게에⋯⋯."

"가능하면 저도⋯⋯. 이거 고맙게도 차 잘 마셨습니다."

이번엔 완구점 주인이 일부러 크게 웃었습니다.

"대단히 좋아하신다고 하니⋯⋯."

"나쁜 소문만 퍼지고⋯⋯, 실은 요즘 술을 끊어서."

"진담 아니시죠."

"정말로."

"⋯⋯."

"정말입니다."

"허, 저런."

"아무도 믿지 않습니다."

"그런데 어째서 갑자기."

"실은 이제까지 종종 말들이 많았습니다. 술만 마시지 않으면……, 그렇게들 말하지만, 이제 와 술을 끊은들, 터무니없는 실수를 저질렀습니다."

도련님이 마음에 든 비행기를 안고 지배인 옆으로 왔습니다.

(1926. 6. 5.)

(6)

"엉뚱한 이야기를 들려드려 부끄러울 따름입니다. 도련님, 그 비행기가 좋으세요. 자, 그럼 이만."

"더 계셔도 괜찮습니다."

"아닙니다. 더 얘기하면 부끄러워서……."

지배인도 완구점 주인도 미리 짜기라도 한 듯 같이 웃었습니다. 그런데 왠지 모르게 마음이 허전했습니다.

완구점을 나오자, 도련님은 이대로 집으로 가는 게 왠지 재미가 없었습니다. 한 번 이 비행기가 얼마나 잘 나는지, 그 용감한 비행기 모습이 보고 싶었습니다. 그래서 지배인에게 조릅니다.

"저, 한 번 이 비행기 날려봐 줘요. 그래야 어떻게 날리면 좋을지 알 것 같아서요."

"하지만 이런 전차 거리에서는."

"이 건너편에 공터가 있죠."

"아!"

"그곳으로 가요."

"그러면 집에 늦습니다. 오늘은 비행기를 가지고 그냥 돌아가세요."

"싫어요."

"무리하면."

"공터까지 가 줘요."

지배인은 망설이던 도련님을 무리하게 데리고 왔는데, 지금은 이렇게 더 놀아 달라 조르니 갑자기 난처해졌습니다.

집에 늦게 가면 걱정할 거라면서 집으로 가겠다는 것을 억지로 데리고 왔는데, 이젠 도련님이 더 놀아 달라고 하니 야단났다는 생각이 든 겁니다. 도련님은 쉽사리 지배인 말을 들어주려 하지 않았습니다.

"그럼 이렇게 해요. 일단 소인이 함께 집으로 가겠습니다. 그다음 공터이든 어디로든 도련님이 말씀하시는 곳으로 가서 비행기를 날려요."

"싫어요."

"그러지 않으면 소인이 난처해집니다."

이렇게 말했지만, 지배인은 도련님 손에 이끌려 어쩔 수 없이 걷기 시작했습니다.

(1926. 6. 6.)

(7)

그 공터에는 원래 큰 은행이 있던 자리였습니다. 여러분도 잘 아시듯이 대지진으로 완전히 부서진 후 아직 그대로 있는 거였습니다.

지금은 아이들의 좋은 놀이 장소가 되었습니다. 비행기를 안고 있는 도련님과 난처한 표정을 한 지배인의 모습을 보자, 놀고 있던 아이들이 줄줄이 옆으로 다가왔습니다.

　　"야, 큰 비행기다."

　　"진짜 같다."

　　"잘 날겠지."

　　"빨리 날려 봐."

　　아이들이 왁자지껄 주위를 에워싸며 떨어지질 않았습니다.

　　"이런 큰 비행기는 상당히 비싸겠지."

　　그리 말하는 건 장사꾼 아이인 것 같았습니다.

　　"얼마야"

　　조금 나이가 많은 듯한 아이가 말했습니다.

　　"어디서 샀어. 나도 사달라고 해야지. 어디야. 가르쳐 줘."

　　"우리 오빠가 가지고 있는 것보다 좋네. 훨씬 좋아."

　　여자아이가 말합니다.

　　이세신의 지배인은 조금 귀찮아졌습니다. 빨리 조금만 날려서 보여주고, 이제 도련님 상대는 그만해야겠다고, 가게 일도 있으니 하고 생각했습니다.

　　"자, 그렇게 다가오면 비행기가 날지 못해요."

　　"지배인님, 괜찮을까요."

　　도련님이 걱정했습니다.

　　"네, 괜찮고말고요. 날아갑니다."

비행기는 장난감이라고는 하나 훌륭했습니다. 지배인 손에서 떨어졌는가 싶더니 정말 멋지게 활주하면서 윙윙 소리 내며 점점 높이 날아올랐습니다.

"만세"

도련님은 자신도 모르게 외쳤습니다.

"야, 날았다."

지배인도 아이처럼 외쳤습니다.

아이들도 손뼉을 치며 마구 소리를 질러댔습니다.

(1926. 6. 8.)

(8)

모두가 위를 향해서 힘차고 정말 멋지게 날아오른 비행기를 바라보고 있었습니다. 그런데 갑자기 서서히 높이 올라가서 작아지더니 마침내 보이지가 않았습니다.

구름에 가려진 것일까? 아니면 모두 알지 못한 사이에 어딘가에 떨어져 버린 것일까?

"아"

"보이지 않아"

"어떻게 된 거지."

아이들이 제각기 말하기 시작했습니다.

"도련님, 비행기가."

"구름에 둘러싸여 있는 거야. 분명."

도련님은 의외로 태연했지만, 지배인은 이상하단 생각이 들었습니다. 비싸지만 장난감 비행기인데, 조금 올라갔다가 떨어지는 게 당연한 건데 올라간 다음에 내려오지 않고, 그 그림자조차도 보이지 않게 되니 어찌 된 일인가. 이거 위험한 걸, 눈을 비비면서 올려다보았지만, 장난감 비행기는 넓고 넓은 하늘에서 그림자조차 보이지가 않았습니다.

아이들이 저마다 소리치며 뛰기 시작합니다.

"이쪽이다."

"아니 저쪽이야."

"가자. 가자."

어느 틈엔가 아이들은 모두 어딘가로 달려갔습니다. 지배인과 도련님, 두 사람만이 끈기 있게 하늘을 올려다보고 있었습니다.

그사이 해가 가려지고 있습니다. 하늘 모양이 이상해지는구나 싶었는데, 뚝 뚝 차가운 것이 떨어졌습니다. 비였습니다.

"도련님, 비가 옵니다. 어쩔 수 없네요. 이제 집으로 돌아가지요."

지배인은 정신이 든 듯 대머리를 매만지면서 말했습니다.

"하지만, 비행기가 비를 맞으면 안 되는데."

"네?"

"이제 곧 내려 올 겁니다."

"그렇지만, 이상하잖아요. 아······."

(1926. 6. 9.)

이세신의 지배인은 장난감 비행기의 행방이 묘연해지자 불안했고, 게다가 비까지 내려서 돌아가자고 재촉했지만, 도련님은 미련이 남아서 그곳을 쉽사리 떠나려 하지 않았습니다.

이제 도련님까지 불안한 생각이 들었는데, 지배인은 마치 도망가듯 혼자서 뛰어가 버렸습니다.

도련님은 개의치 않고 빗속에서 변함없이 선 채로 하늘을 계속 올려다보고 있었습니다.

그런데 갑자기 약하게 윙윙거리는 소리가 귀에 들려왔습니다.

"비행기다! 비행기가 돌아오는 거다."

도련님은 그렇게 생각했습니다.

과연, 이상하지 않습니까. 조금 전의 비행기 모습이 멀리서 보이기 시작했습니다. 도련님의 기쁨은 말로 다 할 수 없었습니다. 목소리도 나오지 않았습니다. 그저 양손을 뻗고 뛰기 시작했습니다.

비행기는 점점 다가왔습니다. 빗속을 용감하게 당당히 내려오는 겁니다.

도련님은 "앗!" 하고 외치면서 쓰러질 뻔했습니다. 그것도 그럴만한 것이 비행기에 학교 친구인 이세신의 도련님이 타고 있는 게 아닙니까.

"이사와"

이렇게 말하려고 했는데 목소리가 나오지 않았습니다. 어찌 된 일인지 혀가 꼬부라졌는지, 조바심을 내면 낼수록 힘이 들고 목소리가 나오지 않는 거였습니다.

비행기 위에는 이세신의 도련님이 싱글벙글 웃으며 기(旗)인지 뭔지를 자꾸 흔들고 있었습니다.

도련님은 미친 듯이 뛸 수밖에 방법이 없었습니다. 다시 비행기가 지상으로 내려오려 할 때였습니다. 갑자기 심한 소리가 나는가 싶더니 곧이어 비행기는 무참히도 거꾸로 곤두박이쳐서 추락해버렸습니다.

"앗!"

도련님은 울면서 그쪽으로 뛰어갔습니다. 아 이 얼마나 기묘한 일이 계속되는 걸까요? 추락했다고 생각한 비행기를 이세신의 도련님이 양손에 들고 싱글벙글 웃으며 다가오는 게 아닙니까!

"이 비행기가 우리 집 정원으로 추락했어. 그래서 내가 가지고 왔다."

이세신의 도련님이 친근하게 말했습니다.

(1926. 6. 11.)

(10)

"뭐? 지금 네가 이 비행기를 타고 온 거잖아. 순식간에 추락해서 난, 네가 다친 게 아닐까 걱정되어 뛰어왔는데."

"무슨 말을 하는 거니. 우스꽝스럽게. 어떻게 이런 장난감 비행기를 탈 수가 있어?"

"하지만 네가 탔잖아."

"바보 같은 소리."

"……"

"조금 전에 이상한 소리가 나서 정원으로 갔는데 이 비행기가 떨어져 있었어. 누구 비행기일까 했는데, 대머리 지배인이 돌아와서 너한테 사서 준 거라 했어. 그래서 네가 찾고 있겠다 싶어서 빨리 가지고 온 거야. 근데, 너 왜 그래. 무슨 일 있었어."

그 후 어찌 된 일인지, 도련님은 모든 것이 기억나지 않았습니다. 온몸이 아프고 해서 결국 몸져누워버렸습니다. 어렴풋한 꿈으로만 기억되고 있습니다.

오나리사카 비탈길 위의 도련님 집은 언제나 밝고 웃음소리가 나는 평화로운 작은 집이었는데, 오늘은 아주 조용하고 출입하는 사람들 얼굴에는 걱정거리가 있는 듯이 어두웠습니다.

이세신의 지배인은 주인 도련님 손을 잡고 평소와는 다르게 조용히 찾아왔습니다.

"어떠신가요? 도련님 병은."

"감사합니다. 덕분에 상당히……."

"좋아지실 겁니다. 저희 도련님이 학교 친구들을 대표로 문병 오신다고 해서 소인이 함께 왔습니다."

"어서 들어오세요. 잘 오셨습니다. 우리 아이도 아주 기뻐할 겁니다."

이세신의 도련님과 지배인은 안으로 들어갔습니다.

새근새근 잠자고 있는 도련님 베갯머리에는 지배인이 사준 장난감 비행기가 소중히 놓여 있었습니다. (끝)

(1926. 6. 12.)

곡마단 아이

이노우에 야스부미(井上康文)

(1)

이것은 바로 요즘에 진짜 있었던 이야기입니다. 세상에는 슬픈 이야기가 많이 있습니다. 부모와 이별하고 10년, 15년을 고아로 자라다가 뜻밖에 부모를 만났다는 이야기는 얼마든지 있습니다.

그중에는 죽음으로 이별한 채 부모를 알지 못하는 아이도 있는가 하면, 부친은 행방불명이 되고 모친은 죽음으로 이별하여 누군가의 손에 자라는 아이도 있으며, 전혀 모르는 사람에게 보내어져서 양자로 자라는 아이도 있습니다.

그래서 자라가는 여자아이와 남자아이 이야기를 들으면, 마치 동화와 같은 이야기가 얼마든지 있습니다.

동화라고 하면, 만든 이야기이거나 먼 옛날의 이상한 이야기 같이 생각하는 사람이 있을지 모르겠지만, 참된 동화는 우리 바로 가까이에 있습니다. 예를 들면, 다리 없는 인형 이야기라든지, 작은 말과 철포 등이 뒤죽박죽 들어 있는 장난감 상자 안에도 있습니다.

우리는 그런 동화를 쓰고 읽어주는 것, 여러분에게 아름다운 웃음과 눈물, 동정을 갖게 하고 실제로 자신들의 자라가는 좋은 이야기가 되어주길 바랍니다.

오로지 이상한 할아버지가 나오고, 덩치 큰 사나이가 나와서 나쁜 사람을 퇴치하거나 하는 이야기는 이제 옛날 일입니다. 지금은 라디오가 유행하는 세상입니다. 우리는 집에서 재미있는 이야기와 음악을 들을 수 있습니다.

그러한 세상에서 지금 이야기하려고 하는 것은 아주 이상한 우연한 만남입니다. 저는 지금 이 이야기를 하기 전에 비슷한 사실을 들었고, 그 이야기를 먼저 하겠습니다. 그러면 〈곡마단 아이(曲馬團の子〉라는 이야기가 한층 여러분에게 재미있게 이해될 거니깐요.

(1926. 8. 7)

(2)

도쿄 교외의 어느 활동사진관(活動寫眞館)에서 있었던 일입니다. 그 활동사진관에서는 실사(實寫)로 간다(神田) 축제의 사진을 찍고 있었습니다. 그리고 그 사진을 보러 온 한 할머니가 있었습니다.

그 할머니는 23년 전에 일곱 살 되는 귀여운 손자를 데리고 간다

축제를 보러 갔었습니다. 그런데 가마(神輿)*가 영차, 영차 하고 우렁차게 다가왔을 때 파도처럼 밀려든 사람들로 인해 소중한 손자를 어딘가에서 잃고 말았습니다. 열심히 찾아보았지만, 어찌 된 영문인지 손자의 행방은 알 길이 없었습니다. 파출소에도 신고하고 사람들에게도 부탁해서 찾아보았지만, 어디서 잃어버린 것인지 전혀 알 길이 없었던 겁니다.

처마에 내걸린 신등(神燈)의 제등(提燈) 불빛도 꺼지고, 사람들 왕래도 적어지자 북적였던 거리는 갑자기 한적해졌습니다. 잃어버린 손자는 그 어디에도 없었습니다. 결국, 손자의 행방을 알지 못한 겁니다. 할머니는 그 일을 생각하고 울고 울며 나날을 보내왔습니다.

그런데 〈실사 간다 축제〉라는 활동사진 광고를 보게 된 할머니는 잃어버린 손자 생각에 그날 밤 혼자서 활동사진을 보러 온 것입니다.

북적였던 거리, 꽃수레, 행상 판매대, 북을 두드리던 젊은이 등이 찍혀있고, 드디어 가마 광경이 나왔습니다. 그런데 어찌 된 걸까요. 가마 뒤에서 울며 따라가던 아이가 불쑥 뒤를 돌아본 장면이 찍혀있는 게 아닙니까. 그 아이가 23년 전에 잃어버린 손자였던 겁니다.

할머니는 깜짝 놀라 소리를 질렀지만, 그건 이미 끝나버린 축제라서 이젠 어찌할 수도 없는 일이 되어버린 것이죠. 그 후 할머니는 매일 밤 그 사진을 보러 갔고, 손자가 나오면 눈시울을 적셨다고 합니다.

할머니의 심정이 어떠했을까요. 울며 가마 뒤를 따라가는 손자를

---

* 제례 때 신체(神體)나 신위(神位)를 실은 가마.

보고도 어찌할 도리가 없으니 말이죠.

(1926. 8. 8)

(3)

이 〈곡마단 아이〉도 비슷한 이야기입니다. 그런데 여러 가지 사건이 더 일어났던 겁니다.

다이사쿠(太作)는 여덟 살 되는 아들 히사요시(久吉)를 데리고 마을 축제를 보러 갔습니다. 히사요시는 무늬가 들어간 옷을 입었고, 마을 아이들도 함께 간 거지요.

읍내 집집 처마에는 빨간 제등과 꽃장식이 있었고, 빨강과 하얀 막(幕)이 드리워져 있었습니다. 장난감 가게와 과자 가게, 풍선 가게가 나란히 있었고, 사자가 걷기도 했습니다.

"재밌지. 저 큰 뱀을 보렴. 건너편은 활동사진에다가 공굴리기 곡예도 하는구나."

다이사쿠는 아이처럼 즐거워서 히사요시의 손을 잡아당기며 걸었습니다.

"빨간 풍선 사줘요."

"풍선은 아기가 갖고 노는 거야. 다른 것 사줄게."

"그럼 엿이요."

"엿은 안 돼."

"그럼 가면이요."

"가면 쓰고 춤을 추려고? 좋아, 그래."

다이사쿠는 어릴 적에 가면을 쓰고 춤을 춘 걸 떠올리면서 완구점 앞으로 갔습니다. 도깨비 가면, 못생긴 여자 가면, 못난이 남자 가면을 보다가, 이내 요시쓰네(義経)* 가면을 사주었습니다.

"요시쓰네가 좋겠다. 훌륭한 분이지. 너도 훌륭한 사람이 될 수 있게 이 가면을 쓰는 거란다."

히사요시는 훌륭한 분이라는 말에 기뻤습니다. 빨리 이것을 쓰고 춤을 추고 싶었습니다.

이야기로 들었던 벤케이(弁慶)**와 전투하는 걸 해 보고 싶었습니다.

히사요시는 그렇게 생각하며 걷고 있었습니다.

(1926. 8. 10)

(4)

번화하던 축제는 저녁이 되자, 점점 더 붐볐습니다. 꽃수레에도 시가지에도 빨간 제등이 켜졌습니다. 그것을 보자, 히사요시는 집에 돌

---

* 미나모토노 요시쓰네(源義経;1159~1189)는 헤이안시대(平安時代;794~1192) 말기의 무장이다.

** 무사시보 벤케이(武蔵坊弁慶;생년 미상~1189)는 헤이안시대 말기의 승려(승병)이다. 겐페이 전쟁(源平合戦;1180년부터 1185년까지 헤이안시대 말기에 벌어졌던 내전이다. 이 전쟁에서 조정을 장악하고 있던 헤이시(平氏)와 지방 세력인 겐지(源氏)는 일본의 각 지역에서 전투를 벌였다. 결국, 헤이시가 패배하고 겐지가 전국을 장악하여 가마쿠라 막부가 수립됨)에서 미나모토노 요시쓰네를 보좌하였다.

아가고 싶지 않았습니다. 언제까지나 축제가 계속되면 좋겠다고요.

저녁이 되자, 신사 경내에서는 가구라(神樂)*가 시작되고 더한층 붐볐습니다. 히사요시는 3년에 한 번 열리는 이 읍내의 대축제를 처음 보러 온 겁니다. 마을 수호신을 모신 사당 경내의 축제와는 전혀 달라서 히사요시의 눈에 들어온 것은 신기했습니다. 그래서 히사요시는 축제에 완전히 마음을 빼앗겨버렸습니다.

쿵쿵 북소리를 듣자, 히사요시는 들고 있던 요시쓰네 가면을 쓰고 얏, 하면서 무사다운 동작을 해 보고 싶었습니다. 히사요시는 모든 걸 다 잊고 있었고, 오로지 붐비는 축제와 자신만이 있을 뿐이었습니다.

가구라덴(神樂殿)**에서는 야마토타케루(大和武尊)***가 악인을 퇴치하는 중이었습니다. 커다란 검과 반짝반짝 빛나는 옷은 히사요시를 깜짝 놀라게 했고 즐겁게 했습니다. 그래서 히사요시는 잘 보이는 곳을 찾아 자꾸자꾸 혼잡한 사람들 속으로 들어가 버린 겁니다.

다이사쿠가 정신을 차리고 히사요시를 찾았을 때, 히사요시는 이미 가구라에 싫증이 나서 건너편 곡마단 쪽 그림 간판을 보고 있었습니다.

"히사요시―."

다이사쿠는 허둥지둥 혼잡한 사람들 속을 가르며 히사요시를 찾

---

* 천황가와 관련이 깊은 신사에서 신을 모시기 위해 행하는 가무를 지칭한다.

** 신사 경내에 마련하여 가구라를 연주하는 전당.

*** 고대 전설상의 영웅.

았지만, 북소리와 피리소리, 왁자지껄 떠드는 사람들 소리에 그의 목소리는 지워져 버렸습니다. 다이사쿠는 이제 얼굴이 창백해져서 여기저기로 히사요시의 이름을 부르며 다녔습니다.

북적이는 축제의 밤은 점점 깊어지고, 다이사쿠의 목소리는 슬프게 경내 숲으로 울려 퍼졌습니다.

히사요시는 대관절 어찌 된 걸까요?

(1926. 8. 11)

(5)

큰 공 위에서 공을 굴리는 곡예와 말 등에서 물구나무서기를 하는 소년, 큰 바구니 같은 나무통 속에서 외바퀴 수레를 타고 있는 남자의 그림이 히사요시에겐 이상한 재미를 느끼게 했습니다.

빨간 짧은 바지와 금과 은의 장식이 달린 조끼를 입고, 얼굴에는 분을 바른 소년이 바깥쪽을 바라보고 있습니다. 그것이 부러워 보였던 겁니다.

'나도 저런 예쁜 양복을 입고 싶다.'

그렇게 생각한 히사요시는 빨려 들어가듯 안으로 들어가는 사람들을 따라 곡마단 안으로 들어갔습니다.

무대에서는 그림 간판에 있던 자전거 곡예를 하고 있었습니다. 작은 자전거를 빙빙 돌리고 달리면서 앞바퀴를 떼고 뒷바퀴 하나만으로 달려갑니다. 사람들은 놀라면서 보고 있습니다.

잠시 후 곡마가 끝났습니다. 악대가 떠들썩하게 울리자, 구경하던 사람들은 슬슬 나갔습니다.

그런데 히사요시는 상단 쪽에 빨간 조끼를 입고 있는 소년을 한참이나 바라보고 있었습니다. 그러다가 히사요시는 아버지가 옆에 없다는 걸 알았을 때, 이미 곡마단 안에는 아무도 없었던 겁니다. 곡마단원은 모두 옷을 갈아입고 돌아갈 준비를 하고 있었습니다.

갑자기 히사요시는 홀로 남겨진 슬픔에 엉엉 울기 시작했습니다. 우연히 그 울음소리를 듣고 히사요시에게 다가온 사람이 있었습니다. 짙은 수염을 기른 곡마단 단장이었습니다.

"무슨 일이니, 왜 울고 있어?"

히사요시는 아무 말도 할 수가 없었습니다.

"울지 말거라. 자, 아저씨와 함께 가자. 모두랑 함께 가자."

히사요시는 모두와 함께 간다는 소리를 듣고 안심했습니다. 그런데 그보다도 저 예쁜 옷을 입고 하얀 분을 칠한 사람들과 함께 갈 수 있다는 것이 기뻤던 겁니다.

(1926. 8. 12)

(6)

히사요시는 단장을 따라 곡마단 사람들과 함께 변두리의 여관으로 갔습니다.

축제는 그날 밤으로 끝났고, 곡마단 일행은 거기서 100리나 떨어진 마을로 가야만 했습니다.

"함께 갈래?"

아침에 단장이 히사요시에게 묻습니다. 히사요시는 아버지를 생각하며 간밤에 한숨도 자지 못했지만, 이 재미있는 곡마단 사람들과 헤어지기도 싫었습니다.

"집이 어디니? 집으로 돌아갈래?"

이 말을 듣자, 히사요시는 갑자기 집이 그리웠습니다. 하지만 악대와 예쁜 여자아이, 소년들이 있는 이 곡마단과 같이 가고도 싶었습니다.

"곡마를 하고 싶니?"

히사요시는 고개를 끄덕였습니다.

"그럼 같이 가는 게 좋겠구나. 그 대신에 훌쩍훌쩍 울면 안 된다."

단장은 젊은 남자에게 히사요시의 얘길 했습니다. 아침밥을 먹은 후에 모두가 정거장으로 가서 기차를 탔습니다.

히사요시는 기차를 타자, 이젠 집일은 잊어버렸습니다. 태어나서 처음 타보는 기차라서 축제 이상으로 히사요시를 신나게 했던 겁니다. 게다가 공굴리기 곡예를 하는 소녀 아이가 캐러멜과 비스킷을 주니 더욱 재미가 난 겁니다.

"네 이름이 뭐니?"

곡마 소년이 물었습니다.

"히사요시."

"히사요시라고. 꼬맹이구나."

소년이 잠시 웃다가 묻습니다.

"꼬맹이는 뭘 하고 싶어?"

히사요시는 빨간 조끼를 입고 말을 타 물구나무서기를 하고 싶었지만, 대답하지 않았습니다.

(1926. 8. 13)

(7)

그 후 히사요시는 이 곡마단에서 물구나무서기 연습도 하고, 공굴리기 연습도 했습니다. 그것을 하지 못하면 단장에게 호되게 혼이 났습니다.

히사요시가 보았을 때만큼 곡마는 재미있는 것이 아니었습니다. 괴롭고 힘든 것뿐이었습니다. 곡예를 못 하면 밥을 못 먹기도 합니다. 그래서 혼자 훌쩍훌쩍 우는 일이 많아졌고 집이 그리웠습니다. 아버지도 그리웠습니다. 빨리 누가 데리러 와 주면 좋겠다는 생각도 했습니다.

그렇지만 다이사쿠가 경찰에 신고했을 때 곡마단 일행은 다시 다음 마을로 가 있었습니다. 히사요시가 곡마단을 따라갔으리라고는 아무도 생각하지 않았지요.

그렇게 날은 점점 지나갔습니다.

히사요시도 공굴리기를 익히고 물구나무서기를 배워 무대에 서게 되었습니다. 그것이 점점 집을 잊게 만들기도 했습니다.

그 후 약 10년이 흘렀습니다. 다이사쿠는 마을을 떠났고, 그곳에서 200리나 되는 큰 시내로 가서 돈을 벌었습니다.

그해 겨울 축제가 열리고 곡마단 일행이 찾아왔습니다. 다이사쿠는 히사요시를 생각하면서 히사요시를 데리고 읍내 축제를 보러 간 일을 떠올리다가 곡마단으로 들어갔습니다.

그리고 열심히 곡마를 보고 있었는데, 이어서 한 젊은이가 자전거를 타고 막 뒤에서 나오는 게 아닙니까. 보고 있던 다이사쿠는 깜짝 놀랐습니다. 그리고 갑자기 무대 옆으로 뛰어갔습니다.

"히사요시 아니니?"

자전거를 타고 있던 히사요시가 다이사쿠의 얼굴을 보자, 자전거에서 내려 무대에서 뛰어 내려왔습니다.

"아버지 아니세요?"

"아, 히사요시? 히사요시야?"

다이사쿠는 울면서 히사요시를 붙잡았습니다. 히사요시는 다시 살아난 듯한 기쁨에 가슴이 꽉 차올랐습니다. 그 후 히사요시는 단장에게 말하고 곡마단을 나와 다이사쿠와 살게 되었습니다. (끝)

(1926. 8. 14)

그 이후

야마모토 마사키(山本雅樹)

(1)

러시아 이전의 소비에트 공화국 시절 이야기입니다.

어느 곳에서 무슨 일을 하게 해도 불가능한 일이 없는 아주 재주 좋은 한 남자가 있었습니다.

이 남자는 상당히 훌륭한 자였지만 이름이 무엇이었는지, 지금은 알고 있는 사람이 없습니다. 이 남자의 이야기를 하고자 하는데, 이름이 없다는 건 왠지 이상하니 제가 임시로 이름을 붙이기로 하겠습니다.

자, 어떤 이름이 좋겠습니까?

학교에서 예절 바르고 공부 잘하는 학생의 성적표는 모두 갑(甲)입니다. 뭐든지 잘하는 학생은 갑, 그럼 이 이야기 주인공의 이름도 고타로(甲太郎)라고 하기로 하겠습니다.

어느 날, 고타로는 전쟁에 나가 큰 공을 세웠는데 전쟁이 끝나고 나자, 임금님은 고작 5엔(圓)의 수당밖에는 주지 않았습니다.

그러면서 임금님이 이렇게 말합니다.

"전쟁은 끝났다. 이제 용무가 없으니 돌아가거라."

임금님의 이 말이 고타로에게는 정말이지 아닌 밤중에 홍두깨였습니다. 임금님의 입장에서는 용무가 없어졌으니 돌아가도 좋을지 모르겠으나, 고타로에게는 매우 어이없는 일이었습니다.

고타로는 요즘 사람들의 입에 자주 오르는 실업자가 된 겁니다. 하지만 훌륭한 고타로였기에 그대로 있을 사람이 아니었지요.

'까짓것 이대로 멍청히 있을 수 있겠느냐. 내 편이 돼줄 사람을 찾아 열심히 일해서 지방 곳곳의 보물을 남김없이 내 것으로 만들어야겠다. 그리고 임금님을 놀라게 해야겠다.'

고타로는 가슴을 치면서 이런 결심을 한 겁니다.

그 이후 고타로는 자신의 편이 돼줄 사람을 찾기 위해 길을 떠났습니다.

어느 숲이 있는 곳까지 오자, 그곳에서 키가 큰 남자가 볏짚이라도 묶고 있는 듯이 가볍게 나무를 뿌리째 뽑고서 묶고 있었습니다.

"대단한 힘일세. 고타로라고 하는데, 내 편을 만들기 위해서 이곳저곳을 돌아다니고 있다네. 이런 곳에서 나무를 뿌리째 뽑고 있는 일을 하고 있기에는 아까운 사람일세. 내 부하가 되어 함께 가지 않겠는가?"

그러자 그 남자는 그 자리에서 대답했습니다.

"네, 좋습니다."

(1926. 8. 20)

힘이 매우 센 덩치 큰 남자를 부하로 삼은 고타로는 이 자와 이야기를 나누면서 조금 걸어갔는데, 한 사냥꾼이 땅바닥에 한쪽 무릎을 대고 집중해서 목표물을 총으로 겨누고 있었습니다.

"대체 자네는 무엇을 겨누고 있는가."

괴이쩍어서 고타로가 물었습니다.

그러자 사냥꾼이 으스대듯 말합니다.

"10리 저편에 있는 떡갈나무 가지에 파리 한 마리가 앉아 있어 그 왼쪽 눈을 쏘려고 하는 겁니다."

"오, 자네 훌륭하군. 나를 따라서 우리 셋이 함께하면 범에 날개 겠군."

고타로는 기뻐서 싱글벙글 웃으며 말했습니다. 그러자 사냥꾼도 이내 승낙을 해서 세 사람은 보조를 맞추어 힘차게 길을 재촉했습니다.

얼마 동안을 가자, 이번에는 일곱 개의 풍차가 나란히 있는 곳 앞에까지 왔습니다.

풍차는 빙글빙글 돌고 있는데, 이상하게도 어느 방향에서도 바람은 불어오지 않았습니다. 바람이 불고 있지 않다는 것은 주변 초목 잎이 조금도 움직이지 않는다는 것에서 알 수 있었습니다.

"이거 묘하군. 바람이 없는데 풍차가 돌고 있다니."

고타로는 그만 걸음을 멈추면서 말했습니다. 어떻게 풍차가 저절로 돌고 있는지 아무도 알 수가 없었습니다.

이상하다고 여긴 세 사람은 다시 10리 정도를 걸어왔습니다. 그랬더니 한 그루의 나무 위에서 한쪽 콧구멍을 막고 다른 한쪽으로 콧숨을 내뿜고 있는 남자가 있었습니다.

'아, 또 별난 자가 있군' 하고 생각한 고타로는 나무 위를 올려다보면서 남자에게 말을 걸었습니다.

"여보게."

나무 위에 있는 남자는 그 소리를 듣지 못했는지 계속 한쪽 콧구멍을 막은 채로 다른 한쪽 콧구멍으로 열심히 숨을 내뿜고 있습니다.

"여보게. 자네는 거기서 무엇을 하고 있는가?"

큰소리로 외친 고타로의 목소리에 그제야 그 남자가 아래를 내려다봅니다. 그리고선 바쁘다는 듯 이렇게 말했습니다.

"10리 정도 되는 저편에 풍차가 일곱 개 있습니다. 저는 그 풍차를 돌리고 있는 겁니다."

"오, 이거 대단하군. 나를 따라 함께 가지 않겠나? 이렇게 넷이서 함께 하면 어떤 일도 가능할 테니."

고타로는 그 남자에게 자신의 부하가 돼줄 것을 권했습니다.

(1926. 8. 21)

(3)

온 고장의 보물을 모을 거라는 고타로의 말에 콧김이 센 남자도 두말없이 부하가 될 것을 승낙했습니다.

네 사람이 유쾌하게 이야기를 나누며 걸어가고 있는데, 한쪽 다리를 들어 올려 옆에 붙이고 한쪽 다리로만 서 있는 남자를 만났습니다.

"자네는 왜 그리 이상하게 서 있는가?"

마찬가지로 고타로는 그 남자에게 말을 걸었습니다.

"저는 달리기 경주의 달인인데, 두 다리로 달리면 하늘을 나는 새보다도 빠르답니다. 그래서 조금 늦게 달리려고 한쪽 다리를 이렇게 들어 올려 옆에 붙이고 있는 겁니다."

옆에 올린 다리를 가리키면서 그 다리가 빠른 거라고 남자가 말했습니다.

"그것, 참 대단하군. 그럼 나와 함께 가지 않겠나. 우리 다섯이면 어떤 일도 이길 수가 있을 테니……"

고타로는 또다시 이 자에게도 온 지방의 보물을 모을 거라는 얘길 들려주었습니다.

그러자 이 남자 역시도 이내 찬성했지요.

"헤헤. 최근에 가장 재미나는 얘기네요. 저도 함께 가겠습니다."

그래서 다섯 명이 함께 걸어갔습니다. 그러자 이번에는 모자를 한쪽 귀가 보이지 않게 깊숙이 쓴 특이한 남자를 만났습니다.

"자네는 왜 그리 모자를 썼는가?"

고타로가 물었습니다.

"그러지 않으면 안 됩니다."

그 남자가 통명스럽게 대답했습니다.

"만일 이 모자를 똑바로 쓰면 하늘을 나는 새가 없을 만큼 화살이

든 총이든 뭐든지 가지고서 맞춰 버리니까요."

고타로는 용기백배했습니다.

(1926. 8. 22)

(4)

그 이후 여섯 명은 함께 임금님이 계신 궁궐을 찾아갔습니다. 임금님은 이상하게도 승부 겨루기를 좋아했습니다. 어떤 것이라도 내기를 해야만 했습니다.

임금님에겐 아름다운 따님이 있었습니다. 이 공주님은 달리기 경주의 명인이었습니다. 임금님은 그것이 자랑거리였지요.

"공주와 달리기 경주를 해서 이긴 자가 있다면 공주의 신랑으로 삼겠다. 그 대신 이기지 못하면 목을 치겠다. 자, 생각 있는 자는 용기를 내어 보거라."

임금님이 이렇게 내기를 걸었습니다.

고타로는 그 얘길 듣자, 바로 임금님 앞으로 나와서 이렇게 말했습니다.

"제 부하 중에 달리기 경주의 명인이 한 명 있으니 경주를 하게 해 주십시오."

임금님은 공주의 달리기가 무척 빠른 것을 믿고서 의기양양 말했습니다.

"음, 자네에게 어떤 명인이 있는지 모르겠으나, 공주의 달리기는 인간의 기예를 뛰어넘을 정도다. 만일 이기지 못하면 네 부하의 목은 물론이거니와 네 목도 함께 자를 텐데 그래도 좋겠느냐?"

욕심 많고 교활한 임금님은 하나의 내기에 두 개의 목을 걸겠다는 거였습니다.

"네 좋습니다. 제 목숨도 드리지요."

고타로는 끄떡없다는 듯이 힘이 넘친 목소리로 말했습니다.

정말 그는 대담하고 겁이 없는 남자였습니다. 그만큼 자신의 부하 힘을 믿고 있었던 거지요.

고타로는 만일 패배했을 때에는 두 사람의 목을 드린다는 약속을 한 후, 달리기의 명인을 불러 들어 올리고 있는 한쪽 다리를 내려놓게 하고선 당부하듯 말했습니다.

"이 달리기 경주에 네 목숨과 내 목숨이 걸려있다. 꼭 이길 수 있도록 잘해야 한다."

"간단한 일입니다. 반드시 이기는 것을 보여드리겠습니다. 안심하고 계십시오."

달리기 명인의 말에는 자신감이 있었습니다. 차분하고 여유가 있습니다. 자신의 목숨이 걸려있다는 건 싹 잊은 듯 싱글벙글 웃고 있습니다.

그 모습은 마치 '이거 재밌겠는데, 오랜만에 마음껏 달려보겠는걸. 다리가 근질근질했는데 말이야,' 하는 생각인 듯합니다.

(1926. 8. 24)

(5)

달리기는 저 먼 곳의 샘에서 먼저 물을 퍼온 사람이 이기는 것으로 정했습니다. 그래서 공주와 명인은 각자 컵을 한 개씩 들고, 하나, 둘, 셋 하는 신호가 울리자 동시에 달리기 시작했습니다.

그런데 공주가 아직 조금밖에 가지 않았는데, 벌써 달리기 명인의 모습은 보이지가 않았습니다. 그 빠르기로 말할 것 같으면 정말이지 바람이 쌩하고 불어 지나가는 것 같았습니다.

"과연 빠르구나."

고타로는 감탄하며 기쁜 나머지 다른 부하들에게 말했습니다.

"네 그렇습니다."

부하들 역시 기뻤습니다.

달리기 명인은 얼마 걸리지 않아서 그 샘이 있는 곳에 도착했습니다. 그리고 컵에 물을 가득 담자마자 그대로 되돌아 달렸는데, 이상하게 졸리기 시작했습니다.

"아, 또 기면성 뇌염(嗜眠性腦炎)*이 시작되는구나. 아 졸리다."

결국, 참을 수가 없게 된 달리기 명인은 그대로 우리 옆에 드러누워 있는 말 두개골을 베개 삼고서 이내 코를 골며 잠이 들어버렸습니다.

공주도 상당히 훌륭한 달리기 기록을 가지고 있는 만큼, 아주 빠르게 샘 있는 곳까지 와서 물을 담고 되돌아 달려오는데, 상대 경쟁자가

---

* 뇌염의 한가지로 고열을 내며 구토, 두통, 권태 등이 나타나고, 깊은 수면 상태에 빠져 음식물을 입에 넣어주면 먹으면서 잘 정도가 되는 병이다.

깊이 잠들어 있는 것을 보자 무척이나 기뻤습니다.

그래서 상대의 컵에 있는 물을 땅바닥에 뿌리면서 말했지요.

"이제 내가 이긴 것이다."

달리기 명인은 아무것도 모른 채 자고 있었습니다. 공주는 해 보겠다는 듯 전속력으로 되돌아오고 있었습니다. 바람을 가르며 빠르게 공처럼 지상을 달려오고 있습니다. 이대로라면 공주가 이기는 건 당연한 일이겠지요. 그렇다면 이 이야기는 전혀 재미가 없겠고, 고타로라 하는 유명한 자의 이야기가 이렇게 사람들 입에 오르내릴 이유가 없었겠지요.

임금님과 고타로 등은 고개를 길게 빼고 이제나저제나 하며 기다리고 있었는데, 아득히 먼 길 저편에서 하나의 검은 점이 나타났고, 그것은 점점 가까이 다가오고 있었습니다.

'자, 누가 먼저 들어올까?' 하고 있자, 얼마 안 있어 그것은 분명 공주의 모습인 게 모두의 큰 눈에 들어왔습니다.

"역시 우리 공주가 이기는 거로군."

그리 생각하면서 임금님은 득의양양한 표정으로 있었습니다.

공주는 점점 가까이 오고 있는데, 그토록 달리기 자랑을 했던 명인의 모습은 좀처럼 길에서 보이지가 않았던 겁니다.

(1926. 8. 25)

中 (6)

"혹시 다리가 부러진 건 아닐까."

고타로가 걱정스러운 듯이 말했습니다. 그러자 천리안의 눈을 가진 사냥꾼이 고개를 가로저었습니다.

"아, 저기 녀석이 말 두개골을 베개 삼고 깊이 잠이 들어있네요. 아주 태평스럽게 누워있는 남자가 보입니다. 좋아, 제가 한번 깨워보겠습니다."

그러더니 즉시 총알을 재고, 달리기 명인은 조금도 다치지 않게 베개 삼은 두개골만을 탁하고 명중시킨 겁니다.

두개골은 깨지고 달리기 명인은 잠에서 깨어났습니다. 그리고 자신의 컵에 있던 물이 없다는 걸 알았습니다.

"내가 한숨 자는 동안 공주가 왔다 간 거로군. 여간 교활한 공주가 아니다. 내 물을 엎질러 버리다니."

하면서 일어난 달리기 명인은 다시 샘이 있는 곳까지 와서 컵에 물을 가득 담고 이번엔 화살보다도 빠르게 마치 대포 총알처럼 달리기 시작했습니다.

그리고 공주의 세 걸음 정도 남은 결승점을 앞질러 버렸습니다.

임금님을 비롯해 모두가 놀랐습니다. 고타로는 기쁨에 가슴이 두근거렸습니다.

"실로 대단했다."

고타로는 정말로 감격했습니다.

그런데 임금님은 아무리 약속한 거지만, 이런 신분 낮은 자에게 자신의 사랑하는 공주를 주는 건 참을 수 없는 일인 겁니다. 더욱이 공주도 이런 자를 신랑으로 맞이한다는 것은 견딜 수 없이 싫었습니다.

그래서 임금님과 공주는 이마에 주름을 짓고, 이 내기를 없던 일로 하고자 여러 궁리를 짜냈습니다. 임금님이 갑자기 무릎을 칩니다.

"공주야, 이제 걱정하지 않아도 되겠구나. 저 녀석들을 돌려보내지 않을 좋은 방법이 있단다."

임금님은 목소리를 낮춰 공주의 귀에다가 이렇게 속삭였습니다.

"그거 좋은 생각이세요. 아버님은 정말 지혜가 있으셔요. 분명 잘 되겠지요."

공주는 갑자기 마음이 들떠서 원래의 생기 있는 모습으로 돌아왔습니다.

임금님과 공주가 의논한 여섯 명의 길손을 돌려보내지 않게 할 방법이란 대체 어떤 것일까요?

그건 그렇다 치더라도 임금님과 공주는 훌륭한 지위에 있는데 이런 나쁜 생각을 하다니, 나쁜 사람들입니다.

그래서 신분이 낮은 사람들은 화가 났고, 결국 임금님이 없는 지금의 러시아, 즉 소비에트 공화국이라는 임금님이 없는 나라로 바뀐 겁니다.

(1926. 8. 26)

달리기를 이긴 고타로 등 여섯 명은 약속의 실행을 위해 왕궁의 한 방으로 안내되었습니다. 그러나 그 방은 상당히 묘한 방이었던 거지요.

철로 된 마루와 철문, 철창문, 철 테이블과 의자로 모두가 철제로 된 것뿐이었습니다. 그렇지만 그래도 왕궁에 있는 한 방입니다. 예쁜 꽃도 꽂혀있고 좋은 향내도 났습니다. 테이블 위에는 맛있는 음식들이 산처럼 차려져 있었습니다.

"자, 어떻든지 간에 일단은 먼저 식사를 하시게. 그리고 편히 쉬고."

임금님은 다정스레 말했습니다.

호인 여섯 명은 임금님의 다정스러운 말에 기뻐하면서 각자 의자에 앉아서 이내 식사를 했습니다.

임금님은 모두가 아무것도 모른 채 안심하고 있는 모습에 기분 나쁜 웃음을 지어 보인 다음, 그대로 방 밖에서 문에 철로 된 빗장을 단단히 걸어버렸습니다.

그리고 요리사를 불러 이 방바닥의 철 마루가 새빨갛게 될 때까지 계속 불을 지피도록 명령했습니다.

잠시 있자, 방은 점점 뜨거워졌습니다.

"난방이 좀 이상한데요."

모두가 고개를 갸우뚱하는 사이, 방은 몹시 견딜 수 없을 만치 뜨거워졌습니다.

"이거 못 견디겠어요."

하면서 밖으로 나오려 했지만, 빗장이 걸려있기에 꿈쩍도 하지 않았지요.

'아, 내기에서 지기 싫어하는 임금님이니 우리를 이 방에서 죽일 셈이구나.'

이렇게 모든 걸 알게 되었을 때, 이미 발바닥이 타는 듯 뜨거워서 어쩔 도리 없는 지경이 되어 버린 거지요.

"걱정하지 마십시오. 이 정도로는 끄떡없습니다."

모자를 구부정하게 쓴 남자가 말했습니다.

"지금 제가 대한(大寒)을 일으켜 이 불을 바꿔 놓겠습니다."

모자를 쓴 남자가 쓰고 있던 모자를 똑바로 바르게 쓰자, 어찌 된 일인지 실내가 갑자기 추워지면서 테이블 위에 있던 음식이 얼기 시작했습니다.

그리고 약 2시간이 지났습니다.

임금님은 이제 모두 죽었을 줄로 생각하고 문을 열어 안을 들여다보았습니다. 그런데 모두가 건강하게 살아있지 않습니까.

"앗"

임금님은 깜짝 놀랐죠. 아무래도 화공(火攻)으론 이 자들을 없앨 수가 없겠군, 하고 생각한 거였습니다.

그래서 임금님은 다시 다른 방법을 생각해내고서 고타로를 불러 들여 이렇게 말했지요.

"자네에게 졌네. 자네가 만약 돈을 받고 내 딸과 결혼을 단념해 준다면, 자네가 원하는 만큼 얼마든지 주겠네. 자, 어떤가?"

(8)

"네, 좋습니다. 그럼, 제 부하가 들 수 있을 만큼의 돈을 주십시오. 그럼 저는 이 고장에서 떠나겠습니다."

고타로는 승낙하며 이렇게 말했습니다.

이 대답을 듣자, 왕은 매우 기뻤습니다. 이 자의 부하가 들 수 있을 만큼의 돈이라고 해야 어차피 별거 아닐 거라 여겼기에 말입니다.

"그럼, 임금님. 2주일 뒤에 돈을 받으러 오겠습니다. 안녕히 계십시오."

고타로는 이 말을 남기며 부하들을 데리고 돌아왔습니다.

고타로는 즉시 모든 고장의 재봉사들을 불러 모아 함께 2주일 동안 큰 자루를 만들게 했습니다.

약속한 2주일이 지나자, 자루는 훌륭하게 완성이 되었습니다. 고타로는 그 자루를 나무를 뿌리째 뽑을 만큼 괴력 있는 남자에게 짊어지게 하고서 임금님이 계신 어전으로 갔습니다.

임금님은 이 자루를 보자, 정신이 아찔했습니다.

아, 이 얼마나 무서운 힘센 장사인가. 어전도 고스란히 들어가 버릴 만큼이나 큰 자루를 잘도 짊어지고 있는 것이 아닙니까.

임금님은 안색이 파랗게 질려서 한숨만 내쉽니다.

이 정도라면 얼마나 많은 돈을 갖고 갈지 모릅니다. 그러나 약속은

했으니 돈을 주지 않을 수는 없었습니다. 만일 주지 않는다면 공주를 데리고 갈 게 틀림없습니다. 그래서 임금님 걱정이 이만저만이 아니었던 거지요.

임금님은 부하 서른 명에게 짊어지게 해서 삼백 관(貫)*의 돈을 가져오게 했습니다. 힘센 남자는 그것을 한 손으로 쉽사리 들어 올려 자루 안에 던져 넣었습니다.

"겨우 이 정도로는 안 됩니다. 좀 더 짊어질 수 있을 만큼 가져오십시오."

힘센 남자는 아직 멀었다는 듯 말했습니다.

임금님은 울상이 되었고 곳간에 있는 모든 보물을 옮기게 했지만, 자루는 겨우 반 정도밖에 채워지지 않았습니다.

"어이, 우물쭈물하지 말고 더 내오지 않으면 안 되네."

힘센 남자는 더욱 재촉했습니다. 하지만 어전에 있는 보물은 이만큼이 전부였던 겁니다.

"제발, 이것으로 그만 용서해 주게."

결국, 임금님은 울음 섞인 목소리로 용서를 빌었습니다.

"아닙니다. 아직 약속하신 것의 반도 차지 않았습니다. 더 내오지 않으면 안 됩니다."

힘센 남자의 말에 임금님은 어쩔 수 없이 전 고장의 보물들을 모아오게 했습니다.

---

* 관은 무게의 단위로 1관이 3.75kg이다.

줄지어서 어전으로 모인 보물이 실린 짐수레는 모두 다 해서 팔천
대였습니다. 힘센 남자는 그것을 모조리 자루 속으로 착착 던져 넣었
습니다. 그래도 자루는 좀처럼 가득 채워지지 않았습니다.

(1926. 8. 28)

(9)

"아무래도 이 정도로는 안 되지. 뭐든지 값나가는 물건이면 상관
없으니 자루가 꽉 찰 때까지 가지고 오거라."

힘센 남자는 점점 더 기세가 등등했습니다. 이 모습을 본 고타로는
싱글벙글 웃고 있었지만, 임금님은 슬픈 표정을 짓고 있었지요.

임금님의 부하들이 이영차, 이영차 하며 운반한 보물들을 힘센 남
자는 닥치는 대로 자루 속에 던져 넣었습니다. 드디어 온 지방의 보물
들을 몽땅 집어넣었습니다.

"됐네. 이제 거의 채워진 것 같군. 이쯤 해 두지."

고타로가 말했습니다.

"네, 아직 자루는 가득 차지 않았지만, 이 정도가 오히려 동여매기
좋겠습니다."

그러면서 힘센 남자는 자루의 입을 오므려 단단히 묶었습니다. 자
루의 입을 다 묶고 나자, 힘센 남자는 "이영차" 하면서 보물이 가득한
자루를 어깨에 짊어지더니 "야, 이거 조금 무겁군," 하면서 비틀거리
다가 발을 힘껏 내딛는 거였습니다.

고타로를 비롯해 여섯 명은 보물이 가득한 자루를 짊어진 힘센 남자를 가운데 세우고 의기양양하게 돌아왔습니다.

임금님은 고작 여섯 명의 길손에게 온 지방의 보물을 모두 빼앗겨 버리자, 분해서 견딜 수가 없었지요. 어떻게든 되찾고 싶다는 일념으로 임금님은 자랑스러운 카자흐* 기병대에게 명령하여 여섯 명을 쫓아가게 했습니다.

"어떤 일이 있어도 그 보물들을 되찾아 와야 한다. 죽여도 상관없다."

임금님 명령으로 달려간 기병대는 국경 근처에서 겨우 여섯 명을 따라잡았습니다.

"도망가는 자들아, 들어라. 우리는 세계에서 이름 높은 카자흐 군인들이다. 목숨이 아깝거든 그 자루를 돌려주거라. 자, 내놓아라."

기병대는 큰소리로 외쳤습니다.

그러자 콧김 센 남자가 뒤돌아보더니 이렇게 외쳤습니다.

"이러쿵저러쿵 잔소리하지 마라. 네놈들이 내 콧김을 막아볼 수 있다면 한번 막아보든지."

그러면서 한쪽 콧구멍을 막고 다른 한 콧구멍으로 숨을 확 내뿜었습니다. 그러자 기병대 병사들은 말과 함께 하늘 높이 날아가는가 싶더니, 들과 산 계곡을 넘어 왕의 어전으로 되돌아가 버렸습니다.

상황이 이렇게 되어버리자, 왕도 결국은 항복했습니다.

"어쩔 수 없군. 긁어 부스럼을 만들지 말아야겠다. 저런 무서운 놈

---

* 러시아 남동에 사는 민족으로 말 타기에 능하여 용감한 기병으로 유명하다.

들에게 연루된 내가 나쁜 거였다."

한편 자신의 소원을 이룬 고타로는 빼앗은 보물을 그 이후 어떻게 했을까요? 그것은 여러분 스스로가 생각해 보세요. (끝)

(1926. 8. 29)

도색의 꿈

이노우에 야스부미(井上康文)

(1)

우리에게 있어 꿈이란 얼마나 즐겁기도 하고 무섭기도 한지 모릅니다.

큰 낫이 머리 위로 치켜 올려져 당장 푹 하고 머리를 노리고 있는 것 같습니다. 낫은 한 치의 날카로운 칼날을 내려놓습니다. 그런데 몸을 빼낼 수가 없습니다. 어찌 된 일인지 머리도 구부릴 수가 없고. 무서움에 몸을 떨면서 몸을 움직이려고 조바심을 내 보지만 그럴수록 떠 딱 달라붙는데, 낫이 머리 가까이 내려왔습니다.

"앗"

그 순간 눈을 떴습니다.

"아, 꿈이었구나. 꿈이길 다행이다."

그렇게 안심하고 흠뻑 땀 흘린 얼굴을 닦은 적이 있습니다.

그런가 하면, 언젠가는 자신이 무인도의 왕이 되어 호랑이와 사자를 부하로 거느리며 매일 아름다운 어전에서 노닐고 있는 꿈을 꾼 적도 있고, 돈이 아주 많아서 다 가지고 있을 수가 없게 되어 어떻게 하면 돈 없는 곳으로 도망칠 수 있을까 고민한 적도 있습니다. 꿈은 그렇게 이상하게도 우리가 알지 못하는 것을 보여줍니다.

그렇지만 또한 꿈은 우리의 큰 소망을 이룰 수가 있다는 것도 보여줍니다. 매일매일 훌륭한 사람이 될 수 있도록 그것만을 바라면, 그날 밤에는 대신(大臣)이 되고 위대한 실업가가 된 꿈을 꿉니다. 그렇게 우리는 꿈으로 자라나고 즐거운 일과 슬픈 일을 발견하게 됩니다.

도색(桃色)의 꿈이 인간에게 얼마나 큰 위로와 즐거움을 주는지 모릅니다. 지금 이야기하려고 하는 두 형제도 그 도색의 꿈으로 자라난 사람들입니다. 그중에서도 동생 교지로(京二郎)는 깨어있을 때도 도색의 꿈만을 꾸고 있는 공상가였습니다.

두 사람은 아버지가 돌아가시자, 똑같이 재산을 나누어 받았습니다.

(1926. 8. 31)

(2)

형 규타로(久太郎)는 천성이 정직한 사람으로, 그 정직함이 지나쳐서 조금도 생각을 굽히는 일이 없었습니다. 게다가 돈을 쓰는 것에서도 조금만 쓰고 나머지는 저축하는 성질을 지녔습니다.

그는 재산을 나누어 받자, 곧바로 도쿄로 나와서 열심히 일하기 시작했는데, 재산의 아주 일부를 써서 포목점(呉服屋)*을 했습니다.

혼자 짐을 짊어지고 나가서 밤늦게까지 일했습니다. 1, 2년이 지나고 5년이 지나는 동안에 규타로의 가게는 죽순이 자라는 것과 같이 쭉쭉 성장해 갔습니다. 어린 점원 한 명을 쓴 것이 셋이 되었고, 지배인도 두게 되었으며 10년째가 되자, 고용한 인원이 열다섯 정도나 되었습니다.

'뭐든 정직하게만 일하면 된다.'

규타로는 단지 이러한 일념만으로 가게를 꾸려왔습니다. 그렇게 해서 나누어 받은 재산은 열 배가 되었지만, 규타로는 상당한 구두쇠였기에 쓸데없는 돈은 한 푼도 쓰지 않기로 했습니다. 옷도 목면으로 만든 얇은 옷만을 입었고, 몇 벌밖에 갖고 있지 않았습니다. 10년간 단 한 개의 과자도 먹어본 적이 없을 정도였습니다.

그런 규타로가 가끔 동생 교지로는 어떻게 지내고 있을까 생각하곤 했습니다.

'세상은 넓은데, 자신의 일가는 교지로 하나뿐이다. 부모도 친척도 없고 오직 동생 하나뿐인데 동생은 지금 어찌 지내고 있을까.'

그런 생각으로 규타로는 산과 논 속에서 자라난 어릴 적 자신들의 모습이 그립게 떠오릅니다. 작은 하천으로 고기를 잡으러 갔던 일, 산에 감을 따러 갔던 일이 먼 옛날의 등대라도 보는 듯 생각이 난 겁니다.

(1926. 9. 2)

---

* 에도시대에는 견직물을 파는 가게.

(3)

동생 교지로는 재산을 나누어 받자, 형과는 달리 아무 일도 하지 않았습니다. 돈이 있으니 오늘은 연극을 보고 내일은 온천에 가고 하는 식으로 놀다 지칠 만큼 놀았습니다.

교지로가 있는 작은 마을에서는 교지로를 큰 부자라고 불렀습니다.

그렇게 계속 놀기만 한 교지로는 이제 일을 해야 한다는 생각은 조금도 없었습니다.

'당장 큰일을 해 보겠다. 만일의 경우에는 자기도 돈을 벌 수 있다.'

그런 생각으로 교지로는 하루를 어떻게 놀고 지내면 좋을지만을 생각했습니다.

그러는 사이 자신이 가지고 있던 재산도 하루하루 줄어들게 되었습니다. 그래도 교지로는 일할 생각은 하지 않았습니다.

"그만큼의 자본이 있으면 뭐라도 하면 좋을 텐데."

친절한 사람이 그리 말해주어도 고마워하지 않았습니다.

형 규타로가 1년마다 재산을 늘려가는 것과는 반대로 교지로는 하루마다 재산이 줄어갔습니다. 그렇게 10년, 교지로는 이제 완전히 무일푼이 되어버렸습니다.

돈이 없게 되자 세상 사람은 상대도 해 주지 않았습니다. 지금까지 부자로 불린 교지로가 무일푼이 되어버리자, 아무도 가까이하려 하지 않았습니다. 교지로에게 유익한 일은 아무것도 없었습니다.

"너무 부자인 체했으니 자업자득이지."

사람들은 그렇게 욕을 했습니다.

교지로는 그런 욕을 듣자, 이제 자신이 태어난 고향에 있는 것이 괴로웠습니다. 교지로는 힘이 빠져버리게 되어 그리운 고향을 버리고 여행길에 올랐습니다.

(1926. 9. 3)

(4)

'그래, 도쿄에 형님이 있지. 형님에게 가면 어떻게든 될 거야.'

그렇게 생각하고 여행을 나선 겁니다.

교지로는 마을을 지나서 시내로 나오자, 자신의 집이 없어진 것이 슬펐습니다.

'아, 바보 같은 짓을 했다. 그렇게 사리 분별없이 돈을 쓰지 말고 뭔가 일을 했으면 좋았을 텐데. 형님은 더 부자가 되었겠지. 그런데 나는 이런 거지 같은 처지가 되어버렸으니.'

교지로는 너무 늦은 후회를 했습니다.

'이제부터는 남보다 갑절이나 일해서 반드시 성공해야지.'

교지로는 걸으면서 눈물을 흘리며 몇 번이고 마음속으로 맹세를 합니다.

그리고 며칠이 지나 교지로는 간신히 도쿄에 도착했습니다. 요쓰야(四谷)의 덴마초(傳馬町)라고 들었는데, 단지 형의 집을 그것만으로 찾고 있었습니다.

덴마초에 가면 알 수 있을 거야, 하면서 지친 다리를 질질 끌며 걸었습니다. 그렇게 해서 겨우 덴마초까지 왔습니다.

"아, 이제 한 걸음도 걸을 수가 없다."

그런데 불쑥 고개를 들자, 〈에치고야 규베에(越後屋久兵衛)〉*라는 간판 글씨가 눈에 들어왔습니다. 〈규베에〉라는 글자는 선조부터 내려온 부친의 이름이었습니다.

"저, 잠시 여쭙겠습니다만, 이곳이 야마다 규타로(山田久太郎)의 댁인가요?"

"네, 그렇습니다만, 어디서 오셨습니까?"

"저는 동생 교지로입니다."

그렇게 말하자, 계산대에 앉아있던 지배인이 뛰어왔습니다.

"아, 동생분이시군요. 먼 길을 잘 오셨습니다. 어서 들어오십시오."

지배인이 말하며 교지로의 모습을 보는데, 틀림없겠지, 하는 생각으로 보는 듯해 얼굴을 찡그리며 빤히 바라보았습니다.

(1926. 9. 4)

---

* 미쓰이 다카토시(三井高利)가 에치고야의 옥호(屋号)로 1673년에 포목점을 개업했다. 지금의 미쓰코시(三越) 전신이다.

(5)

발을 씻고 안으로 들어간 교지로는 형의 집이 대단히 크다는 생각에 놀라면서 자신의 처지가 부끄러웠습니다.

"잘 왔구나."

형이 나오면서 말합니다. 역시 피를 나눈 형제입니다. 오랫동안 만나지 못했던 그리움이 서로의 가슴에 전해지는 거였습니다.

규타로는 동생의 몰라보게 변해버린 모습에 화가 난 듯했습니다.

"교지로, 집은 변변하게 남아있겠지."

"……."

"설마 집까지 다 없애고 온 건 아닐 테지."

"……."

"똑바로 말하거라. 내가 사치스러운 차림을 하는 걸 싫어하는 줄 알고 그런 차림으로 온 것이냐. 바른대로 말하여라."

"형님. 죄송합니다. 모든 걸 다 탕진하고 말았습니다."

"뭐, 모든 것을 다 탕진했다고."

"네 면목이 없습니다."

"선조께 물려받은 집을 없애고 면목 없다는 소리로 끝날 일이냐. 그래서 내게 온 것이더냐."

"고용살이라도 부려주셨으면 합니다. 정원 청소든 뭐든 다 하겠습니다."

"아니 그런 바보 같은 생각으로 왔더란 말이냐. 교지로, 난 지금까지 너를 매일 생각하며 지내왔다. 자주 지배인들에게도 고향에 동생한 명이 있는데 훌륭한 집을 갖고 있다고. 서로가 성공하면 일가가 모여서 축하를 하자고 했다고. 그런데 어찌 너를 고용해서 부릴 수가 있겠느냐.”

규타로는 동생의 가련한 모습을 보고 울고 싶은 심정을 참으며 힘있게 말했습니다.

(1926. 9. 5)

(6)

“그럼 정말 면목 없습니다만, 이제부터 자립하여 일하겠으니 자본을 좀 빌려주십시오.”

“그래, 그렇다면 좋다. 혼자 땀을 흘려봐야 성공할 수 있지. 자 이것을 가지고 가서 뭐라도 해 열심히 살거라.”

규타로는 금일봉을 앞에 놓고 교지로에게 재촉했습니다. 교지로는 그 금일봉을 들고서 형의 집을 나온 겁니다. 그리고 가는 도중에 방금 받아 온 그 금일봉을 열어보았습니다.

교지로는 돌연 그것을 땅바닥에 내던졌습니다.

“너무 지독하다. 겨우 10전(十錢), 10전으로 자립을 하라니. 형에게 구걸하러 갔던 것이 아닌데. 피를 나눈 형이 동생에게 자본을 빌려주는데 고작 10전이라니. 어찌 이럴 수가.”

교지로는 심한 분노를 느꼈습니다. 그리고 눈물 흘리며 생각했습니다.

'아 비참하다. 돈이 없으니 형에게까지 버림을 받는구나.'

그렇지만 교지로에게는 이제 1전도 없습니다. 10전이라도 있으면 무언가 도움은 될 겁니다. 그리 생각하고 분한 것을 참으며 다시 그 돈을 집었습니다. 그리고 정처 없이 떠났습니다.

'두고 보자. 꼭 형보다 성공해서 이 일을 갚아줄 테니.'

교지로는 그렇게 굳게 마음으로 맹세했습니다. 그리고 세월은 꿈같이 흘러 지나갔습니다.

교지로와 규타로가 만나고 난 후 10년이 지났습니다. 그사이 두 사람은 한 번도 만나지 않았고, 교지로는 어디에 있는지 안부도 전하지 않았습니다. 그리고 10년이 되어 두 형제는 재회한 겁니다.

(1926. 9. 7)

(7)

〈에치고야 규베에〉의 가게 앞에 교지로가 지배인을 한사람 데리고 나타났습니다.

"실례합니다."

"아, 오랜만이세요. 동생분이시지요?"

지배인이 재빠르게 교지로의 모습을 보고서 뛰어나왔습니다.

"어서 들어오십시오. 나리님도 마침 계십니다. 자, 이쪽으로."

교지로는 즉시 안으로 안내를 받았습니다.

"형님, 오래간만입니다. 지난번에 빌려주신 자본금을 돌려드리러 왔습니다."

"아, 오랜만이다. 빨리도 갚으러 왔구나."

"네, 더 빨리 왔어야 했는데, 이래저래 시간이 나질 않았습니다."

"그렇지. 부지런히 일할 때 조금의 시간도 아까운 법이니까. 그래 돌려주러 왔다니 반갑구나."

"그럼 확실하게 갚겠습니다."

교지로는 그리 말하면서 금일봉을 내놓았습니다. 규타로는 바로 금일봉을 열어보더니 몹시 야단을 칩니다.

"교지로. 이것은 100엔이 아니냐. 내가 빌려준 건 10전이었는데. 이러면 안 되지. 10전만 받으면 된다."

"하지만 덕분에 생활이 나아졌습니다. 10전의 자본을 주신 형님 덕분이니깐 감사의 표시입니다."

"아니다. 10전만 받겠다. 그때 아마 화가 많이 났을 텐데."

"네, 너무하신다고 생각했지요. 한때는 죽을까도 생각했는데, 10전을 가지고 일했습니다. 아침에는 신문을 배달하고 낮에는 콩을 팔고 짐수레를 끌고 해서 10년간 잠도 못 자고 일했습니다."

교지로는 그러면서 뚝뚝 눈물을 떨어뜨렸습니다.

(1926. 9. 8)

(8)

교지로는 후카가와(深川)에서 숯 도매상을 시작했습니다. 그리고 점점 나아지자 쌀을 팔기도 했고, 배로 물건을 운송하기도 하면서 1년마다 확장해 나간 겁니다.

그날은 오랜만에 형제가 베개를 나란히 하고 잠자리에 들었습니다. 그런데 한밤중에 갑자기 교지로는 경종 소리를 들었습니다.

"불이다. 불이야."

그렇게 외치면서 벌떡 일어난 겁니다.

"형님 불이 난 것 같습니다. 어디서 났을까요."

규타로도 벌떡 일어났습니다.

그러자 아래쪽에서 소리가 들렸습니다.

"화재는 후카가와 쪽입니다."

교지로는 '혹시 집이 아닌가,' 하고 생각했습니다. 그래서 지배인을 데리고 바로 후카가와로 달려갔습니다. 달려와서 보니 불이 난 곳은 자신의 이웃집이었고, 자신의 집은 완전히 불길에 둘러싸여 있는 것이 아닙니까.

"큰일 났구나."

교지로는 망연히 그곳에 서 있었습니다.

"곳간이 무너지겠네."

하면서 보고 있자, 가장 작은 곳간 하나가 꽝하고 무너져 내렸습니다.

"하지만 아직 큰 곳간 두세 개는 괜찮으니."

그런데 곳간은 심한 화염에 둘러싸여 하나씩 하나씩 불에 타서 무너져 내려앉았습니다.

"10년이나 고생해 애써 이만큼 만들어 놓은 것을"

교지로는 그곳에 털썩 쓰러지고 말았습니다.

"교지로, 교지로."

옆에서 부르는 소리에 눈을 떴습니다.

"아, 꿈이었구나."

형이 깨우는 바람이 눈을 뜬 교지로는 자신이 꿈을 꾼 것을 알았습니다. 그리고 형에게 그 꿈을 얘기했습니다.

'음, 방심하면 안 되겠다. 더욱 열심히 일해야지…….'

그리 생각한 교지로는 그날 아침 일찍이 후카가와의 집으로 돌아왔고 계속 열심히 일했습니다.

그 후 두 형제는 아주 큰 상인이 되었습니다. (끝)

(1926. 9. 9)

북국 야화

하타 기요시(畑喜代司)

(1)

어느 여름날의 저녁이었습니다.

산기슭 외딴집에 어둑한 등불이 켜졌습니다.

세 평 방과 두 평 되는 방이 전부인 정말이지 변변치 않은 누추한 집인데, 그 집 주인은 늙고 쇠약한 노인이었습니다.

노인은 화로에 장작을 지피면서 저녁밥을 서두르고 있습니다. 가끔 걱정스러운 얼굴을 안방 쪽으로 돌리다가 혼자 한숨을 쉬고 콧물을 훌쩍입니다.

안의 세 평 방에는 더러운 얇은 이불에 몸을 휘감은 열 살이 되어 보이는 핏기 없는 얼굴의 소녀가 새근새근 자고 있었습니다.

소녀는 이곳에서 몇 리 떨어진 북국(北國)의 어느 항구마을에서 태어났습니다. 부모님은 좋은 사람이었지만, 무슨 일 때문인지 소녀가 다섯 살이 된 봄날에 아버지는 소녀의 어머니를 버리고 가출해버렸습니다.

어머니는 어린아이를 안고 얼마나 슬퍼했을까요. 아무것도 모른 채 그저 웃고만 있는 아이를 데리고 여기저기 마음 짚이는 곳을 찾아 갔으나 가출한 아버지가 계신 곳을 알아내지 못했습니다.

그런데 얼마 전, 간신히 그리운 아버지가 산 너머 남쪽 지방의 어느 큰 마을에서 일하고 계신다는 소리가 우연히 불쌍한 모녀의 귀에 들어왔습니다.

"아버지가 남쪽 마을에 계신다고 한다."

어머니는 감출 수 없는 기쁨을 얼굴에 드러내며 말했습니다.

"와 좋아라."

소녀도 뛰어오를 만큼 기뻤습니다. 그리고 곧바로 아버지를 찾아가게 되었습니다.

(1926. 9. 15.)

(2)

며칠 후 두 사람은 큰 고개에 당도했습니다. 그런데 운이 나쁘게도 심한 폭풍우를 만나게 되었고 연약한 모녀는 몸이 녹초가 될 만큼 지쳐버린 거였습니다.

저녁이 되어도 폭풍우는 더욱 심해지기만 했고, 고개를 다 올라가기도 전에 몸은 움직이지 않게 되었습니다. 그래서 소녀는 어머니의 손을 꽉 잡고 있었는데, 어떻게 된 일인지 의지하고 있던 어머니의 손을 놓쳐버린 겁니다.

그 후 어디를 어떻게 걸었는지, 알지 못한 채 수풀 속에 쓰러져 있는 걸 이 집 노인이 구해서 데리고 온 거였습니다.

"시즈 짱, 이제 일어나야지. 밥 먹어야 해."

새근새근 자고 있던 불쌍한 소녀의 이름은 시즈에(静枝)였습니다. 노인은 소녀의 베갯머리로 따뜻한 죽을 가지고 왔습니다.

"네, 고맙습니다."

시즈에는 몹시 울어 새빨개진 눈에 눈물을 가득 머금고 있습니다. 어머니와 헤어지고 외톨이가 되어버린 소녀는 노인의 친절이 고마웠습니다.

여위어 가늘어진 팔을 뻗어 죽을 먹고 있던 시즈에는 문득 이 노인에 대해 생각했습니다. 이름도 나이도 모르고, 일도 하지 않는 것 같은 이 노인이 자신을 친절히 돌봐주는 것이 이상했습니다. 그러나 소녀는 노인을 의심해선 안 된다고 생각했습니다. 그저 자신을 구해준 은인으로 잊어서는 안 된다는 것을 가슴에 간직해야겠다고 생각했습니다.

"할아버지, 어머니는 어찌 되셨을까요? 지금 어디에 계실까요?"

(1926. 9. 16.)

(3)

"어찌 되셨을까."

베갯머리에 앉아 있던 할아버지가 말했지요.

"하지만, 걱정하지 마라. 이제 곧 알 수 있을 테니."

"근데, 이젠 만날 수 없을 것 같은 생각이 들어서요. 아버지께 가신 건 아닐까요?"

"그리 걱정하지 않아도 된단다. 신께서 분명히 지켜주실 테니. 아버지와 어머니가 데리러 와 주실 때까지 건강한 몸으로 기다리고 있으면 된단다."

"네, 그렇지만 왜 그런지 이것이 마지막이 아닐까 하는 생각이 들어서요. 만약 그렇다면 전 어찌하면 좋지요?"

시즈에의 눈가에는 눈물이 고였습니다. 그 말을 들은 노인은 뭐라고 대답해야 좋을지 위로해 줄 말이 없어 난처했습니다. 언제나 이런 이야기를 나누면 시즈에의 어두운 얼굴에는 다시 새로운 모습이 드리웁니다.

어느 날의 오후였습니다.

노인의 보살핌으로 기운을 차리고 몸이 많이 좋아진 시즈에가 오랜만에 집을 나섰습니다. 마을을 걷다가 언덕을 올라보기도 했고, 길가의 풀숲에 녹초가 되어서 앉아 생각에 잠기기도 했습니다.

들과 숲을 걷다가 어쩌면 어머니를 우연히 만나지나 않을까, 그런 헛된 바람도 품어 봅니다.

"정말 어찌 된 일일까. 매일 매일 기다리고 있는데 찾아오시지도 않고."

가볍게 떠 있는 구름이 그림자를 떨어뜨리면서 지나갑니다. 인간 세상, 행복 또한 이런 것이 아닐까? 어느새 시즈에는 잡았다고 생각하면 도망가는 그림자처럼 덧없는 생각을 배우지도 않고 알게 된 것입니다.

황혼이 가까워지자, 시즈에는 어느 호숫가로 나와 있었습니다. 초승달이 유황 연기에 그을린 은같이 하얗게 떠올라 있습니다.

(1926. 9. 17.)

(4)

호숫가는 바람 한 점 없이 정말 조용했고, 수면에 잎사귀 네다섯 장이 떠 있는 것이 산속같이 평안해 보였습니다. 하지만 소녀는 그런 것엔 아랑곳하지 않고 고개를 숙인 채 생각에 잠겨있었습니다.

'할아버지 집에 온 지 벌써 두 달이 되어 가는데, 할아버지 말씀이 거짓인 걸까……. 만일 어머니가 그 폭풍우 치던 날 밤에? 아냐, 반드시 살아계실 게 틀림없어. 그렇다면 왜 안 오시는 걸까? 아아, 난 어쩌면 좋지?'

이런 생각으로 소녀는 가만히 눈을 감습니다.

"시즈 짱. 여기 있었구나. 어두워져도 보이지가 않아 찾으러 왔단다. 자, 이슬에 젖으면 안 되니 어서 돌아가자꾸나."

노인이 굽은 허리로 서 있었습니다. 그제야 시즈에도 밤이 된 걸 알았습니다.

"죄송해요. 걷다가 여기까지 오게 되었어요."

소녀도 옷에 묻은 먼지를 털면서 일어납니다.

"몸이 다 낫지 않았으니 조심해야 해."

두 사람은 달밤 길을 걸어 돌아왔습니다.

시즈에의 마음은 날마다 더 어둡게 가라앉아 갔습니다. 집을 나와 어느새 호숫가에 와 있었습니다. 노인도 걱정이 되어 뒤를 따라나섰습니다.

그날, 소녀는 호수 수면을 바라보며 생각에 잠겨있었습니다. 하얀 달이 동쪽 산에서 소리도 없이 올라와 호수 한가운데에 모습을 비추고 있었습니다.

"시즈 짱, 시즈 짱."

어디선가 귀에 익은 목소리가 들렸습니다.

(1926. 9. 18.)

(5)

"어머?"

듣고 있으니, 그것은 물속에서 나는 소리 같았습니다. 한층 더 귀를 기울여 듣자, 이상하게도 물에 비친 달님이 자신을 부르는 것만 같았습니다.

"아, 어찌 된 일이지."

소녀는 양손을 잡고서 가만히 달의 모습을 바라봤습니다. 그러자 갑자기 달은 어머니의 얼굴이 되었다가, 어릴 적 헤어진 아버지의 얼굴로 바뀌고, 그리고 다시 할머니의 얼굴이 되었는데, 세 사람 얼굴이 번갈아 보인 겁니다. 저 물속에는 이 세상과는 다른 즐거운 세계가 있는 것일까? 시즈에는 문뜩 이런 생각을 해 봅니다. 그 얼굴이 모두 기쁜 미소를 짓고 있으니 말입니다.

"빨리 오렴. 빨리, 빨리"

어머니의 목소리가 가장 분명히 그녀 귀에 들렸습니다.

"아버지, 어머니"

소녀는 이제 더는 견딜 수가 없어서 힘껏 목소리를 짜내 불러 보았습니다. 그렇지만 대답은 멀리서 되돌아오는 메아리뿐이었고, 그리운 목소리는 들을 수가 없었습니다. 그런데 수면에 떠 있는 얼굴은 여전히 번갈아 미소 짓고 있으니, '그래 나도 어머니가 있는 곳으로 가야지,' 하고 생각한 소녀는 호수로 뛰어들었습니다.

수면에 떠 있는 달빛이 심하게 흔들려 잠시 잠잠하지 않았지만, 곧이어 아무 일 없다는 듯, 아무것도 모른다는 듯이 얼굴을 내보이는 거였습니다.

"시즈 짱."

노인의 목소리가 들려왔습니다. 다시 걱정되어 찾으러 온 것이겠지요. 그렇지만 그날 밤의 사건을 노인은 알 수가 없었습니다.

(1926. 9. 19.)

구름과 같은 이야기

히라노 마사오(平野正夫)

(1)

"자, 애들아. 오늘 밤에는 너희들이 평소보다 얌전했으니까 아주 재미있는 이야길 해 줄 테다."

어느 날 밤, 할아범이 이렇게 말하며 어린 손자들에게 이런 이야기를 했습니다.

"올해가 호랑이해이니 호랑이와 관련된 이야기부터 해 주겠다. 호랑이가 인간으로 둔갑한 재미나는 이야기다."

장소는 조선으로 옛날 삼한(三韓)*이라 하는 시절의 일입니다. 지금의 경성 근처 어느 시골에 한 나무꾼이 살고 있었습니다. 나무꾼은 매일 산에 올라가 열심히 일했습니다. 그런데 어느 날 너무 열심히 일하다 보니 벌써 저녁이 된 거였습니다.

---

* 상고시대에 남쪽에 있던 세 나라, 마한, 진한, 변한을 통틀어 이르던 말.

나무꾼은 밤이 되면 큰일이다 싶어 서둘러 산에서 내려오고 있는데, 갑자기 두 마리의 호랑이가 나무꾼 앞에 나타난 거였습니다.

나무꾼은 깜짝 놀라 몸을 숨기려 했지만, 이내 호랑이에게 발견되어 어찌할 도리가 없었습니다. 하는 수 없이 눈앞에 보이는 큰 나무로 재빨리 기어 올라갔습니다. 나무꾼이라서 마치 원숭이처럼 나무에 잘 올랐습니다.

"아, 놀랐다. 조금만 더 있었더라면 저 호랑이들에게 잡혀 먹힐뻔했구나."

나무 위로 올라온 나무꾼은 안심했습니다.

호랑이는 간발의 차이로 놓쳐버렸다는 아쉬움에 으르렁거리면서 나무 아래로 가까이 다가왔고, 있는 힘껏 나무에 덤벼들었지만 좀처럼 나무꾼 있는 곳까지 뛰어 올라갈 수는 없었습니다.

"흥, 애를 쓰는군. 그리해 본들 나무 위로 올라올 수는 없지."

이제 안심이다 싶은 생각으로 나무꾼은 담배를 뻐끔뻐끔 피우기 시작했습니다.

그러자 두 마리의 호랑이가 소곤소곤 이야기하는 거였습니다.

"우린 안 되겠어. 도저히 이 나무에 올라갈 수 없다."

"그래, 주토시우를 데리고 와야 하지 않을까? 그 녀석이라면 틀림없이 올라갈 수 있을 거야."

"그래. 그럼 네가 달려가서 주토시우를 데리고 오지 않겠니? 난 여기서 기다리고 있을 테니."

한 마리가 건너편으로 달려갔습니다.

"음, 무슨 의논을 한 거지. 어찌하려는 걸까?"

나무꾼은 나무 위에서 그 얘길 듣자, 조금 걱정이 되었습니다.

(1926. 9. 29)

(2)

잠시 있자, 건너편으로 달려갔던 호랑이가 한 마리의 호랑이를 데리고 달려왔습니다.

그 세 번째 호랑이는 몸이 마르고 가늘었으며 길쭉했습니다.

"아, 호랑이가 한 마리 늘었다. 이거 큰일 났군. 어쩔 셈인 거지."

이제 나무꾼은 담배를 피우고 있을 때가 아니었습니다. 무서운 세 마리의 호랑이를 찬찬히 내려다보고 있으니 걱정이 되었던 겁니다.

"저 위에 있는 녀석이 나무꾼인가? 좋아, 내가 잡아 오지."

그러면서 몸이 가늘고 긴 호랑이는 으르렁거리며 나무로 달려들었습니다. 그런데 한 번으론 잘 안 되더니, 두 번 세 번 덤벼들다 보니 마침내 발톱을 나무에 깊이 처박으면서 천천히 올라오는 거였습니다. 나무꾼은 깜짝 놀랐습니다.

큰 나무였지만, 그다지 높지는 않았습니다. 나무꾼은 점점 윗가지로 올라갔고, 가장 위로 가도 그렇게 높지 않았던 겁니다. 호랑이는 열심히 올라오고 있습니다.

"아. 이거 큰일 났는걸. 이 호랑이 녀석, 대체 어떻게 된 녀석이야. 나무 위로 올라오다니."

그렇게 혼잣말을 하면서 나무꾼은 어쩌면 좋을지 조마조마했습니다. 도와달라고 외치려고 해도 큰 산속인지라 아무도 지나가는 사람이 없었습니다.

소리를 내면 오히려 호랑이 수가 늘어날 것만 같아 이제 나무꾼은 어찌할 바 모르게 몸이 움츠러들면서 벌벌 떨고 있었습니다.

"주, 조금만 더 올라가면 된다. 힘을 내"

"빨리 덤벼들어. 잡아끌고 내려오기만 하면 나머지는 우리가 맡을 테니."

나무 아래에서는 두 마리의 호랑이가 그렇게 말하며 나무 위 호랑이에게 힘을 보태는 거였습니다.

"걱정하지 말고 보고만 있어."

나무에 올라온 호랑이는 으르렁거리면서 대답했고, 서서히 위쪽으로 올라왔습니다.

주변은 점점 어두워졌습니다. 이제 해는 졌고, 어느덧 둥근 달이 산끄트머리에 나와 있습니다. 그날 밤은 아름다운 달밤이었던 겁니다.

그러나 나무꾼에게 달은 이미 안중에도 없었고, 오늘 밤에 이 호랑이에게 죽을 거란 생각을 하니 제정신이 아니었던 거지요.

드디어 호랑이는 나무꾼이 있는 곳에 도달했고, 앞발로 나무꾼의 옷자락을 붙잡았습니다. 나무꾼은 깜짝 놀라 정신을 잃을 것만 같았습니다. 그런데 문득 자신의 허리에 손도끼가 꽂혀 있는 것이 생각났습니다. 그래서 그것을 빼내어 잽싸게 힘껏 내리쳤습니다.

그러자 다행히도 호랑이의 앞발에 맞아 호랑이는 견딜 재간 없이 무섭게 으르렁거리더니 나무에서 굴러떨어졌습니다.

(1926. 9. 30)

(3)

"됐다!"

나무꾼은 그만 기뻐서 이렇게 외쳤습니다.

호랑이는 앞발을 많이 다쳤는지 나무 위에 있지 못하고, 으르렁하는 요란한 소리와 함께 떨어진 겁니다.

그러자 이 호랑이에 가세했던 두 마리의 호랑이는 그 광경을 보고 적수가 못 된다 싶었는지 무섭게 으르렁거리다 세 마리 모두 건너편으로 도망쳤습니다.

"뭐야, 이거. 호랑이 세 마리가 내게 지다니."

나무꾼은 갑자기 기세가 등등해 나무 위에서 뽐내고 있습니다.

그러나 맹수이다 보니 이제 더 많은 무리를 데리고 복수하러 오겠지 싶어 다시 걱정되어 견딜 수가 없었습니다.

나무꾼은 날이 샐 때까지 나무에서 내려올 수 없었고, 밤을 새울 각오로 잠도 자지 않고 가지 위에 앉아 있었습니다.

그러나 다행스럽게도 호랑이는 다시 오지 않았습니다. 나무꾼은 아침이 되자, 비로소 살아난 심정으로 서둘러 산에서 내려와 마을로 돌아왔습니다.

"아, 정말 어젯밤은 무서웠네."

나무꾼은 길에서 만나는 사람들에게 어젯밤 있었던 이야기를 했습니다.

그러자 한 농사꾼이 그 얘길 듣더니만 이렇게 얘기하는 거였습니다.

"아, 이상한 이야기도 다 있군. 주토시우라 하면, 이 근방에 사는 남자 이름인데, 설마 그 남자가 호랑이로 둔갑한 건 아닐 테지. 귀가 솔깃한 이름이군 그려."

"그래. 아니 호랑이들이 틀림없이 주토시우라고 했네. 주토시우를 데리고 오면 나무에 올라갈 수 있다고."

나무꾼이 말했습니다.

"그럼, 같이 주토시우가 사는 곳에 가서 상황을 살펴봄세."

나무꾼도 이상한단 생각에 그 남자를 따라 주토시우 집으로 갔지요.

주토시우의 집은 농사꾼 집으로 변변치가 않았습니다. 집 식구들에게 물어보니, 주토시우는 어젯밤에 어디론가 나갔다가 왔는데 손이 더러워져서 돌아왔다고 하며 지금은 자고 있다고 합니다.

너무 이야기가 맞아떨어져서 혹시나 하는 마음에 마을 사람들과 함께 칼과 몽둥이를 들고 주토시우가 자고 있는 방을 덮쳤습니다.

그러자 이상하지 않습니까. 지금까지 손이 아파서 자고 있던 주토시우가 벌떡 일어나 네발로 기어서 탕탕 도망을 친 겁니다.

"아, 호랑이다."

도망치는 주토시우의 모습은 나무꾼이 어젯밤에 보았던 그 호랑이가 틀림없었습니다.

(1926. 10. 1)

(4)

"얘들아. 재미있었니?"

할아버지가 싱글벙글 웃으며 말하자, 아이들은 신이 나서 좀 더 이야기해달라고 합니다.

할아버지는 인간으로 둔갑한 이야기는 이리 이야기도 있지만, 그것은 이 호랑이 이야기와 비슷하기에 이번엔 다른 이야기를 아이들에게 들려주었습니다.

어느 마을에 유명한 한 마술사가 있었습니다. 이 마술사는 여러 이상한 마술을 보여주며 마을 사람들을 놀라게 했는데, 그중에 심한 병을 앓고 있던 병자를 낫게 해서 모두가 신으로 생각하며 고마워했습니다.

어느 날의 일이었습니다.

그 마을의 이웃 마을에 사는 여관 주인이 이 평판을 듣자, 꼭 그 마술사를 만나고 싶다고 했습니다. 이 주인 아들은 2년 전부터 미치광이가 되어버려 어떤 치료를 하여도 낫지 않았던 겁니다.

모시러 온 심부름꾼에게 자세한 이야기를 들은 마술사는 "좋아, 그럼 내가 한번 가서 봐야겠다," 하면서 심부름꾼과 함께 그 여관으로 갔습니다.

"선생님. 감사합니다. 이 자식 놈이올시다."

주인은 매우 기뻐하면서 후한 대접을 하였고, 아들을 안쪽 방에서 데리고 나왔습니다.

"음, 이 아들이군."

보아하니 벌써 아들은 나이가 찼습니다. 오랫동안의 병으로 상당히 말랐지만, 몸은 그렇게 쇠약하진 않았습니다. 마술사는 찬찬히 아들의 얼굴을 보다가 갑자기 주먹 한 방을 날렸습니다.

"정신 차려라."

몹시 호되게 꾸짖으면서 주인에게 말했습니다.

"이 미치광이의 근원은 심장에 있습니다. 심장을 고치지 않으면 안 됩니다. 그렇게 하려면 한 방을 완전히 닫고서 치료를 해야 합니다. 제가 치료를 하는 동안 절대로 그 누구도 방에 와서는 안 됩니다. 방에 오면 아드님 병은 낫지 않습니다."

주인은 잘 알았다면서 마술사의 말을 들었습니다.

아들을 데리고 안쪽 방으로 들어가자, 마술사는 그날 밤 아들의 몸을 둘로 가르고 심장을 빼냈습니다. 그리고 몸은 동쪽 벽에 놓고, 심장은 북쪽 처마 끝에 매달고 난 후, 한마음으로 기도하기 시작했습니다.

그런데 처마에 매달은 심장을 어느 틈엔가 그 여관에 있는 개가 물고 가서 먹어버린 겁니다. 그런 일이 생길 줄이야 전혀 알지 못한 마술사는 기도를 마치고 이제 심장을 넣으려는 생각에 처마 끝을 보았는데 심장이 없는 거였습니다.

"아. 이거 큰일이군."

그 대단한 마술사는 어찌할 바 몰라 궁리에 빠졌습니다.

(1926. 10. 3)

(5)

마술사는 잠시 무슨 생각을 하더니, 이내 칼을 들고 방을 빠져나갔습니다.

그런 일이 있을 줄 전혀 알지 못하고 있는 여관 주인은 '지금쯤 분명 마술사가 아들 녀석의 광기를 고칠 주술을 부리고 있겠군' 생각하며 잠도 자지 않았고 빨리 좋아진 아들 얼굴이 보고 싶어 그것만을 기대하며 기다리고 있었습니다.

그런데 한 시간이 지났을 때, 마술사가 밖에서 돌아왔습니다. 손에 칼과 사람의 심장을 들고 있었지요. 어디서 가져왔는지, 마술사는 심장을 들고 있었던 겁니다.

"이거면 됐다. 이제 아드님 것이다. 때마침 그 남자를 만났으니."

마술사는 이렇게 중얼거리면서 싱글벙글 웃었지요.

그리고 그 심장을 아들의 가슴 속에 넣고 둘로 되어 있던 몸을 원래대로 맞추더니 상처를 완전히 봉합했습니다. 그러자 아들의 몸은 원래대로 돌아왔습니다.

마술사는 입으로 뭔가를 중얼중얼 읊으면서 계속 부드럽게 문질러 주었습니다. 그랬더니 이상하게도 상처는 점점 없어졌고 원래의 몸으로 돌아왔던 겁니다. 어디를 보아도 칼로 벤 자국 같은 것은 보이지가 않았습니다.

"우편이요! 우편이요! 아니, 당신은 누구십니까?"

아들은 깜짝 놀란 표정으로 물었습니다.

"음, 이제 완전히 제정신이 든 것 같군."

마술사는 싱글벙글거리며 아들을 주인이 있는 곳으로 데리고 왔습니다. 아들을 보자 주인도 그 아내도 모두가 다시 태어난 듯 기뻐했고, 축하해야겠다면서 별안간 준비해 잔치를 벌였습니다.

"우편이요! 우편이요!"

아들은 눈물을 흘리며 기뻐하고 있는 부모님을 향해 아무 말이 없다가 제일 먼저 그런 말을 하여서 모두가 놀란 겁니다. 왜 아들이 그런 이상한 말을 하는지, 아무도 그 이유를 몰랐습니다.

그날 밤, 이 마을에서 30리 정도 떨어진 어느 마을에서 한 우편배달부가 죽었습니다. 마술사는 그때 마침 이 배달부가 길가에 픽 쓰러져 있는 것을 발견했고, 그 배달부의 심장을 빼내어 들고 돌아온 거였습니다. 이 배달부는 죽기 직전까지 "우편이요! 우편이요!" 하고 계속 외쳤다는 거였습니다. 그래서 이 배달부 심장을 받은 아들이 제정신이 들자마자 바로 "우편이요!" 하고 말한 겁니다.

"내 솜씨가 좀 서툴렀군. 하지만 이제 확실히 고쳐주겠네."

그다음 마술사는 이번엔 그 우편이란 소릴 하지 않게 완전히 고쳐주었다고 합니다. 이것이 심장이 바뀐 이야기입니다.

(1926. 10. 5)

(6)

"할아버지. 이번에는 어떤 거예요."

한 아이가 할아버지에게 다음 이야기를 재촉하듯 말했습니다.

"글쎄다, 이번에는 좀 더 재미나는 이야기를 해 볼까. 영혼이라는 것을 항아리 안에 넣어 두었다고 하는 이야기란다."

영혼이란 뭘까?

영혼이란 마음과 같은 것이다. 눈에 보이지 않는 살아있는 것이다. 영혼은 누구나 모두 몸 안에 있는데, 지금 이야기하려고 하는 남자는 항상 자신의 영혼을 항아리에 넣어 두고 영혼 없는 껍질의 몸만으로 여러 나쁜 짓을 하고 있다.

영혼 없는 빈 껍질? 그거 재밌겠네요, 하면서 아이들은 모두 손뼉을 치면서 기뻐했습니다.

이것은 옛날에 지나에 있었던 이야기인데, 하면서 할아버지는 이야기를 시작했습니다.

지나의 기시우라고 하는 곳에 히겐리우라고 하는 재판관이 있었습니다. 어느 날 이 재판관이 하인 한 명을 데리고 윈난(雲南)*이라고 하는 곳으로 갔습니다. 두 사람 모두 말을 타고 있었습니다. 그런데 어느 좁은 길을 가고 있었는데, 하인이 갑자기 "앗" 하고 외치면서 말에서 떨어졌습니다.

---

* 중국 남서부의 성(省).

재판관이 놀라서 말을 멈추고 보니, 하인의 왼쪽 다리 허벅지가 누군가에게 베여 잘려 나간 거였습니다. 재판관은 놀라서 생각해 보니깐, 이것은 분명히 마술가의 소행인 것 같았습니다.

그 무렵 기시우와 윈난에는 여러 마법사가 있었고, 이상한 마법을 부렸던 겁니다. 그래서 재판관은 집으로 돌아와 곧장 이러한 방(榜)을 냈습니다. 그 방의 내용은 다음과 같습니다.

'하인의 다리를 찾아서 가지고 오는 사람에게는 포상으로 상금을 주겠다.'

그러자 어느 날 한 노인이 찾아와서 재판관에게 말했습니다.

(1926. 10. 6)

(7)

"어떻습니까? 이것으로 트집은 잡지 않으시겠지요?"

노인은 싱글벙글 웃으면서 '에헴 어때 근사하지 않나,' 하는 잘난 표정으로 말했습니다.

"음, 자네 술법이 대단하군그래. 약속대로 상금을 주겠네."

재판관은 곧바로 안에서 많은 돈을 가져오게 하여 그 노인에게 주었습니다.

"한데, 노인. 자네는 대체 무엇을 하는 자인가?"

재판관이 물었습니다.

"무엇을 하다니요. 나리. 소인은 이렇다 할 소일거리도 없습니다."

노인이 무뚝뚝하게 대답했습니다.

"그 정도 술수를 부리는 걸 보니 자네는 상당한 마술사 같으이."

"마술사라니요? 하하. 세상은 저 같은 사람을 그런 식으로 부른다고 하나요! 그러면 그런대로 놔두지요."

그러면서 노인은 느긋한 발걸음으로 돌아갔습니다.

이 이야기를 재판관에게서 들은 어떤 사람이 말했습니다.

"어째서 재판관인 당신은 그 노인을 붙잡아 벌주지 않았습니까?"

그러자 재판관은 웃으며 대답했습니다.

"벌을 준들 그 노인은 나쁜 짓을 멈추지 않을 것이고, 오히려 더 하겠지요. 그래서 내버려 둔 겁니다."

그 당시 그 근방에 한 악인이 있었습니다. 벌써 여러 번 나쁜 짓을 해서 경찰과 재판소에서도 어찌할지 곤혹스러웠지요. 어떻게든 붙잡으려 했지만, 항시 도망을 잘 쳐서 좀처럼 잡을 수가 없었습니다.

재판관은 "이건 분명 지난번 그 노인의 소행이 틀림없다. 이놈, 이번엔 용서치 않겠다." 하고 마음에서 화가 치밀어 부하들에게 밤낮으로 노인의 행방을 찾게 했습니다.

그 결과 노인은 결국 경찰 손에 붙들렸습니다. 이미 죄는 분명했기에 재판관은 노인을 사형에 처해 죽인 다음 강물에 던졌습니다.

"맛을 봤겠다. 사람을 업신여기며 나쁜 짓을 하면 이렇게 천벌을 받는 것이다."

재판관은 사람들에게 이렇게 말하고 나자, 마음이 후련해졌습니다.

그런데 이상한 일이 벌어진 겁니다. 죽은 그 노인은 그로부터 이틀이 지나자 되살아났고, 닷새째가 되자 전에 못지않을 만큼 나쁜 짓을 저질렀습니다.

"무서운 놈일세. 저 녀석의 마술이 놀랍군. 어찌하면 좋을까?"

재판관들이 모여 회의를 시작했습니다.

(1926. 10. 7)

(8)

"이번에 잡으면 머리와 몸통과 다리를 셋, 넷으로 자르고 따로따로 버리면 어떨까? 그리하면 제아무리 마술사라도 원래의 몸으로 돌아올 수는 없을 거다."

"아니, 그보다는 태워서 재로 만드는 편이 좋겠네."

"아닐세, 그리하면 불태우기 전에 마술을 부려 도망칠 거야."

여러 가지 의견이 나왔고 좀처럼 정해지지 않았는데, 마침내 첫 번째 제안에 찬성하는 사람이 많아서 붙잡으면 몸을 갈기갈기 잘라 버리기로 했습니다.

이번엔 병사들까지 가세해 산과 숲을 샅샅이 찾아 드디어 붙잡을 수 있었습니다. 자, 이번에야말로 정한 대로 노인의 몸을 잘라서 하나는 산에, 하나는 강에, 하나는 들판에, 그것도 100리, 200리 거리를 두어 버렸습니다.

재판관과 사단장, 지사는 이제 멋있게 해치웠다고 내심 기뻐하고 있었습니다. 그런데 그것 역시 허사였습니다. 사흘째에 어엿이 되살 아났으니. 단지 이번엔 머리와 허벅지 윗부분에 잘린 자국의 붉은 힘 줄이 나 있을 뿐이었습니다.

"이거 어쩐담?"

대단한 관리들도 벌어진 입을 다물지 못했습니다.

그런데 어느 날의 일이었습니다.

한 노파가 재판소로 찾아온 겁니다. 재판관 히겐리우를 꼭 만나고 싶다고 했습니다. 그래서 히겐리우는 무슨 일인가 싶어 만나 보니, 노 파는 나이가 쉰 정도 되어 보였고 변변찮은 옷을 입고 있었습니다. 그 리고 손에는 소중한 듯 낡은 항아리를 들고 있었고요.

"자네는 대체 누구인가? 어찌 나를 만나겠다는 건가?"

재판관이 물었습니다.

"네, 저는 자우라고 하는 노인의 아내입니다. 남편이 저를 너무 학 대해서 이제 더는 참을 수 없어 고소하려고 합니다."

그래서 여러 가지를 물어보았더니, 얼마 전 사형에 처했는데, 되살 아나서 관리들을 애먹이고 있는 그 노인의 아내였습니다.

너무 견디지 못할 만큼 학대를 당했다는 것인데, 들고 온 항아리에 는 그 노인의 영혼이 들어있고, 노인은 나쁜 짓을 할 때 언제나 영혼 을 이 안에 넣고 나간다고. 그래서 제아무리 관리가 노인을 죽여도 육 체뿐인 거고, 영혼을 죽이지 못하니 소용없다는 거였습니다.

히겐리우는 대단히 기뻐서 이내 그 항아리를 때려 부수었고, 다시 부하에게 명령해 노인을 붙잡아 사형에 처했습니다. 그러자 그 대단했던 노인은 항아리에 들어있던 영혼이 날아가 버리고 없으니 이번에는 다시 살아날 수가 없었던 겁니다.

노인의 아내는 많은 포상을 받았습니다.

(1926. 10. 8)

(9)

"또 이런 재미나는 이야기도 있단다."

할아버지는 이야기를 계속했습니다.

이것은 일본의 옛날이야기로, 어느 마을에 요시(芳)와 다미(民)라고 하는 사이좋은 두 아이가 있었습니다. 항상 산에 오르고 강가에 가고 하면서 형제 같은 사이좋은 두 사람이었습니다.

그런데 다미가 갑자기 병이 들었습니다. 병은 매우 심각해졌고, 요시는 놀란 마음에 진심 어리게 간호했지만, 다미의 병은 더욱 나빠지기만 했습니다. 의사도 이대로 가면 앞으로 이, 삼 일 후 위험할 거라고 했습니다. 다미의 부모님은 몹시 걱정하면서 매일 밤을 잠도 안 자며 간호했습니다.

그러던 어느 날, 요시가 평상시대로 다미 문병을 하러 왔는데, 못 보던 한 덩치 큰 사나이가 다미의 집 입구에 서서 뭔가 중얼중얼 혼자서 말을 하고 있었던 겁니다. 요시는 어떤 사람인가 싶어 가만히 뒤에서 보고 있었는데 아무래도 그 큰 사나이는 인간 같지가 않았던 겁니다.

이 자는 분명 악마임이 틀림없다고 생각한 요시는 돌연 그자의 다리를 새끼줄로 묶어버렸습니다. 남자는 그제야 눈치를 채고서 요시를 봤습니다.

"당신은 대체 어디서 왔나요?"

요시가 정색하며 그 자에게 물었습니다.

"나 말이니? 난 저세상에서 심부름을 왔단다."

남자가 태연스레 대답했습니다.

"그럼 인간이 아닌 거지요?"

"맞아. 임시로 인간의 모습을 한 지옥 귀신이란다."

"귀신이 왜 여기에 왔나요?"

그러자 귀신이 말했습니다.

"다미가 내일 죽을 것 같아서 지옥에서 심부름을 왔단다."

그러면서 지금 이 집 조상과 이야기를 했다는 거였습니다. 요시는 깜짝 놀란 후 다미는 이 집 외아들이니 어떻게든 살려달라고 귀신에게 말했습니다.

귀신은 좀처럼 요시의 말을 들어 주려 하지 않았지만, 너무 열심히 간청하듯 말하니 가여웠는지, "그럼," 하고 고개를 숙여 생각하는 거였습니다.

"만일 당신이 제 말을 들어준다면 보답은 꼭 하겠습니다. 전 돈이 없지만, 그렇게 해 주시면 이 집 주인은 분명 많은 것을 해 드릴 겁니다. 그렇지만 당신이 그리해 주지 않는다면 언제까지고 이 새끼줄은 풀어주지 않을 겁니다."

"방법이 없겠군. 그럼 네게 그 일을 말하겠다."

그렇게 귀신이 말했습니다.

(1926. 10. 9)

(10)

요시는 대단히 기뻐하면서 귀신의 이야기를 들었습니다. 그것은 이러했습니다.

다미는 내일 죽을 것이다. 그러면 저세상에서 두 사람의 사자가 오고 자신과 함께 다미의 영혼을 데리고 갈거다. 저편 버드나무 아래로 나타날 거다. 귀신들은 언제나 배가 고프니 뭔가 맛있는 음식을 주면 중요한 용무도 잊어버리곤 한다. 정오만 넘기면 다미는 목숨을 건질 거다.

"그래요? 좋은 얘길 들었네요. 문제없습니다."

요시는 덩실거리면서 기뻐했습니다.

"거짓말은 안 한다. 그러니 내일 낮 밥상에 3인분의 음식을 마련해서 버드나무 있는 곳에 놓아두어라."

그렇게 말하고 귀신은 요시와 이별하고 돌아갔습니다.

요시는 이내 이 얘기를 다미 부모님에게 전했습니다. 부모님은 매우 기뻐하면서 요시를 기특히 여겼습니다.

다음날, 다미의 집은 아침부터 분주히 많은 음식을 마련했고, 귀신 말대로 버드나무 있는 곳에 음식을 놓아두었습니다.

다미의 병은 점점 나빠지기만 했고, 이제 의사도 가망이 없다면서 마치 실낱같은 숨으로 겨우 살아있는 거라고 했습니다. 그렇지만 어찌 될까 싶어 요시도, 다미의 부모님도 귀신이 말한 걸 반신반의하면서 걱정했습니다.

열 한시가 될 무렵, 갑자기 회오리바람이 땅에서 솟아올랐고 버드나무 있는 곳에서 뭔가 탁 소리가 나는 게 들렸습니다.

'그래 저세상에서 사자가 온 거다. 지금이다' 싶어서 모두 조용히 보고 있었습니다.

짐작대로 그곳에 어느 새인지 모르게 세 귀신이 나타났습니다. 그중 한 명이 어제 요시와 만나 이야기를 나눈 귀신이었습니다. 요시는 마음속으로 '됐다' 싶어 매우 기뻤습니다.

세 귀신은 그곳에 놓인 많은 음식을 보자 좋아서 어쩔 줄을 몰랐습니다. 손으로 집어서 아귀아귀 먹기 시작했습니다. 술은 종지에 직접 따라 마셨습니다. 그 모습을 보고 있는 사람들은 어제 귀신이 말한 대로라 이제 됐다 싶어 싱글벙글했습니다.

그렇게 정오가 지나버렸습니다. 세 귀신은 중요한 용무를 잊은 걸 알고 깜짝 놀라 도망을 쳤습니다. 지옥으로 돌아간 거지요.

"아버님, 이제 됐습니다."

요시는 그만 큰소리로 외치면서 기뻐했습니다. 이상하게도 정오가 지나자, 다미의 병은 마치 얇은 종이를 벗기듯 순식간에 좋아졌습니다. 한 달 정도가 지나자, 다미는 완전하게 회복되었습니다.

모두가 요시의 덕분이라 해서 다미의 부모님은 요시에게 후한 보답을 하겠다고 했습니다. 그 이후에 그 귀신은 일절 모습을 보이지 않았습니다. (끝)

(1926. 10. 10)

너구리의 보은

사와이 쇼조(澤井章三)

(1)

달 좋은 밤에 고개 너머의 마을로 돌아가고 있는데, 둥둥 북이라도 치는 듯한 소리가 어디선가 들려왔습니다.

"어머, 뭘까?"

스즈코(壽壽子)는 이상해서 소리 나는 쪽으로 걸어갔습니다. 빨리 집으로 돌아가야 한다는 생각도 잠시 잊은 채로 그 소리를 따라간 겁니다.

산 중턱에 작은 신사가 있었습니다. 그 앞에서 한 마리의 너구리가 실컷 배불리 먹었는지 배를 두드리고 있었습니다.

"어머나……."

스즈코는 자신도 모르게 말이 나왔습니다.

겁이 나긴 했으나 신기해서 가만히 그 모습을 보고 있었는데, 갑자기 너구리가 하던 짓을 멈추고 스즈코를 부르는 게 아닙니까.

"스즈코"

스즈코는 깜짝 놀라서 도망치려 했습니다.

"아니, 아니, 절대 무서울 일 없어요. 이쪽으로 오세요. 전 오늘 스즈코가 읍내에서 돌아오기를 기다리고 있었어요."

"어머나, 그걸 어떻게 알고 있었나요."

스즈코는 겨우 안심하고 조심조심 다가왔습니다.

"읍내에서 가장 큰 마쓰모토야(松本屋)라는 포목점에 고용살이하러 간 것하고 오늘 처음 집에 돌아온다고 하는 것도……."

"어머나 ……."

"그것보다 스즈코는 저를 알고 있을 겁니다."

스즈코는 점점 이해가 가지 않았습니다.

"아니, 몰라요."

"잊어버렸나요? 당신이 읍내로 일하러 가던 도중, 마침 이 부근이었어요. 마을 사람에게 죽을 뻔한 것을 구해 준 그 너구리입니다."

(1926. 10. 12)

(2)

'아, 그때 내가 도와줬던 그 너구리구나. 그 일을 기억하고 있었네.'

스즈코는 너구리가 기특했습니다.

"기억하고 있었군요."

"어떻게 잊겠습니까. 저희 모두는 인정 많고 효성스러운 스즈코에게 감동했습니다. 당신이 없는 동안, 읍내에 나가 있는 동안 집에 계신 어머님이 무사하시도록 지켜드렸지요."

그 말을 들은 스즈코는 갑자기 어머니가 그리워졌고, 빨리 집에 가고 싶었습니다.

작은 일을 은혜로 여기고, 그렇게 친절히 말해주다니 인간보다 훌륭하다. 어쩌면 너구리 모습을 하고 있지만, 신이 아닐까, 그렇게까지 생각했습니다.

"고마워요."

"어떻게든 은혜를 갚고 싶었어요."

"어머님은 건강하시겠지요."

"그것이, 네 닷새 전부터 감기에 걸리셔서 누워 계시는데."

"네, 아프셔요?"

"하지만 걱정할 필요 없습니다. 제가 약을 드리겠어요. 이 환약(丸藥)을 드시면 금방 완쾌하실 겁니다. 빨리 돌아가서 드리세요. 얼마나 기뻐하시겠어요."

"아. 다행이다. 그럼 이 약을 받아 가겠어요."

"아. 잠깐만 기다려 주세요. 한 가지 더 드릴 게 있습니다."

그러면서 너구리는 나무 상자를 꺼냈습니다. 뭘까 하고 열어보니 안에는 귀여운 여자아이 가면이 들어있었습니다.

(1926. 10. 13)

(3)

너구리에게 받은 환약과 여자아이 가면을 가지고 스즈코가 마을 집으로 돌아온 것은 그리고 얼마 안 되어서였습니다.

"어머니, 다녀왔습니다. 스즈코예요. 어머니."

그리움에 벌써 가슴이 꽉 찬 스즈코의 목소리는 떨리고 있었습니다.

어머니는 너구리가 말한 대로 베갯머리에 약을 놓고 누워계셨습니다. 스즈코의 모습을 보자 꿈인 듯 바라보다 기뻐서 눈물을 흘리십니다. 목소리도 나오지 않았습니다.

스즈코는 얼른 환약을 어머니께 드렸습니다. 그러자 기분 탓인지 금세 기운이 나셨습니다.

'역시 너구리가 말한 대로 약효가 좋구나.'

스즈코는 마음속으로 혼자 말했습니다.

"고용살이가 힘들었을 텐데. 그래도 잘 견뎌주었구나."

어머니는 단풍처럼 아름답고 부드러웠던 스즈코의 손이 안쓰러워진 것을 가만히 쳐다보면서 이렇게 말씀하셨습니다.

"아니에요. 어머니. 모두가 친절히 대해 주세요."

그 소리에 어머니는 더욱더 마음이 아팠습니다. 그것도 그럴 것이 작년까지 스즈코의 집은 마을에서도 손꼽히는 부자였습니다. 부모님은 인정이 많은 분이라서 마을 사람들을 위해서 상당히 애를 썼습니다. 병으로 일할 수 없는 사람, 아이가 많아 힘든 사람, 먼 지방에서 찾아와 어찌할 바 모르는 사람에게까지 은혜를 베풀었습니다. 선조에서부터 물려받은 재산은 거의 그쪽에다 쏟아부을 정도였습니다.

(1926. 10. 14)

(4)

스즈코의 부모님이 집의 재산을 쏟아부어서 마을을 위해 애쓰는 동안, 어느 해 초가을부터 매일 비만 계속 내리더니 완전히 논밭이 황폐해져 큰 흉작이 마을에 들이닥쳤습니다.

결국, 스즈코의 집도 힘겨운 처지가 되어버리지 않을 수 없었습니다. 그뿐만이 아닙니다. 그해 말에 아버지가 갑자기 세상을 떠나셨습니다. 너무도 허망하고 꿈 같이 속절없게도 말입니다.

고생 모르고 자란 스즈코는 눈물을 흘리면서 어머니에게 읍내 고용살이로 보내 달라고 했습니다. 읍내로 나가 열심히 일해서 이전의 당당한 집으로 만회하겠다고. 이전의 마을로 돌려놓겠다고. 여러 번을 청하여서 어머니도 결국 고집을 꺾고 스즈코를 읍내 제일의 마쓰모토야라는 포목점으로 고용살이를 보내게 된 것입니다.

스즈코는 나이는 어리지만, 남들보다 두세 배로 일했습니다. 그렇게 해서 받은 얼마 안 되는 돈을 마을에 있는 어머니에게 보내고 있었던 겁니다.

마쓰모토야의 주인 부부도 매우 기특히 여겼고, 남이 아닌 자신의 딸처럼 생각하여 이것저것 보살펴 주었습니다. 오늘 처음 집으로 돌아가는 것이라 어머니에게 드릴 선물도 마음을 써줄 정도였습니다.

어머니는 고용살이하는 이야기를 듣고 겨우 안심하셨습니다.

"그럼 좀 전에 먹은 약도 주인 분이 주신 거니?"

"아니에요."

"그럼 네가 읍내에서 사 온 거구나."

"아니에요……."

어머니는 이해가 되지 않았습니다.

"돌아오는 길에 고개 근처에서 너구리를 만나서."

"뭐라고"

"너구리가 제게 준 겁니다."

(1926. 10. 15)

(5)

"너구리가 약을 주었다고?"

어머니가 이상하게 여긴 것은 당연한 일입니다. 그래서 스즈코는 돌아오는 길에 있었던 이야기를 자세히 들려드렸습니다. 너구리의 보은을 말입니다.

"기묘한 일도 다 있구나."

"처음에는 무서워서 곁에 다가가지도 못했어요."

"………, 그것은 얘야, 신사의 사자(使者)가 너구리의 모습으로 나타나신 게 틀림없다. 이것은 네가 효행을 했기에………."

어머니는 그렇게 믿었습니다.

하루를 더 묵고 삼 일째 되는 날 아침, 스즈코는 읍내 고용살이하는 곳으로 돌아갔습니다. 고개까지 어머니가 배웅해 주실 정도로 어머니의 몸은 언제 그랬냐는 듯이 좋아지셨습니다.

너구리를 만났던 곳으로 온 스즈코는 귀를 기울였지만, 너구리가 배를 두드리는 소리는 들을 수가 없었습니다. 물론 아침이어서 그렇겠지요.

읍내로 돌아온 스즈코는 주인과 가게 사람들에게 너구리 이야기를 했습니다.

"어머나 그런 일이………."

"그 일로 해서 어머니의 병이 금세 나았어요. 그리고 여자아이 가면이 이것입니다."

"음………."

놀란 주인은 어머니와 똑같은 말을 했습니다.

"그것은 분명 신의 사자다."

여자아이 가면은 주인 따님이 매우 마음에 들어 해서 갖고 노는 장난감이 되었습니다.

그런데 어느 날 밤, 도둑이 들어와 모두 당황하며 어찌할 바 모르고 있을 때, 순진한 따님이 그 여자아이 가면을 쓰고 아장아장 도둑에게 다가갔습니다.

그러자 그 가면을 본 도둑은 꺅 하고 소리 지르며 쏜살같이 도망쳐 버렸습니다.

그것도 그럴 것이, 여자아이 가면은 무서운 너구리 가면으로 바뀌

어 있었던 것이었습니다. (끝)

(1926. 10. 16)

어머니를 찾아서

자타니 하치로(茶谷八郎)

(1)

태양은 찬란히 빛나고 있습니다. 공기는 녹색으로 흔들리고 있고요. 행복이, 모든 행복이 세계 구석구석까지 간절히 퍼지고, 여신이 일어나서 댄스를 추는 묘한 합주는 기쁨의 기운을 물결치게 합니다.

불행, 그런 것이 이 세상에 있으리라고는 생각지도 못했습니다.

들에는 붉은 꽃이 만발하게 피었습니다. 숲에는 작은 새가 지저귀고 있습니다. 둥그런 산 저편에는 바다가 반짝반짝 빛나고, 흰 돛이 꿈처럼 두둥실 떠 있습니다.

그러나 마코토(眞事)는 그것이 행복하다고는 생각되지 않았습니다. 행복이라고 하는 것은 더 어딘가에 있는 것이 아닐까……, 그렇게 생각했습니다.

마코토는 한 손으로 달맞이꽃을 만지작거리고 있습니다. 왠지 외로워서 견딜 수가 없었기에 말입니다.

점점 앞바다의 흰 돛이 어렴풋이 부옇게 보였습니다. 마코토는 무심코 "어머니……" 하고 외쳐봅니다. 그래요. 외치지 않을 수가 없었습니다. 마코토의 어머니는 먼 시베리아로 가셨으니까요.

집은 매우 불행했습니다. 아버지가 오랫동안 병으로 앓고 계셨고 형제들은 그날 먹을 빵이 없어 굶으며 울었습니다.

어머니는 머나먼 바다를 건너 시베리아로 일하러 가셨습니다. 그런데 어머니는 생각하신 대로 일이 잘 안 되셨는지, 단지 한번 시베리아에 도착했다는 소식을 주셨을 뿐, 벌써 1년이 지나도 아무 소식도 없었습니다.

얼마나 가족 모두가 어머니의 편지를 기다리고 있는지 모릅니다. 아무리 이쪽에서 상황을 묻는 편지를 보내도 되돌아오기만 할 뿐이었습니다. 어머니의 거처를 지금은 알 수가 없게 되어 버린 겁니다. 마코토의 마음은 어둡고 슬펐습니다.

(1926. 11. 3)

(2)

어머니는 잘 계신 걸까. 혹여 병이라도 걸리셔서 돌아가신 것은 아닐까. 이런 불안이 머릿속에 떠오릅니다.

마침내 마코토는 결심했습니다. 병든 아버지와 형제들과는 당분간 헤어지기로 한 겁니다. 아마 그 언덕에 있던 달맞이꽃하고도 조용히 이별의 말을 나누고 온 것일까요.

기적 소리가 부-하고 한숨을 내쉽니다. 이어서 징 소리가 울려 퍼집니다.

항구였습니다. 바닷새가 날고 있습니다.

가는 배와 돌아오는 배, 뱃짐을 싣고 내리는 소리, 그 사람들의 소리가 시끄러웠지만, 마코토는 이런 활기에 찬 항구 안에 있다는 기분이 들지 않았습니다.

"그럼, 오빠 몸조심해."

여동생의 눈에는 눈물이 비처럼 흘러내립니다.

"그래, 그럼 아버지를 잘 부탁할게. 꼭 어머니를 찾아서 함께 올 테니……."

배는 흔들흔들 움직이기 시작했습니다.

'걱정은 하지 않을 거다. 어머니는 분명 무사히 계실 테니까……'

마코토는 이렇게 생각하면서 스스로 마음에 힘을 돋우어 주었습니다.

여동생의 모습이 순식간에 서서히 작게 멀어져갑니다. 산과 언덕, 집들도 이제 서서히 멀어져서 안개 속으로 사라져 들어갔습니다.

가엾은 마코토, 이 아이는 어떠한 일을 겪더라도 절대 낙심하지는 않을 겁니다. 태어난 고장을 한번도 떠나본 적이 없는데, 넓은 바다 위에 외로이 홀로 남겨졌지만, 그 불안함은 혼자의 몫이었습니다.

(1926. 11. 4)

(3)

눈에 보이는 건 큰 석양과 푸른 바다…….

배 안에는 돈벌이하러 가는 우락부락한 남자들 뿐…….

마코토는 갑판 구석 쪽에 강아지처럼 웅크리고 앉아 있습니다. 이 것저것 재차 복받치는 불안한 마음에 몸을 어찌할 바 몰랐습니다.

…….,어머니는 돌아가신 게 아닐까……. 너희 어머니는 돌아가신 거다…….

섬뜩 놀라서 마코토는 주변을 둘러보았습니다. 모르는 사람이 거기 서 있었습니다.

어느새 주변은 어두워져 있었습니다. 번쩍 정신이 들자 차가운 땀이 흠뻑 몸 안에서 흐르고 있는 걸 느꼈습니다.

여름은 가고 가을바람이 시베리아 들판에 불어 닥칩니다. 벌써 오랫동안 마코토는 시베리아의 마을 마을을 정처 없이 헤매고 있었습니다.

자주 왕래하는 사람들은 지나가는 길에 어린 강아지와도 같은 마코토를 이상한 듯 쳐다보고는 발로 뚝 차고 갑니다. 다섯 명, 열 명, 러시아 아이들은 한 무리를 지어서 마코토의 모습을 쳐다보며 뭔가 재잘댔습니다.

마코토는 벌써 며칠이나 밥을 먹지 못했습니다. 돈은 마지막 남은 일전(一錢)조차 잃어버렸습니다. 옷은 해지고 신발도 뚫어졌고, 마음도 몸도 몹시 지쳐버린 마코토는 어느 마을의 가게 앞에서 비틀비틀

쓰러져버렸습니다.

"어찌 된 일이지. 이 아이는."

돌연 이렇게 귓전에서 속삭이는 사람이 있었습니다. 마코토가 겨우 머리를 쳐들고 쳐다봅니다. 그런데 그 사람은 배 안에서 마코토에게 친절히 대해 주었던 농부 할아버지였습니다.

이 할아버지도 시베리아로 돈벌이를 하러 간 외아들이 있는 곳으로 가는 중이었던 겁니다. 정직하고 좋은 할아버지로 마코토의 사정 얘기를 듣자 매우 가여워했습니다.

(1926. 11. 5)

(4)

"괜찮니?"

"아, 할아버지."

간신히 일어선 마코토는 정겹게 할아버지를 바라봤습니다.

"어머니는 만났니?"

걱정스러운 표정으로 할아버지가 말했습니다.

"아니요. 할아버지, 블라디보스토크에서 일본 영사관으로 찾아갔는데, 거긴 안 계시고 하바롭스크로 가셨다고 했어요. 그래서 그 마을 사람에게 소개장을 받고 사나흘을 계속 걸어 이 마을까지 왔는데, 이제 돈도 없고 의지할 사람도 없습니다."

마코토는 떨리는 목소리로 말했습니다.

"뭐라도 돈을 벌 수 있는 일을 찾아주세요."

"음, 글쎄다……."

할아버지는 다정스레 말하고선 잠시 생각했습니다.

"일도 좋지만, 이 시베리아에는 많은 나라에서 온 사람들이 있기에 네 여비 정도는 어떻게든 만들 수가 있을 거다."

그러면서 할아버지는 마코토를 마을 변두리에 있는 여관으로 데리고 갔습니다. 그 집 대문간에는 히노마루(日の丸)*라고 하는 간판이 걸려있었습니다. 일본의 태양이라는 옥호가 적혀 있었습니다.

큰 식당에는 많은 사람이 재미나게 술을 마시며 이야기를 나누었고 노래도 부르고 있었습니다.

아, 모두 그리운 일본말이다.

할아버지는 한 탁자 옆에 마코토를 앉혔습니다. 두 사람은 무엇보다 먼저 따뜻한 코코아 한잔을 마셨습니다.

(1926. 11. 6)

(5)

갑자기 할아버지가 의자에서 일어났습니다.

"여러분, 나는 여러분께 이 유쾌한 자리에서 이야기 하나를 들려드리고 싶습니다……."

---

* 일장기를 의미한다.

침착하고 열심히 할아버지는 이야기했습니다.

"이곳에 우리들의 동포인 가엾은 아이가 있습니다. 어머니를 찾아서 멀고 먼 블라디보스토크까지 혼자서 왔습니다. 그런데 영사관에 갔더니 거긴 안 계시고 하바롭스크로 갔다고 합니다. 그래서 그 마을 사람에게 소개장을 사서 사나흘을 걸어서 이곳까지 왔습니다. 이제 돈 한 푼 없고 의지할 사람도 없어서 곤경에 빠져있습니다. 정직하고 착한 가엾은 아이입니다. 여러분이 힘이 되어 주십시오. 하바롭스크까지 가는 기찻삯이라도 만들어 주시지 않겠습니까?"

그리고선 마지막에 힘을 내서 이렇게 덧붙였습니다.

"아주 먼 이곳까지 온 어린 동포를 우리는 집 없는 개처럼 버려둘 수는 없지 않겠습니까."

"어떻게 이곳까지 왔는지, 아무렴 버려둘 수는 없다 말고!"

이렇게 와 하고 일동은 저마다 외쳤습니다.

(1926. 11. 7)

⑹

서쪽은 저녁노을이고, 동쪽은 새벽녘……

끝없는 시베리아, 가도 가도 길은 끝나지 않습니다.

"벌써 천 리!"

그 소리를 듣자, 마코토는 털썩 주저앉아 버렸습니다.

어두운 동굴 속에 빠져버린 듯한 적막하고 불안한 기분은 이루 말할 수가 없었습니다. 긴 여행의 피로가 쌓인 마코토는 몇 시간 후 꿈에서 깼고 심한 열이 나 있었습니다.

'어머니, 어머니, 살려주세요. 죽을 것만 같아요. 시베리아 들판에서 죽기는 싫어요. 아, 어머니, 마코토가 찾아왔어요. 어디 계세요. 빨리 오세요. 아, 가망이 없나. 어머니는 안 계시는 걸까. 돌아가셨을까? 그래……'

일어나다 쓰러지고, 쓰러지면 다시 일어나서 걷다 길가 돌멩이에 걸려 넘어집니다.

가엾은 마코토여!

어머니를 찾아서 일천 마일, 어쩌면 끝이 없는 여로일지도 모릅니다.

'마코토야, 엄마랑 둘이서 이렇게 언제까지나 함께 있자……'

어머니가 계셨을 때, 꽉 껴안으며 볼과 볼을 비벼댔던 그 날이 생각납니다. 그러자 다시 용기가 납니다.

길고 긴 보리밭을 지나고 큰 숲속을 지나갔습니다. 5일, 6일, 7일……, 걸어가는 도중 발에는 피가 나고 눈은 움푹 들어가 애처로운 모습입니다.

그러던 어느 날의 저녁이었습니다.

"하바롭스크까지는 이제 20마일이다."

목적지가 얼마 남지 않은 겁니다. 이 소릴 듣자, 마코토는 일시에 긴장감이 풀리면서 비틀비틀 쓰러져 버렸습니다. 하지만 기쁨으로 가슴이 벅차오릅니다.

머리 위로 금모래라도 흩뿌린 듯 별들이 반짝입니다. 태어나서 처음 이런 아름다운 밤하늘을 올려다보았습니다.

마코토는 왠지 모르게 마음이 편안했습니다. 언제까지나 이렇게 밤하늘을 올려다보고 싶은 마음이 들었습니다.

(1926. 11. 9)

(7)

하바롭스크에서 50리 정도 되는 시골 어느 러시아인의 집에 한 일본 여자가 고용살이하고 있었는데, 병에 걸려 매우 좋지 않은 상태였습니다.

멀고 먼 일본을 떠나 와서 열심히 일했지만, 아무래도 병이 나을 가망은 없었습니다. 죽으러 온 사람 같았습니다. 어떻게 된 일인지, 일본에 두고 온 아이와 남편 소식도 뚝 끊겨버렸습니다.

러시아인 주인도 매우 가엽게 여겼지만, 이제 어쩔 도리가 없었습니다. 끝내 마지막 숨을 거둘 때, 그때였던 겁니다. 이상한 일이 일어난 거지요. 여인 앞으로 급히 달려온 일본 아이가 있었습니다.

"정신 차리세요. 당신 아이가 멀고 먼 일본에서 찾아왔어요."

주인이 큰소리로 외쳤습니다.

아픈 어머니는 갑자기 정신이 퍼뜩 들었는지 머리를 쳐들었습니다.

"어머니"

일본 아이는 침대에 매달려 울면서 말합니다.

"아, 너는, 너는 마코토. 내 소중한 마코토. 잘 왔다. 아가, 이제 난 죽어도 편안히 천국에 갈 수 있겠구나……."

"아. 어머니"

일본 아이는 찢어지는 듯한 목소리로 다시 외칩니다. 병상 위에 계신 어머니의 차가운 가슴에 얼굴을 파묻고 하염없이 쓰러져 울었습니다.

주변은 조용합니다. 러시아인 주인 부부와 의사가 가만히 고개를 숙이고 서서 눈물을 뚝뚝 흘렸습니다.

문밖에서는 추운 시베리아 바람이 무서운 소리를 내면서 지나갑니다.

― 그때 둥그런 작은 산 위 어린 소나무 숲에서 마코토가 눈을 떴습니다.

"아, 어머니"

꿈속에서 본 어머니를 얼마나 그립게 뒤쫓아 간 것일까요.

어느새 태양은 새빨갛게 서쪽으로 넘어가고 있었습니다. (끝)

(1926. 11. 10)

조선총독부 기관지로서 일제강점기 연구 분야에 있어 가장 핵심적인 거대 미디어 자료인 『경성일보』(1906~1945)에는 아동 대상의 란(欄)을 통해 오토기바나시, 동화, 동요, 동화극 등 상당수의 아동 문예물이 실렸다.

1910년대 아동에 대한 인식이 정착되지 않았던 조선반도에 『경성일보』라는 미디어를 통해서 일본의 주요 아동작가들 뿐 아니라, 아마추어 작가라 할 수 있는 재조일본인들의 아동 문예물이 『경성일보』에 실린 것이다.

특히나 그 상당수의 아동 문예물은 1910년대에서 1920년대에 집중되어 있는데, 본서(本書)는 이 시기 『경성일보』에 수록된 일본의 주요 아동작가와 재조일본인 작가들의 오토기바나시, 동화들을 선별해서 엮은 것이다. 그 구성을 구체적으로 소개하면 다음과 같다.

제1부에서는 일본의 주요 아동작가와 재조일본인 작가의 작품을 실었다. 먼저 일본의 대표적 아동문학가인 이와야 사자나미의 작품을 살폈다.

아이들에게 들려주는 옛날이야기, 동화, 민화를 가리키는 것으로 메이지시기 어린이의 읽을거리는 대부분 '오토기바나시'라 하였다. 이와야 사자나미는 「오토기바나시 강연에 관하여(お伽講演に就いて)」(1923.6.24)와 「동화와 오토기바나시(童話とお伽噺)」(1923.8.24)에서 오토기바나시 강연의 청중은 심상소학교 3학년 이상의 아동이 가장 적당하고, 지금 동화라고 불리고 있는 것은 오토기바나시라고 불리는 것보다 새로운 시대의 사조(思潮)를 가미하고 있는 것이 많다고 하는 점을 생각할 수 있다고 피력하였다.

또한, 다투어 밤을 차지하려는 영리한 원숭이들의 해학적 이야기 「군밤 지옥(燒栗地獄)」(1923.11.3~6)은 동화라는 타이틀로 실려 있다.

1913년 10월에 만선구연여행(滿鮮口演旅行)으로 조선을 방문한 이와야 사자나미가 맨 처음 구연동화를 시도한 이후에 구루시마 다케히코, 야시마 류도, 사다 시코(佐田至弘) 등 일본의 주요한 아동문학자들이 조선반도로 건너와서 구연동화를 시도했는데, 그들은 『경성일보』를 통하여 활동했음을 확인할 수 있다. 제국주의 확대의 양상과 함께 일본에서 발생한 구연동화가 식민지 조선에 전파되는 과정에서 『경성일보』의 역할은 대단히 컸다고 말할 수 있겠다.

본서에서는 이와야 사자나미에게서 영향을 받고 구연동화의 보급자로 일컫는 구루시마 다케히코가 식민지 조선을 방문하여 구연한 동화들을 실었다.

1915년 가정박람회에서 강연한 것이 「노기대장의 유년시절(乃木大將の幼年時代)」(1915.10.13)과 「노기대장의 배꼽화로(乃木大將の臍火鉢)」

(1915.10.14)인데, 이들 구연동화는 러일전쟁에서 활약한 노기 마레스케(乃木希典)의 이야기이다. 아동 교육에 관심이 많았던 구루시마는 자신의 전쟁 체험과 관련하여 용기 있고 강인한 아동을 만드는 교육의 중요성을 강조하고, 경성에 거주하는 일본 고관 자녀들에게는 '야마토혼(大和魂)'을 되새기게 함으로써 동양협회의 정치성을 드러내는 성공적인 구연이었다.

또한 1921년 6월에 만주순회 구연여행을 마치고 경성에 들어온 구루시마는 황금관에서 이탈리아 전쟁이야기 「외다리의 함성」을 구연했다.

구루시마가 무순행 열차 안에서 경성일보사로 보낸 편지 「귀사를 통해 경성의 어린이들을 만나보고 싶습니다(貴社ヲ通ジテ京城ノ子供達ノ顔ガ見タイト思ヒマス)」(1921.5.29)와 유럽대전란의 영웅 엔리코 토티의 실화를 구연한 것으로 전쟁이 일어나면 언제든 나라를 위해 '의용병'이 되어야 한다는 점을 강하게 어필한 「이탈리아 전쟁이야기 「외다리의 함성」(伊太利戰話「一本足の突貫」)」(1921.6.9~6.17)을 실었다.

아마추어 작가라 할 수 있는 재조일본인들은 필명으로 작품 활동을 하기도 하였다. 재조일본인으로서는 처음으로 다쓰야마 루이코가 1918년 5월 5일에 경성일보사의 개최로 열린 〈오토기바나시회(お伽噺の會)〉 강사로 소개되면서 동화구연을 하였다. 그의 구연동화회는 그해 12월까지 〈경성일보 순회 오토기바나시 강연회〉로 실시되었다.

본서에서는 다쓰야마 루이코가 어린이들에게 동화구연의 소식을 알리는 「제가 가장 사랑하는 소년 소녀에게(私の最も愛する少年少女へ)」

(1918.5.5)를 시작으로, 러일전쟁 당시 주군 애마의 충의를 그린 「소좌의 애마(少佐の愛馬)」(1918.5.5), 도요토미 히데요시 사후, 그의 아들 히데요리에 대한 가토 기요마사의 충절을 그린 「충신의 이별(忠臣の別れ)」(1918.5.12), 일본학자의 한반도 토끼 형상화에 대한 최남선의 한반도 호랑이 형상화론의 대치를 엿볼 수 있는 「창경원의 사자(昌慶苑のお獅子)」(1918.5.19)를 실었다.

그리고 군사 이야기(軍事お伽) 「고아 소녀(孤兒の小女)」(1918.5.26), 까마귀가 공작의 흉내를 내어 웃음을 샀다는 「흉내의 실패(眞似の失敗)」(1918.6.2.), 조선의 전설 개구리 이야기 「칠성지(七星池)」(1918.7.21), 일본신화 이야기 「두 개의 구슬(二つ玉)」(1918.7.28/8.4/8.11)을 실었다.

『경성일보』에는 당시 시베리아 출병에 관한 고무적인 기사들이 다수 실렸고, 오토기바나시 중에서는 다쓰야마 루이코가 유일하게 일본의 시베리아 출병을 다루고 있다.

시베리아 출병은 세계의 평화를 위한 것, 출병한 아버지를 대신해 생계를 떠맡게 되는 아이들에게 애국이 강조되는 「시국 이야기 작은 애국자(時局物語小さき愛國者)」(1918.8.18/8.25/9.2/9.8)에 이어 「이 부모, 이 아들(この親、この子)」(1918.9.15./9.22/9.29)에서는 군국주의적 경향이 더욱이 강조되고 있다. 「아버지 없는 형제(父なき兄弟)」(1918.10.6)에서도 시베리아 전장에서 척후병으로 돌아가신 아버지를 그리며 '우리는 일본의 남자다. 세계에서 가장 강한 것은 우리'라는 시국적 영합, 즉 오토기바나시라는 표상 장치를 빌려 당시 정치적, 군사적으로 민감한 시베리아 출병을 고무적으로 다루고 있다.

다쓰야마 루이코는 그 이외에도 위생 이야기(衛生お伽)인 경성 시내의 전염병 파라티푸스균의 유행을 그린 「티푸스와 하에스케(チブスと蠅助)」(1918.6.30), 벼룩 위생을 다룬 「노미스케 이야기(蚤助物語)」(1918.7.7)를 써냈다.

하지만 다쓰야마 루이코는 단기간의 활동에 그쳤고, 그다음으로 구연동화는 야시마 류도가 주도한다.

야시마 류도는 변장술을 배운 너구리가 집배원에게 속는다는 「너구리의 잔꾀(狸の淺智恵)」(1918.6.12), 감기 바이러스를 옮기는 빨간 도깨비의 익살스러운 웃음을 준 「작은 빨간 도깨비(小さい赤鬼)」(1918.12.10), 크리스마스 날 장난감 말을 선물 받는 「말 선물(贈物の馬)」(1918.12.25), 어린 소녀 하나코가 신선이 준 양을 타고 숲의 어전으로 가서 임금님의 가계를 잇게 된다는 「숲의 어전(森の御殿)」(1919.1.20), 노인이 준 금은 조롱박으로 사냥을 좋아하는 임금님을 악마로부터 구해내는 「금은 조롱박(金銀の瓢簞)」(1919.2.16), 조선동화 흥부와 놀부 이야기 「제비와 형제(燕と兄弟)」(1919.5.12), 불구의 몸을 비관하여 기차 선로에 누워 자살을 시도하지만, 선로 인부의 도움으로 목숨을 구하게 된다는 사실이야기(事實物語) 「가련한 소년(憐れな少年)」(1922.1.24~25)을 실었다.

사다 하치로(본명은 사다 시코)는 1920년경 경성일보 사회부 기자를 했고 조선에 10년간 체재하였는데, 딸에 대한 아버지의 애정을 그린 창작으로 「미요코의 아버지(美代子の父)」(1920.5.7/11/13)가 있다.

다음은 '일본아동문학의 아버지'라 불리는 오가와 미메이의 동화

「천하일품(天下一品)」(1921.12.27~29)과 「울새와 술(駒鳥と酒)」(1924.1.9~10)
이다.

「천하일품」은 일하지 않고 부자가 되고 싶은 한 남자가 가지고 있
던 오래된 불상이 천하일품이란 감정을 받자, 부자가 되고 싶은 마음
에 그 불상을 부자에게 비싼 값에 팔려고 하는 공상가의 이야기이다.

「울새」는 추운 겨울날 술을 좋아하는 할아버지 집에 울새가 날아
들어 왔는데, 그 울새를 돌려준 보답으로 할아버지는 울새 주인에게
술을 얻어 마신다. 그런데 다시 할아버지 집으로 찾아온 울새를 할아
버지는 세상 밖으로 자유로이 날아가게 바구니 문을 열어준다는 교
훈 섞인 이야기다.

제2부에서는 필명으로 『경성일보』에 게재한 아마추어 작가들의
오토기바나시, 동화를 실었다. 이들 작품은 〈아동 신문(こども新聞)〉란
과 〈경일동화(京日童話)〉란에 실린 것들이다.

먼저 수염 난 아저씨의 「작은 뱀 장군(小蛇將軍)」(1916.1.1)에서는 뱀
이 출세하면 용이 되고, 그 출세한 용이 총지휘관에 올라 독일을 멸망
시키러 간다는 전쟁이야기인데, 일제강점 초기의 오토기바나시로서
주목되는 작품이라 하겠다.

요시다 소호의 「베 짜는 공주(機織姬)」(1921.9.11)는 신동화(新童話)로
아이 없는 노부부에게 아름다운 공주님이 생겨 그 공주님이 베를 짜
는 덕분으로 노부부가 행복해진다는 이야기이고, 후지카와 단스이의
「어느 오빠와 여동생(ある兄妹)」(1921.7.12~14)은 절에 사는 오빠를 데려
다주고 간 여동생이 행방불명이 되는 아동소설이다.

이시이 로게쓰의 「두 사람의 기누조(二人衣女)」(1921.10.8~9)는 염라대왕이 귀신에게 야마다군에 사는 기누조를 데려오라 하였는데, 공물을 먹게 해 준 대가로 이름이 같은 우타리군의 기누조를 염라대왕에게 데리고 간다는 괴기전설이다.

우스이 시로의 「꽃집 딸(花屋の娘)」(1926.5.1~5)은 북경 어느 마을에 병든 아버지를 모시고 꽃집을 하는 딸의 정성 어린 효심을 그린 지나의 이야기이고, 기요노 기요시의 「신선의 나라(仙人の國)」(1926.5.6~11)는 신선이 되고자 하는 네 명의 젊은이를 그렸다.

나가우라 겐의 「가짜 사무라이(にせ武士)」(1926.5.12~20)는 재봉사가 가짜 사무라이 행세를 하다가 거짓말이 들통나 감옥 신세가 되었다는 이야기, 사와이 쇼조의 「비행기(飛行機)」(1926.6.1~12)는 장난감 비행기를 통해 아이들의 이상을 그렸다.

이노우에 야스부미의 「곡마단 아이(曲馬團の子)」(1926.8.7~14)는 마을 축제를 보러 간 아버지와 아들이 헤어졌다가 10년 후 다시 읍내 축제에서 아들이 곡마단에서 곡마를 하는 것을 보고 재회하게 되었다는 실화를 그렸다.

야마모토 마사키의 「그 이후(それから)」(1926.8.20~29)는 러시아 이전의 소비에트 공화국 시절 이야기로 큰 공을 세운 신하를 버린 임금님에 대한 복수를 그린 것이다. 그리고 이노우에 야스부미의 「도색의 꿈(桃色の夢)」(1926.8.31~9.9)은 에치고야(越後屋)의 옥호로 포목점을 개업해 부자가 된 형제 이야기인데, 에치고야는 지금의 미쓰코시(三越) 주식회사의 전신을 말한다. 하타 기요시의 「북국 야화(北國夜話)」

(1926.9.15~19)는 어머니를 잃어버린 소녀를 그렸다.

히라노 마사오의 「구름과 같은 이야기(雲の樣な話)」(1926.9.29~10.10)는 조선의 상고시대인 삼한이라는 시절에 있었던 호랑이와 나무꾼 이야기, 아들의 병을 고쳐준 마술사 이야기, 지나에서 있었던 재판관 이야기, 일본 귀신 이야기 등을 할아범이 어린 손자들에게 들려주는 내용이다.

또한 사와이 쇼조의 「너구리의 보은(狸の恩返し)」(1926.10.12~16)은 너구리가 소녀에게 은혜를 갚는 내용이고, 자타니 하치로의 「어머니를 찾아서(母を尋ねて)」(1926.11.3 ~10)는 시베리아로 돈을 벌러 간 어머니를 소년이 찾아가는 이야기이다.

2020년 11월
역자 이현진

지은이

대표 지은이 **오가와 미메이**(小川未明, 1882~1961)

소설가·아동문학작가. 본명은 오가와 겐사쿠(小川健作)이다. '일본의 안데르센', '일본아동문학의 아버지'라 불리고, 하마다 히로스케(浜田広介), 쓰보타 조지(坪田讓治)와 나란히 '아동문학계의 삼종(三種)의 신기(神器)'라 평가받는다.

이와야 사자나미(巖谷小波)·**구루시마 다케히코**(久留島武彦)·**다쓰야마 루이코**(龍山淚光)·**야시마 류도**(八島柳堂)·**사다 하치로**(佐田八郎)·**수염 난 아저씨**(鬚のおぢ様)·**후지카와 단스이**(藤川淡水)·**요시다 소호**(吉田楚峰)·**이시이 로게쓰**(石井露月)·**우스이 시로**(薄井史郎)·**기요노 기요시**(淸野喜代志)·**나가우라 겐**(長浦健)·**사와이 쇼조**(澤井章三)·**이노우에 야스부미**(井上康文)·**야마모토 마사키**(山本雅樹)·**하타 기요시**(畑喜代司)·**히라노 마사오**(平野正夫)·**자타니 하치로**(茶谷八郎)

옮긴이

이현진

고려대학교에서 일본 근현대문학으로 박사학위를 받고, 고려대학교 글로벌일본연구원 연구교수로 재직 중이다. 현재 일제강점기 아동문학을 연구하고 있다. 주요 저서에 『일본의 탐정소설』(공역, 문, 2011), 『탐정취미-경성의 일본어 탐정소설』(편역, 문, 2012), 『경성의 일본어 탐정 작품집』(공편, 학고방, 2014), 『일제강점기 조선의 일본어 아동문학』(편역, 역락, 2016), 『후나토미가의 참극』(역서, 이상, 2020) 등이 있다.

『경성일보』 문학 · 문화 총서 ❿

동화 선집 **천하일품 외**

초판 1쇄 인쇄	2021년 1월 20일
초판 1쇄 발행	2021년 1월 29일
지은이	오가와 미메이 외
옮긴이	이현진
펴낸이	이대현
편집	이태곤 권분옥 문선희 임애정 강윤경 김선예
디자인	안혜진 최선주
마케팅	박태훈 안현진
펴낸곳	도서출판 역락
주소	서울시 서초구 동광로 46길 6-6 문창빌딩 2층
전화	02-3409-2060(편집), 2058(마케팅)
팩스	02-3409-2059
등록	1999년 4월 19일 제303-2002-000014호
전자우편	youkrack@hanmail.net
홈페이지	www.youkrackbooks.com

ISBN	979-11-6244-515-0 04800
	979-11-6244-505-1 04800(세트)

* 책값은 뒤표지에 있습니다.
* 파본은 구입처에서 교환해 드립니다.